短篇小说之所以短

Short Circuit
A Guide to the Art of the Short Story

[英] 凡妮莎·格比（Vanessa Gebbie） 编
[英] 伊丽莎白·贝恩斯（Elizabeth Baines）等 著
蒋春生 译

江苏凤凰文艺出版社

目　录

简　介　1

第一章　写作和冒险　1
　　最喜欢的短篇小说　13
　　思维拓展　15

第二章　半掩之门　17
　　论短篇小说的开头……　17
　　参考书目　30
　　最喜欢的短篇小说　31
　　思维拓展　32

第三章　结构 / 形式——推动边界　33
　　最喜欢的短篇小说　40
　　拓展阅读　42

第四章 短篇小说的形式 44

  参考书目 55

  最喜欢的短篇小说 56

  思维拓展 57

第五章 创建一个世界 60

  读者感兴趣的问题 62

  参考书目 74

  最喜欢的短篇小说 74

  思维拓展 75

第六章 场 景 77

  参考书目 86

  思维拓展 87

第七章 相信你的故事 89

  最喜欢的短篇小说 96

  思维拓展 97

第八章 "我听到的声音" 98

  最喜欢的短篇小说 110

  思维拓展 111

第九章　只有真相　115

　　最喜欢的短篇小说　120

　　思维拓展　121

第十章　语言与风格　122

　　风格是什么　126

　　如何使小说紧凑，改善风格　130

　　注意形容词、副词和抽象名词　131

　　限定词　131

　　陈词滥调　131

　　形象化　132

　　明　喻　132

　　隐　喻　132

　　参考书目　133

　　最喜欢的短篇小说　133

　　思维拓展　134

第十一章　非虚构故事、真实故事、小说佳作？　136

　　最喜欢的短篇小说　145

　　思维拓展　146

第十二章　人物、性格、对话与语言　148

最喜欢的短篇小说　159

思维拓展　159

第十三章　"在它消失之前……"　160

参考书目　166

最喜欢的短篇小说　167

思维拓展　168

第十四章　关于直觉：写作进入虚无之境　170

参考书目　176

最喜欢的短篇小说　176

思维拓展　177

第十五章　权衡兼顾　180

参考书目　186

最喜欢的短篇小说　187

思维拓展　187

第十六章　24：主题的重要性　189

主　题　191

主题中的普遍错误　195

回到酒馆　199

参考书目　201

最喜欢的短篇小说　202

思维拓展　203

第十七章　我的腺体想要什么　206

故事腺体　207

荒　谬　208

独创性　208

这意味着什么　210

一个例子　211

完美的短篇小说　212

最喜欢的短篇小说　213

思维拓展　214

第十八章　神话和魔法　215

参考书目　226

最喜欢的短篇小说　227

思维拓展　228

第十九章　精　简　230

最喜欢的短篇小说　236

思维拓展　237

第二十章　艺术需要克制　240

  参考书目　250

  最喜欢的短篇小说　250

  思维拓展　251

第二十一章　远　征　253

  最喜欢的短篇小说　260

  思维拓展　261

第二十二章　结　尾　263

  开放式结局　263

  顿悟式结局　265

  反转和惊奇　269

  镜像/环形式结尾　273

  共鸣式结局　275

  参考书目与最喜欢的短篇小说　278

  思维拓展　280

第二十三章　你的想法是从哪儿来的？　281

  人物优先　284

　　　　引人入胜　286

　　　　形象化……　288

　　　　最喜欢的短篇小说　290

　　　　思维拓展　290

第二十四章　偷来的故事　292

　　　　关于陌生人的故事　294

　　　　家庭故事　297

　　　　新闻故事　301

　　　　为什么偷　304

　　　　最喜欢的短篇小说　306

　　　　思维拓展　307

第二十五章　有关小说写作的几点想法，写于学期末　310

　　　　最喜欢的短篇小说　317

第二十六章　"好故事，讲得好"　319

　　　　最喜欢的短篇小说　328

附录　作者信息　329

致　谢　344

简 介

欢迎阅读《短篇小说之所以短》，希望大家喜欢这本书，无论是刚开始接触短篇小说写作的新人，还是富有经验的老手，这本书都值得一看。

短篇小说并非一成不变，为什么要有写作指南呢？首先感谢五位优秀的编辑，及为本书奉献稿件的作者。

考虑到当代短篇小说所处的复杂而喧嚣的世界，我并不赞同有人把这种伟大而富有挑战性的小说形式描述为"完美契合了当今时间匮乏的世界"，我不知道那是什么意思。科技进步一方面替我们节省了很多时间，我们却不知道用这些节省下来的时间干什么，另一方面，它又夺走了大量时间。如果你相信那些专家所做的研究，就会知道，至少，人们安静专注的能力似乎正在减退。安静专注是欣赏好故事所必需的，无论故事长短如何。想想看——我们在候诊室等待拔牙，或者乘坐短途巴士或地铁时，必须时刻注意不要错过号或坐过站，这很容易，那试试在刷Facebook和Twitter之间歇五分钟呢，还那么容易吗？

2012年7月，我去布里斯托短篇小说城（Bristol Short Story Ville）参加了一个很棒的活动，活动的所有环节，包括小组讨论、阅读等都围绕短篇小说这种独特的形式展开，整个活动的高潮是布里斯托短篇小说奖的颁奖典礼。我把今年的奖状打印了出来，贴在书桌上方。短篇小说是所有人都喜欢的，但塔尼亚（Tania）的话尤其有说服力。她说：我一直在努力思考短篇小说的本质以及我为什么喜欢它，然后我意识到一个虽然很简单但却从未被意识到的事实。

为什么我喜欢短篇小说？因为它篇幅短。

我喜欢短篇小说，是因为当我们开始阅读短篇小说时，我们很确定地知道这篇小说会在 15 分钟，甚至 5 分钟之内结束，它肯定会结束。如果这是一个好故事，以这样一种精炼的方式结束，尽管故事的结局有无限种可能，你仍然会感觉很满意。即使已经读完了，这个故事仍会在你脑海里萦绕很久。

在我看来，我们生活的世界似乎越来越被"无限"这个概念所吸引。我们在网上删除一封电子邮件，另一封会自动跳出来；Twitter 和 Facebook 的信息流每一毫秒都会更新一次；电视剧创作者们似乎更希望电视剧永远不要结束，除非这剧被取消了；电影也常常出续集、翻拍，甚至出前传。

如果这还不够糟糕，那么再看看现实世界——宇宙正在膨胀，甚至在向无限扩张，如果这种想法不仅仅存在于科幻小说中，那在平行宇宙里，不同版本的我们在各自宇宙中做出不同决策的行为就不会那么不可思议了！

在无边无际的世界里，短篇小说是一片绿洲，是"有限"

的一点小泡沫，是"圆满"的一个小避难所。难道不正是因为知道某物是有限的、稀少的、转瞬即逝的，它才更显得珍贵吗？"售完即止"和"库存有限"绝对是最能激发购买欲的两个短语，我们会迫不及待地想买到写有这个标语的任何商品。所以也许短篇小说是小说世界里的"库存有限售完即止"——它让我们能充分感知角色，品味词语及虚构的世界，因为它短。

一篇优秀的短篇小说之所以优秀，正因为它发挥了局限性，而并非受制于此。许多不常阅读短篇小说的书评家似乎并不理解这一事实，他们评论说，某位作家能在如此狭小的空间完成"所有这一切"，真是太棒了！他们不明白优秀的短篇小说之所以优秀，正是因为作者选择了小的空间和界限。

在这个万物日益膨胀以至涌向无限的时代，当文字和图像不断轰炸我们时，是那些优秀的短篇小说在提醒我们什么是珍贵的，什么是必须品味的，它提醒我们关注每一个词的分量。

这样很好，不是吗？

这绝不是一本规范性的说明书，但如果可以，我要用一段感想来结束本篇，我愿意怀抱这种想法翱翔在这个喧嚣的世界，这就是我读短篇小说的方法：

找机会去享受读书时的悠闲、平和及宁静。空闲时，找一张舒适的座椅，拿一杯喜欢的饮料，含不含酒精都行；如果是在长途火车上旅行，那就戴着耳塞，打开一本书，或者在电子阅读器、电脑上点开一个故事，哪种媒介不重要，优秀的短篇小说会超越媒介。仔细听开篇那几行字的声音，让那个声音慢慢地讲述接下来的故事。

就这样。

第一章　写作和冒险

艾莉森·麦克劳德（Alison Macleod）

　　短篇小说篇幅小但容量大，这是事实，如果我对此有异议，那是我在说谎。承认这点很重要，因为这就是我伏案良久，却迟迟不能动笔的原因，我该写点什么才能客观公正地表现出短篇小说的"大容量"呢？我该怎么表述才能既不剥离其形式的神秘外衣，又能说清其创作本质？

　　我愿意给你们提供一些有深度且实践性强的建议，如果你想把故事融入生活，就需要它。我们要向那些还健在的或已逝去的作家学习小说创作的技巧，但不能仅限于此。我还想说，每部问世的作品对读者来说都意义重大——每个故事包含的内容总是远远大于文字构成的总和——这对作家来说，无疑是一种信念的冒险。如果让我只用一句话来说明，那就是：如果不愿冒险，你将一无所获。

　　小说家弗兰纳里·奥康纳（Flannery O'Connor）写了许多深刻的作品，她说过的一句话让我印象深刻："好故事就是，当它逃离你后，你还能不断地在其中看到越来越多的东西。"我赞同她对于"逃离（escape）""脱离（on the get-away）""分离（break out）"或"逃跑（on the run）"这一概念的强调，"邦妮和克莱德"（Bonnie and Clyde）[①]定义了何为伟大的故事。我赞同这种观点，因为事物只有在拥有生命力时才能发生"逃离"行为，伟大的故事就是这样。匪夷所思却令人振奋的是，这些故事存留了下来，这就是我想说的：一旦故事被带到这个世界，或者，说得更令人兴奋些，当你创作出它们时，这些故事已然超越了你自身的生命。我写作，首先是为了那种感觉——那种神秘的感觉，这是大脑的化学反应，它会记住一些令人激动的事。伟大的故事，就是当你读完了才能意识到你一直在屏住呼吸。

我从准备写这篇文章开始就希望跟读者坦诚相见，所以我得表达清楚，我耗费整整一个晚上的时间困在那里，不知道该从哪里写起——因为，正如我所说，短篇小说虽然篇幅短，但容量大。一个晚上的时间，我经历了无聊（深夜喝了太多脱咖啡因的黑咖啡，无所事事地浏览网页），到沮丧（拔扯手指上的倒刺），再到略感绝望（我为什么要接受这个任务？）……起初，我觉得我应该写一些既优雅

[①] 电影《雌雄大盗》中的男女主角，电影以真实案件改编，讲述了20世纪30年代美国大萧条时期一对情侣抢劫并奔逃的故事。

得体又通俗易懂，同时极具权威性的东西，接着我决定写写创作灵感及敏锐的洞察力，灵感在写作时有点难以把握，但如果运气好，我也能得到。

但说到创作风格，却没有这么简单，光是真诚不足以形成风格。

所以我起身关了电脑，关了灯，洗了个澡。每次我写不下去时，都会这么做。

我的浴缸没什么特别之处，换句话说，它很普通，我每周换洗的衣服都晾在浴缸上面的一个 20 世纪 30 年代的架子上，这个架子靠一个滑轮系统支撑，浴缸边上放着一台旧晶体管收音机。昨天晚上，我收听了当地商业电台制作的《深夜爱情》(*Late Night Love*) 栏目，我需要感受布莱恩·亚当斯（Brian Adams）、莱昂内尔·里奇（Lionel Ritchie）和席琳·迪翁（Celine Dion）歌曲中描述的爱，这没什么好说的。

我仔细查看了浴室的墙，看有没有发霉，这里比较容易发霉。我只是想知道，发霉是否只意味着出现霉菌，我的浴室会让我得肺癌吗？在浴室里，我又仔细观察了肚子，看看这些天是胖了还是瘦了，我查看了乳头，我姐姐说乳头会随着年龄增长而变白，这是真的吗？

这些事我不该告诉你，我们是陌生人，如果我们有机会见面，我宁愿我洗澡时的画面不要在你脑中闪过——我相信你也有同样的感觉。但我愿意冒这个险,因为这是作家们需要做的,他们需要无所畏惧,不用担心人们会怎么想,只需要坦诚相对。面对文字,他们必须是真实的。有时,他们需要弄清楚被遮掩的事情,需要说出那些可能无法言说,甚至无从表达的东西,这不是为了引起震惊或故弄玄虚(那样的故事不会持久),只是因为这往往是真实地讲述故事的唯一方式,是获取难以捉摸的真相的唯一方式。我不是第一个想起埃兹拉·庞德(Ezra Pound)话的人:"陈述的基本准确性是写作的唯一道德准则。(Fundamental accuracy of statement is the one sole morality of writing.)"

我之所以描述浴室,是因为尽管它不起眼,从浴缸里看到的景象也并不鼓舞人心,但我经常会在这里想到写作是多么的神秘。它就在那里,一旦我陷入沉思,一旦我盯着墙壁及墙上剥落的油漆,一旦我放弃寻找恰当的想法、线条或图像的希望时,那些正确的想法、线条或图像就会不期而至,这感觉就像是与比我庞大很多的物体擦肩而过,对此我一直心存感激。当然还有其他的解释——关于大脑及创造性思维运作方式的,更理性的解释——但是故事有它们自己的规律,这些规律往往超越了已知的事实。当我走出浴室时,这篇文章的开头已经出现:"短篇小说篇幅小但容量大,这是事实,如果我对此有异议,那是我在说谎。"

现在将近凌晨两点，我又穿好衣服端坐在桌前，手里的笔在纸上几乎是自动地移动。所有故事——包括眼前要写的这个——都会用自身内在的要求牢牢套着作者，让作者跟随它的节奏。这听起来很奇怪，但我不在乎，也可能我在乎——我想我可能是在乎的，如果我不在乎，那事情就太容易了，但我更在乎的是在写小说时讲述真实的东西。

我的手悬停在键盘上方，我是不是过分认真、头脑发热了？我像一个电视上的布道者吗？

别瞎想了，艾莉森，尽管写吧。

想象一下，在你的小说里，邦妮和克莱德开车在出游的路上，车里弥漫着舒适的寂静。克莱德用膝盖顶着方向盘，腾出手来打开一瓶啤酒，邦妮把腿向上伸直，依次脱下沾满灰尘的靴子，再把脚搁在仪表板上，低头皱眉看着精纺袜子脚趾部位的洞。车窗外，一片生机盎然，树木以每小时四十英里的速度摇曳而过，阳光反射到汽车的引擎盖上。"这小说会怎么发展？"她说。其实她只是想说点什么，她并不怎么在乎这问题的答案，她脑中想着的是自己那双漂亮的腿，还有克莱德那天早上把她抱到他胸前的样子。那些树飞快掠过，这一天可能永远过不完，他向她诡秘地一笑，说："我要是知道就好了。"

这就是写小说要冒的第一个风险，你要甘愿面对这种未知，甘愿让前一个句子创造或生发出下一个句子。如果刚开始写，你就知道了想说的一切，那它就不是小说，而是一条信息，可能它在很多方面看起来都不错——流畅、构思精良，甚至时尚——但是它却没有要被留存下来所必需的能量，它没有那种紧迫感和意愿，而这些才是读者在乎的，才会让你的小说在最后完成时与新生活产生共鸣。在你写作时，无论是用过去时还是现在时讲述，风格无论是含蓄内敛还是前卫深沉，你所感受到的风险和不确定性都被催化成紧张、专注及恍然大悟，这是一部优秀小说提供给读者的鲜活品质。

永远不要自信地以为每一部小说都可以完成，我们总应该有承担风险的能力，就像有时在公路上开车，没有携带地图一样——我们会担心、恐慌、停下来思考，一点点拓展技能，和小说中的人物共呼吸，跟随他们去发现，去探索，有时候我们比他们知道更多前面的路况，有时比他们知道得更少——所有这些都是推动故事向前发展的动力。

别误解我的意思，我们绝对需要学习写作技巧，付出努力，从其他作家的作品中学习（而且会收获很多）——带着谦卑的态度。每一部优秀小说都是在逆境中打磨成形的，很多东西之前没有，但你看现在，存在这样一个丰富的文学世界，有不同的思想，不同的想象力，不同的生存意义，不同的做人的真谛，有谁能比小说作者更感同身受地理解这一文学壮举，以及它所需要的技巧呢？但与此同时，我们应该告诫自己，短篇小说的写作某种程度上仍是一种"未知"的行为。可以说，故事本身比我们知道的更多，我们需要训练想象力去接受它的暗示，关注那些令我们脊背发凉的感觉，那些我们醒来时嗡嗡作响的画面，那些我们从浴缸中踩出的线条。

因此，甘愿面对未知是我们作为小说作者所冒的第一个风险，当然还有别的。

如果我写一篇小说，讲述一个女人在接受电休克治疗期间爱上了她的麻醉师，那么我的学生、邻居或老板是否会怀疑我有心理健康问题？如果我写一个困惑的19岁女孩，她发现自己被一个垂死（随后死去）的男人所吸引，读者是否会认为我也有过类似的困扰？如果我写一对年轻夫妇，他们受到2005年7月伦敦爆炸案的影响，评论家们是否会质疑，我有什么权利创作一个没有亲身经历过的真实悲剧？如果我描写一个女人高潮时两腿之间出现了球形闪电，朋友们会不会私下里认为我很奇怪？如果我写一篇实验小说，使用了美国免签表格上的那些古怪问题，当我把它发给那位有名的文学编辑时，她是否会认为我显得不成熟？

你可以找到很多理由不去写这篇小说，但如果你不写这个而去写另一个毫无风险的故事，那会是一场更大的赌博。

我不是说我的学生、邻居、雇主、读者、评论家或编辑让我或多或少产生了以上顾虑，我也并非想让所有人——确实是所有人——都为这种冒险行为喝彩，除了少数几位同类作家外，其他作家也可能会认可，风险是不可预测的。我之所以说这是冒险，是因为在小说完成后，我们很容易会回顾开始，然后想：我是不是很胆大，很有开创性？但是，胆大和鲁莽之间有一条微妙的分界线，无论你经验多么丰富，在写作时都很难确定两者之间的区别，你只能冒险尝试，但要明确两件事：1. 你做这件事理由正当（并非为了煽情、噱头、自我张扬或炫耀）；2. 写作时你要竭尽所能，用你所有的天赋、技巧和精力来完成这个任务。

确定是个任务吗？

我们再来谈谈庞德所说的"基本叙述的准确"，即思想的准确性、情感的准确性，或者更简洁地说：真实。无论是充满肮脏黑暗的现实主义还是达利式的超现实主义，我们都需要真实地面对生活，这是作家的职责。

但是，让我们超越小说写作的范畴，来看看我们冒险的原因，而非作者必须诚实写作的原因。在生活中，我们冒风险、下赌注时的果敢或怯懦——都揭示了我们是谁，因为它们表明了我们真正想要或需要的，揭露了我们以及我们所创造的角色的本质。亚里士多德说过，"性格即欲望"，在小说中，就像在生活中，得到我们渴望的东西往往需要付出代价。

诗歌包含很多东西,但其本质关乎语言与意象;小说也包含很多东西,但首先得有一个故事的架构;短篇小说包含语言、形象及事件,但其本质则关乎人物。短篇小说的情节无非是一个人物或几个人物的行为,它是一种形式之美,能给我们带来异乎寻常的私密感。

人都是有欲望的,而欲望有时十分危险。人们实现欲望的能力通常会受到限制。在小说里,特别是在人物身上,随着故事的展开,会出现意想不到的复杂情况,但是所有这些复杂的情节(如果你愿意,也可以称之为情节)都只是为了更集中更清晰地向读者展示小说中人物的欲望,以及在欲望支配下人物原本的样子。V. S. 普里切特(V. S. Pritchett)说,短篇小说应该捕捉人物"在爆发点"时的样子。在优秀的小说中,生活的本质被揭示——通过悲剧的、滑稽的或荒谬的方式——为了让人物自己,更准确地说,为了让读者,看到。在某个灿烂明亮的时刻,我们见证并理解了另一种生命的真谛,这一时刻被詹姆斯·乔伊斯(James Joyce)称为"顿悟"(Epiphany),也被约瑟夫·奥康纳(Joseph O'Connor)称为"安静的炸弹"(Quiet Bomb)。

坦白说,用一段话来说明一个好故事的"兴味"何在对我来说很容易,但要真的写出来却很难,我很清楚这点。

我总是喜欢写那些会受到禁忌之诱惑的人物。禁忌之诱惑会给角色带来风险，也会给作为作家的我带来风险。但让我很感激的是，禁忌之事、禁忌之人、禁忌之境能立即创造出一个复杂的情感世界：一个既充满魅力又充满羞愧，既充满渴望又充满罪恶感，甚至充满恐惧的世界。矛盾的情感是故事的燃料——它们可以即时提供故事中对立情绪所需要的张力，而且，在所有纷繁混乱中，它们是真实的，尤其是在生活中。我翻看笔记本，看到了我之前写下的想法和随手画的图片：

· 一名自称是艺术爱好者的人受到审判，指控理由是，他用涂着红色唇膏的嘴亲吻一幅价值 200 万美元的油画，毁坏了这幅画。

· 酒店住客中裸体梦游者的数量激增，导致该国最大的经济型连锁酒店之一要重新培训员工，以应对深夜裸游行为。

· 布莱顿的一名出租车司机告诉 H 先生，他最害怕的是，有女人会在他的出租车后座上脱光所有衣服。

· 艾伦别无选择，只能在商场的长椅上给埃维喂奶。一群十几岁的男孩在远处偷偷地盯着看。

· 圣诞节，5 岁的杰克拿着一个已经用完了卷纸的大纸筒，把它夹在两腿之间，说："简姑妈，看我的私处多大。"

简姑妈82岁了。

犯罪行为当然是禁忌的,但最禁忌的行为绝非犯罪的行为:咒骂、黄色杂志、公开场合母乳喂养、葬礼上的笑声、地铁上盯着别人看、聚会场合口无遮拦、自慰、想象父母做爱的场景、在自行车棚后亲吻或吸烟,等等。亲吻画布虽然非法,但出发点其实很简单——这种行为有些疯狂,因为有些人渴望触摸一件艺术品。打破禁忌的欲望或对禁忌被打破的恐惧(就像出租车司机的例子)在小说中最有张力,尤其当这类行为是我们熟悉的具体的行为。

作为作家,如果我们能够看到、听到、触摸到吸引我们的那些人物的禁忌、感觉,以及具体的行为、地点,我们就能了解那些人物是谁,故事能从哪里开始,为什么他们会被吸引、到底是什么吸引他们、他们有什么损失、对什么感到内疚或害怕。如果每一个问题都问问自己,你的思绪会更活跃。在开始写故事前,每个问题都写一段。此外,试着在纸上写出角色受到诱惑的禁忌:《花花公子》? 某人带锁的日记? 教堂祭坛后面的圣酒? 某人妈妈的服饰?

也许你童年时某个地方是禁忌? 禁止儿童玩耍的镇上垃圾场? 学校教职工休息室? 异性的公共厕所? 你父母的卧室?

也许某个人是禁忌,她限制或禁锢过你? 他权力很大？他是老师？牧师？刚分娩后的妇女（在某些文化里）？情人？为什么？

在小说里，禁忌首先会即刻引发欲望，其次是展现复杂性——这是推动故事发展所必需的两个要素。无论对于喜剧还是严肃文学，禁忌都暗示了人物的"其他面"，它们可以揭开真相，展示复杂性、双重性、邪恶感以及神秘感。在情节方面，禁忌引发压力、困境——人物需要采取行动并做出决定。小说中的人物被这些复杂性所考验，而随着被考验的过程，人物自身会被越来越充分地展现给作者和读者。人物需要行动表示他们已做出选择，选择带来结果，而在优秀的小说中，结果往往会带来启示——这又是一枚安静的炸弹。因为，当我们冒险写一个禁忌的话题时，除了有可能产生羞愧、迷恋、欲望和恐惧外，我们还可能产生一种神圣感，这很矛盾，而"禁忌"这个词在词源上的不纯洁性也暗示了这种感觉。

创作出最优秀小说的作家都明白这一点，在契诃夫的小说《牵小狗的女人》（*Lady with Lapdog*）中，德米特里奇·古洛夫和安娜·瑟吉耶夫娜的生活被一段假日露水情缘所改变，这段情缘不合法，但出乎所有人的意料，这次经历改变了他们的一生。

很可能是偶然，奇怪的事情接二连三地发生，那些重要的、有趣的、必然会发生的事，那些由于诚实而不愿自我欺骗的事，那些构成一个人生命本质的所有事，都在悄无声息地发生着……德米特里奇和安娜彼此相爱，亲密无间，就像夫妻或密友那样彼此相爱，他们由衷地感到，他们命中注定是天生的一对，但他已经娶了妻子，而她已经有了丈夫……他们互相原谅了对方不怎么样的过去，也坦然面对了彼此现在的一切……这是他们在小说中的"阴暗面"，要知道写小说并非传道……我们甘冒风险，去探寻真实生活的本质，通过描述平凡婚姻里难得的感动，使小说变得宏大，从而引起读者的共鸣。在故事中，真实通常关乎生命力本身。

最喜欢的短篇小说

这些故事在某种程度上都与"禁忌"有关：

《牵小狗的女人》，安东·契诃夫（Anton Chekhov）著，选自《牵小狗的女人及其他》〔*Lady with Lapdog and Other Stories* (Penguin, 1969)〕

《断背山》（"Brokeback Mountain"），安妮·普鲁（Annie Proulx），选自《近距离，断背山及其他故事》〔*Close Range, Brokeback Mountain and Other Stories* (Harper Perennial, 2005)〕

《紫色》（"Lilac"），海伦·邓默尔（Helen Dunmore）

著，选自《冰激凌》〔*Ice Cream* (Penguin, 2001)〕

《夜视》("Night Vision")，艾米·布鲁姆（Amy Bloom）著，选自《盲人才能看见我有多爱你》〔*A Blind Man Can See How Much I Love You* (Picador, 2000)〕

《迷失轨道》("Losing Track")，托拜厄斯·希尔（Tobias Hill）著，选自《皮肤》〔*Skin* (Faber and Faber, 1998)〕

《一生一世》("After A Life")，李翊云著，选自《千年的美好祈祷》〔*A Thousand Years of Good Prayers* (Harper Perennial, 2006)〕

《血》("Blood")，詹妮斯·盖洛威（Janice Galloway）著，选自《血》(Vintage, 1992)

《粗犷男孩》("Meaty's Boys")，亚当·马雷克（Adam Marek）著，选自《吞咽指导手册》〔*Instruction Manual for Swallowing* (Comma Press, 2007)〕

《染血之室》("The Bloody Chamber")，安吉拉·卡特（Angela Carter）著，选自《染血之室》(Vintage, 1998)

《当我们谈论爱情时，我们在谈论什么》("What We Talk About When We Talk About Love")，雷蒙德·卡佛（Raymond Carver）著，选自《何方来电》〔*Where I'm Calling From* (Harvill, 1993)〕

《约翰尼·派尼克与梦经》("Johnny Panic and the Bible of Dreams")，西尔维娅·普拉斯（Sylvia Plath）著，选自

《约翰尼·派尼克与梦经》(Faber and Faber, 1979)

《银色的水》("Silver Water"), 艾米·布鲁姆著, 选自《来我这边》〔*Come to Me* (Harper Perennial, 1994)〕

《约翰尼·诺斯的最后时光》("The Last Days of Johnny North"), 大卫·斯旺 (David Swann) 著, 选自《约翰尼·诺斯的最后时光》(*Elastic Press*, 2006)

《婚礼与斩首》("Weddings and Beheadings"), 哈尼夫·库雷西 (Hanif Kureishi) 著, 选自《2007美国国家短篇小说奖选集》〔2007 *National Short Story Prize Collection* (Atlantic, 2007)〕

《阴茎》("The Penis"), 哈尼夫·库雷西著, 选自《一日午夜》〔*Midnight All Day* (Faber and Faber, 2000)〕

思维拓展

再次引用本文内容:

作为作家,如果我们能够看到、听到、触摸到吸引我们的那些人物的禁忌、感觉、行为,我们就能了解人物是谁,故事能从哪里开始,为什么他们会被吸引、到底是什么吸引他们、他们有什么损失、对什么感到内疚或害怕。如果每一个问题都问问自己,你的思绪会更活跃。在开始写故事前，每个问题都写一段。此外，试着在纸上写出角色受到何种禁忌的诱惑：《花花公子》？某人带锁的日记？教堂祭坛后面的圣酒？某人妈妈的服饰？

也许你童年时某个地方是禁忌？禁止儿童玩耍的镇上垃圾场？学校教职工的休息室？异性的公共厕所？你父母的卧室？

也许某个人是禁忌，他限制或禁锢过你？他权力很大？他是老师？牧师？刚分娩后的妇女（在某些文化里）？情人？为什么？

第二章　半掩之门

凡妮莎·格比（Vanessa Gebbie）

论短篇小说的开头……

想象一下，你沿着走廊走过一排房间，每扇房门的颜色都不一样，有些房门是紧闭的，大多数是半掩着的，留一条缝，你只能进入其中一间，你希望能进一间有趣的房间，在那里度过一小时左右难忘的时光。透过门缝，你知道每个房间都有故事发生，你能瞥见不同房间里的人，有的在说话，有的很安静，你能看见他们的生活——身处不同地方，甚至不同的世界。你被一些声音吸引，音乐声、说话声，甚至是一些无法分辨的声音；也许有一两间房子房门大开，房间里一片混乱，你能听到震耳欲聋的音乐，看到闪烁迷离的灯光以及拥挤纷乱的人群；也许另一个房间空洞、无聊、沉默，一个看起来很沮丧的人呆呆地坐在地板上。你现在只能去触碰一扇门。

让我们把这件事变得更困难些，假设门很重，如果要进入你选择的房间，你必须用力推。

  这和写短篇小说，尤其是写小说的开头有什么关系呢？容我解释一下，读者就是行走在走廊里的人，走廊可以是一本杂志，或是一堆书刊简介、文选、一册百部参赛作品集，你希望他们选你的那间房。

  这个类比有点牵强，但可以说明问题。当你写作时，如果你过分在乎"他人的评价"，过分在乎市场以及出版商之间的竞争，那你的小说可能不容易写出来。借鉴其他已出版作家的写作风格去写小说很容易，因为不管那些作品怎样，他们都"成功了"，但毕竟谁会希望和别人的写作风格一样呢？你希望你的小说有自己的风格，还能被人读懂。

  也许还有另一种方法来观察半掩之门。想象一个充满诱惑的场景，简而言之，"A"想得到"B"，并且非常清楚他可以用技巧和游戏来达到目的，如果他太露骨，脱口大叫："嘿，亲爱的，上床睡觉怎么样？""B"很可能会远远逃开。如果你这样写，那这间房的房门现在是大敞的。劲爆故事的作者，或那些好表现的人，他们只关注自己及自己的表达，而非故事本身。

  但如果"A"太迟钝，说的或做的都不多，过不了多久，目标"B"就会和别人接吻了。换句话说，这篇小说若先来一段谈论天气的开场白，或介绍一个平淡无奇的人物，如果读者能坚持读下去，会发现直到第四页才出现一些令人感兴趣的内容——结果就是，读者很快就失去了阅读的兴趣。

但是，让我们再用诱惑的场景这个类比——如果"A"使用了正确的肢体语言，说了正确的事情，并且让"B"有足够的兴趣留下来探寻——门就是半掩的。"B"待在原地，不停地说话，越说越有兴趣，想更多地了解"A"，在"B"意识到之前，"B"已经上瘾了。

我认为，一篇优秀的短篇小说开头必须迅速抛给读者一个问题，这样，读者就会兴致盎然地去阅读下一句、下一段。读者阅读的每一步都是一种投资，这会让他们越来越接近那个"房间"，直到他们推开房门。

想想读者可能会问的问题，他们是否会大喊着猜小说的情节？

"接下来的半小时我要和谁在一起？"（人物——你需要介绍主要人物，而非次要人物。怎么介绍？你能通过描述让读者"听到"他吗？也许人物应该立刻做些什么，让读者看到他的行动？）

"为什么我要在接下来的半个小时里和这个人物待在一起，而不是去读另一个故事，或者去泡杯茶，给朋友打个电话、去跑跑步、看场电影，或者干脆睡觉？"（你必须触动读者，哪怕是对故事的情景有一丁点关心也足以让人产生读下去的欲望。有人会说，作者需要在开头设诱饵，针对人物提出问题，不管什么问题，让读者去探究——此时读者一定会觉得自己已经完全投入到小说中去了。）

"我在哪儿？"（这是小说的场景。你需要给读者一种在场的感觉，这可能要依赖于描述，也可能要依赖于声音、语言或感觉。）

"这是哪一类小说？"（这是需要考虑小说读者受众的因素之一——这部小说的情感状态如何？是喜剧？是发人深省的作品？是犯罪小说，还是悲剧……？你需要考虑一下小说的情感基调。）

"这篇小说怎么样？"（犹豫的读者需要确信他值得把时间花在读你的小说上，你把故事讲得很生动，就能让他忘记自己正在阅读……）

我认为判断小说的开篇是否精彩，只需看几点即可。

读者最先读到的，能激起他们兴趣的第一个机会，或第一个问题的触发点，就是故事标题。如果你愿意，现在就去拿几本短篇小说集，也许有些小说你没读过（可以肯定的是，如果你正在读小说，你身边一定有几本书），看一下目录页，选择一两个标题，看看哪些标题能吸引你开始读那个故事。

我猜想你或许会选那些单个词汇做标题的小说，像我刚刚从文集中看到的几个小说标题："游泳""鲁莽""诞生""历史"——或许会选那些能启迪心灵，让人会心一笑，或引发思考的标题——就拿我身边堆在地板上的小说集为例："贝多芬拥有1/16的黑人血统""牛仔鸡的小镇生活""弑母情仇""停车场的天使""匪夷所思的维克多爆炸案"。我不会先读上面那些单个词做标题的小说，虽然可能最后发现这些小说写得不错。

小说的标题至关重要，要谨慎对待，如果你一头雾水不知道该怎么选取标题，那就想想这篇小说到底写的是什么（我指的是主题而非话题）。从故事中找一个可以概括主题的短语，或者找首合适的诗——比如莎士比亚的，或者试着从小说中截取一些画面，拿它们做标题。我曾经这样做过，我想到过一个题目："黄色挖掘机、死乌鸦、礼物"。虽然这样做有点麻烦，但很有效，"逃离"这个标题看着不错，但我后来改成了"杜比的礼物"，一样很成功。一个包含主角名字的标题可以创造奇迹——毕竟，读者很快就能知道内容。

因此，小说的开头对全篇都起着至关重要的作用，想想读者需要什么感觉，这点很重要，要让他们被开篇描述的东西——也许是人物，所吸引。阅读时间越长，他们的疑虑越深，要让他们确信，在接下来的半小时或更长时间里投入精力继续阅读是值得的。或许开篇需要加入一些不寻常的场景，或一些值得探究的东西。

如何让小说的人物从开头就引人入胜？看看哈南·阿

尔-谢赫（Hanan Al-Shaykh）的《处女保卫者》(*The Keeper of The Virgin*s)，按小说标题的提示来思考一下这段开场：

> 十字路口坐着一群妇女，其中一个女人大声问他是不是一个彻头彻尾的婊子，其他女人都失声大笑起来。

下面这段话引自茱帕·拉希里（Jhumpa Lahiri）的《第一块和最后一块大陆》(*The First and Final Continent*)：

> 1964年，我怀揣一张商业证书离开了印度，当时，我的名字值10美元。

我最喜欢的故事之一，彼得·奥纳（Peter Orner）的《木筏》(*The Raft*)：

> 我祖父，在艾森豪威尔第一届政府时期，时不时地会短暂失忆，他把我叫到书房，想给我再讲一遍他以前从未对任何人讲过的故事。

看看这些语句发挥的作用，尽管句子简单，但功能强大。如何使场景引人入胜？看看塔尼亚·赫什曼（Tania Hershman）在《北方的寒冷》(*North Cold*)中的开篇：

北方有一个小镇终年寒冷，住在那里的人们已经习惯了这一点，就像他们习惯了日出日落。寒冷是自然而然的事儿，没有人谈论天气，除了游客，他们来去匆匆，绝不多待一会儿。小镇居民比其他地方居民的皮肤厚，人们更关注内心世界。

在这里，场景与人物紧密结合，它和小说中的人物同等重要，整个开场就营造了一种寓言的氛围。

对读者来说，小说最理想的开篇是：文字、标题、人物和场景之间产生某种奇妙的法术，把读者立刻带入一个虚构的梦境，沉入作者创造的世界中。看看津巴布韦作家佩蒂娜·加帕（Petina Gappah）《伊斯特利挽歌》（*An Elegy for Easterly*）的开篇：

孩子们先注意到这个名叫玛莎·莫平戈的女人有些异样，他们跟在她后面，以前他们也经常这样做。经过伊斯特利农场的房子，那些房子是用柱子和泥巴砌成的，厚厚的黑色塑料板做墙，透明的塑料板做窗，这些房子还没获得市政许可，却突然都冒了出来……

如何编排开篇的几段话，如何使各种技巧搭配均衡，这些都决定了能否让读者成功融入你的世界。开篇是吸引读者继续读下去的机会，而这完全是如何平衡的问题。

虽然看起来很简单，但大多数情况下，上述那些短篇小说的开头并非是轻而易举写成的，这点是肯定的。那些看似毫不费力、顺其自然的句子，很可能是思虑良久、反复推敲、反复修改的结果。

我不知道作家们在写初稿时有意识地使用了多少个记录着他们奇思妙想的清单……"必须写有趣的人物、场景，哦，还有标题，此外还有次要人物，一段戏剧化的对话……还有，故事中的悬疑够多吗？"我怀疑这样做是否可行，我很清楚如果我想构思一篇小说，想写一个连贯的故事，我就像在糖浆中行走，整个故事都会被那些黏黏糊糊的东西粘得喘不过气来。

如果能对读者有帮助，我倒愿意说说我是如何写小说开头的。我花了几年时间来写一篇小说的开头，我选择这样写是因为故事展开的过程能让我回应开头并一步步看着它发展，这篇小说就是《玻璃泡沫中的单词》（*Words from a Glass Bubble*）。

几年前，我想写一个有关人物的小说，开头是圣母玛利亚的小雕像对一个妇女说："嘿！太好了。"我想"我喜欢这个场景"，我喜欢乔瓦尼·瓜雷斯基（Giovanni Guareschi）还是小女生时写的有关唐·卡米洛（Don Camillo）的故事，几十年后我从中获得灵感。

我马上开始创作开头段落,描述了小雕像,用活泼恰当的语言(希望如此),沉稳而厚重、线条流畅的长袍,一张小脸望着外面的世界,平静而深邃……当我写女性角色时,什么都写不出来,一直有个阴影笼罩在周围。

小说很快夭折了。

很明显,我本来可以写出点东西,可以随便编个趣闻轶事。但多年前有人告诉我,作家们能即刻"捕捉"一篇小说,而非让它们在潜意识里酝酿。多萝西娅·布兰德(Dorothea Brande)说:"小说是在潜意识中形成的,它必须自由而丰富地流动,把所有记忆的宝藏、情感、场景、事件、性格和关系的暗示'汇集在一起',而这些都储存在我们的意识之外。"看你是否信任自己的创造性过程,结果自明。

所以,我的这篇小说只是暂时死亡。故事都有生命,如果不加限制,它们会来去自由,尽随其意。大约一年后,当我看到爱尔兰的一个墓地时,我想起了这个未完成的故事。这个墓地里有一些安放在玻璃底座上的塑料雕塑,于是我又开始写那个故事,描述一个女人穿过一片墓地,来到一个孩子的墓前,墓中有一座雕像。

请注意这里的"我"和"描述"这两个词,我限制自己,有意识地寻找优美的词汇,尽力扮演好作家的角色。("你知道吗?事情是这样的……我是个作家,我作品丰富,我得让读者相信我很擅长写作")就像所有的游戏一样,结局来得相当快。这个故事又夭折了。但我有了新想法,这个故事在某些方面是关于一个孩子的,而且结局悲伤。毫不奇怪,对于作者来说,这些都是经过充分探索的主题。

我试着写了很多次开头,也失败了很多次,可能是因为我一直试图想写出来。最后,就在我几乎要放弃时,我想:这里到底发生了什么事?我坐下来,提醒自己关注最基本的东西——开篇几分钟就写好了。布兰德会说,是我的潜意识完成了工作,让小说自己流动出来:

> 楼梯中间壁龛里的圣母玛利亚雕像正在和伊娃·达菲说话。伊娃是个邮差,她对各种言论都是左耳进右耳出,伊娃管玛利亚叫圣母玛利亚,而圣母玛利亚似乎并不介意别人怎么称呼她。她是一个塑料雕塑,六英寸高,手绘的,看起来像是从一片碧绿的叶子中长出来的,这个雕塑更适合放在鱼缸里。她抱着一个赤身裸体的婴儿耶稣,耶稣向伊娃伸出双臂,不时嘟着嘴说:"抱抱?"

圣母玛利亚的话总是富含意义,但往往不合语法……
当我写这些时(我花了差不多同样长的时间把它们重新打出来),我并不知道伊娃把这尊雕像叫作什么,我不知道耶稣说话,我甚至不知道这个小雕像除了口出箴言外还能说什么。

伊娃·达菲正在写自己的故事,我只是在帮她打字。当我打字时,小雕像栩栩如生,伊娃鲜活起来,她的丈夫走进镜头。嗯?我甚至没有想到会出现一个丈夫的形象:

> 伊娃说:"那些瓷器和银制雕像还不错。"无论如何,圣母玛利亚不得不抿着嘴说话了,因为她的粉红色口红已经污迹斑斑了。
>
> 似乎她的一只眼睛上有白斑,据伊娃当砖瓦匠的丈夫康纳说,那是出厂时就有的瑕疵。他从来没在楼梯的雕像那儿停步,也不在乎雕像是否也跟他说过话。"没有人是完美的。"伊娃说。
>
> 康纳的左脸颊上留着一块葡萄酒渍,形状就像塞浦路斯和几个未被发现的岛屿,与他的耳朵互相应和。

回到开头。我几次试图写一个小雕像和一个女人的故事,我本应充分相信自己对这个故事的创作过程有把握,知道我得先构思角色,没有孕育期他们不会成型。谢谢多萝西娅·布兰德,你教会了我等待。

如果你回头再看那些简洁的段落,像我说的那样,是在几分钟内写完的——但得是"恰当"的那几分钟,我得到了什么？

基调。这是一种温和的幽默，它是搞笑，但会产生一种轻松的感觉。

人物。小说里讲了三个人物，提出了一些问题，有平缓的悬疑。

场景。楼梯转角处的壁龛，塑料礼品，一尊便宜的小雕像，一个邮递员和她的砖瓦匠丈夫，就这些场景吗？我是否还需要更多场景？

要写写天气吗？我不知道，因为这无关紧要！

回到开头，对我来说，最重要的是我写这篇小说时的感受。当时我很亢奋，我不知道该怎么写下去，我不知道这三个人物接下来会说什么或做什么，他们会使我大笑，也会使我难过，我知道失去孩子后会怎么样……在一个信徒看来，无论是否从最严格意义上看——圣母玛利亚不也与之有关吗？突然，我明白了小说正在自行发生，它接管了一切。

时间使人物静待花开，形成自我。一个简单的问题"这里发生了什么"使我解开了角色身上的枷锁，因为事情不会在真空中发生，它们发生在人身上。

所以，如果要给你个小提示的话——这是我多次实践反复总结才得到的——那么，我建议你问自己同样的问题，这里发生了什么？这样，故事就会自己萌芽、发展，你的创作就会一路顺畅。

我希望我已经说得很清楚，我并非为了写出一两段精彩的开篇而胡编乱造，我花了很长时间学习技巧，现在还在学习，这是基本的，也是我希望获得的。

我花费数年时间，不仅练习写短篇小说，还阅读有关写作技巧的文章和优秀的短篇小说，用优秀的作品来衡量自己的创作。最重要的是，我会经常写评论，不仅分析与我同类作家的小说，还分析比我经验丰富很多的作家，我反复研究、深思熟虑后真诚地发表评论并举例。我也会分析那些已出版的小说。

所以，当我创作上面那部小说时，当我让它按其自身的节奏慢慢酝酿时，我的勤奋及对写作技巧的掌握会帮助故事很好地生长。

你会听到一些作家说"小说自己生长"，就好像写小说，无论长篇短篇，都很容易。这些作家可能会让你相信他们某天早上醒来就能写出获奖小说。我相信间或有一两个作家是这样，但一般来说，写作并非如此，它需要勤勉，相信我！

抱歉我要再次引用福克纳的话：

> 如果作者对技巧感兴趣，那让他从事外科或砌砖之类的工作吧，写作没有简单机械的方法，也没有捷

径。如果年轻作家想遵循某种理论来进行写作，那他太傻了，写作要从自己的错误中学习，而且只能从错误中学习。

但如果能从错误中学到了正确的东西，那将是世界上最棒的事。

参考书目

《处女保卫者》，哈南·阿尔-谢赫著

《第一块和最后一块大陆》，茱帕·拉希里著

《木筏》，彼得·奥纳著

《北方的寒冷》，塔尼亚·赫什曼著，选自《白色的路和其他小说集》〔The White Road and other stories（Salt，2008）〕

《伊斯特利挽歌》，佩蒂娜·加帕著

《玻璃泡沫中的单词》，选自作品集《玻璃泡沫中的单词》（Salt，2008）

多萝西娅·布兰德的话摘自其作品《成为作家》〔Becoming a Writer（Jeremy P. Tarcher，1981）〕

最喜欢的短篇小说

《头上的月亮》("The Moon Above his Head"),扬·马特尔 (Yann Martel) 著,选自《自由,国际特赦组织》〔 *Freedom, the Amnesty International Anthology* (Mainstream, 2009)〕

《光像水》("Light is Like Water"),加夫列尔·加西亚·马尔克斯著,选自《异乡客》〔 *Strange Pilgrims* (Penguin, 1994)〕

《木筏》,彼得·奥纳著,在大西洋在线网(Atlantic online) 上可以找到:www.theatlantic.com

《好事一小件》("A Small Good Thing"),雷蒙德·卡佛著《二十世纪美国最佳短篇小说》〔 *Best American Short Stories of the Century* (Ed: John Updike. Houghton Mifflin, 2000)〕

《午夜在加州酒店》("Midnight at The Hotel California") 佩蒂娜·加帕著,选自《伊斯特利挽歌》(Faber and Faber, 2009)

《游泳者》("The Swimmer"),约翰·契弗(John Cheever) 著,选自《短篇小说集》〔 *Collected Stories* (Vintage, 1900)〕

《第二十七个人》("The Twenty-Seventh Man"),内森·英格兰德(Nathan Englander) 著,选自《难以忍受冲动的解脱》〔 *For the Relief of Unbearable Urges* (Vintage, 2000)〕

《弹道学》("Ballistics"),亚历克斯·基冈(Alex Keegan) 著,选自《弹道学》(*Salt*, 2008)

思维拓展

练习一

找一篇已出版的小说,尽可能多角度地改写其开篇,试着从故事中其他角色的视角来改写这篇小说。如果原故事是用第三人称写的,你就用第一人称重写,反之亦然。也可以用第二人称写。你可以使用相同的事件、场景、细节……改变写作风格,如果原小说很随便、很开放,那就改写得正式一些;如果原小说叙述者的风格很疏离,那就试试亲密的风格,尝试各种可能的风格。

为什么这篇小说的开篇如此成功?很可能作者同样尝试了许多你刚刚做过的事情。

用你自己的故事来重新改写,不断尝试,从各个角度写这个故事,给自己一个惊喜……

练习二

可以用上面文章中引用的开场白之一来继续写自己的小说。或者在工作坊小组中用这个方法——看看不同的旅程将会走向何方,从同样的种子中可以成长出什么样的故事,这是非常有趣的。如果你没有读过原小说,那最好,把你写的和原著比较一下,看看有什么共同之处。

第三章 结构／形式——推动边界

尼古拉斯·罗伊尔（Nicholas Royle）

每次提到实验短篇小说作家——本书主题似乎要求我必须提及他们，我就会想到吉尔斯·戈登（Giles Gordon），他出道时是一位创新性很强的实验短篇故事家和长篇小说作家，他最终成了查尔斯王子的文学经纪人。1970年他出版了《展览图片集》（*Pictures From an Exhibition*），这本书没有刻意取悦读者，快速翻阅一下，会觉得这是一部视觉诗集，打破了整部作品的界限。但这里，我想讲他的另外一篇故事，《一次克什米尔冲突的三项决议：人类事件的枯燥标题》（"Three Resolutions to One Kashmiri Encounter: An Arid Title For a Human Incident"），这篇小说最初发表在《苏格兰短篇小说集》（*The Panther Book of Scottish Short Stories*）中，但我最早是在《当代英国短篇小说选》〔*British Short Stories of Today* (1987)〕里读到的，编辑是艾斯默·琼斯（Esmor Jones），初版于1953年出版，1985年再版。琼斯还为每个

故事写了超棒的简介,加了惊叹号,剧透了部分内容,并添加了那种可能会在学校课本中看到的脚注:

以下:澳大利亚英语术语
习惯用语:修女的传统服装
帕瑞沙:一种印度无酵面包,有多种馅料

在这篇戈登的小说中,叙述者在喜马拉雅山度假,拒绝了一个当地人给他当向导——这个当地人靠当向导赚钱养家。叙述者对故事的结局把握不好,于是给读者提供了三种可能的结局,每一种结局中,他都会回到当初遇见那个当地人的小镇,两人再次相遇,然后再以三种不同的方式铺陈展开故事。这篇小说最有趣的地方在于,它没有直接告诉读者结局,而是不期然地把多重结局抛向读者,仿佛每一种结局的叙述都是在向前继续推进小说。当然,读者可能会认为小说标题本身就给出了很多暗示,但标题并不一定要按字面意思来理解。不过,本书的编辑琼斯这样写道:"这个故事有三个不同的结局,你认为哪一种真的发生了?"关键是这三种结局都没有真正发生过,这是虚构的。仔细研究这本小说集——以及琼斯编辑的其他书籍——你会发现,这些书倾向于教育市场,或海外消费市场,但企鹅出版社并未表明其意图。

说到意图，我记得上学时，每次英语老师让我们参悟哈代（Hardy）、格雷（Grey）或莎士比亚的写作意图时，我都会和他大声辩驳，我们怎么可能知道他们的意图呢？难道不是只有作家自己才清楚自己的意图吗？在这里讨论我写的几本小说会不会显得非常自恋？也许不像某个小说家那么自恋，在他数目可观的作品集中，有几十篇文章都节选自序言中的粉丝来信，引用评论是一回事，但怎么能引用粉丝来信？

不管怎样，本书第一版有一两个作者也提到了他们自己的小说，考虑到我对自己作品的了解可能比其他人更多，我想我应该能说清楚自己的创作意图，所以，接下来就说说吧。

十几岁时，我对公交车充满好奇。是的，我知道这很难理解，但我就是对此很入迷，我对路线牌尤其感兴趣，我喜欢列表，而且我一直对地点或位置——对不同地方之间的区别充满好奇，所以一份地名线路图对我很有吸引力。35年后，我发现自己被青少年时期感兴趣的东西吸引住了，于是我决定构思短篇小说《盲人》(*The Blind Man*)，这个故事围绕20世纪70年代曼彻斯特3个公交路线牌的9组地方展开，遗憾的是，我再没找到更多路线牌，但我收集了一套完整的那个年代的曼彻斯特客运管理巴士时间表。

小说的开头是这样的：

西敏斯特（SIMISTER）
普菲尔德（POLEFIELD）
普雷斯特维奇（PRESTWICH）

我一直很喜欢那个地名——西敏斯特，感觉它离成为一个真正有趣的地名只有一个字母之遥。一旦我确定了要用分组的地名来构思故事时——这些地名必须是在现今还在使用的公共汽车路线牌（或20世纪70年代的公共汽车路线牌）上，并且其中大部分地方今天还存在，即使现在这些线路是由多家巴士公司分别运营管理，并收取不同的票价——这点非常令人恼火，但这是另一篇小说），那么这篇小说本身（这篇小说，而非另一篇）几乎完成了自我讲述。

诸如巴格利（Baguley）、韦斯特（Weaste）、雷迪什（Reddish）、贝尔·维尤（Belle Vue）、北曼彻斯特综合医院和南方公墓（Southern Cemetery）等这些令人浮想联翩的名字确定了小说发展的方向。

另一篇小说《很快》（*Very Shortly*），全篇都由"很快"开头的句子构成，每个句子都突出了现代生活中一个有趣的事实，在大多数情况下，这些事实或令人悲恸欲绝，或令人有点失望。小说开头是这样的："很快，我们就会生活在这样一种文化中——任何有创造格言天赋的轻量级文化评论员都被称为哲学家。很快,我们就会生活在这样一种文化中,在此种环境中,'文化评论员'这个职位无论是口头还是书面表达都不会带有讽刺意味。"然后,小说继续:"很快,店员和银行职员招呼顾客的标准做法就会变成,并非主动提供帮助,而是问一句'你还好吗?'"

看吧,这就是另一篇小说。一旦我找到能引发兴趣的关键短语,就很容易把词语列表变成一个故事,我觉得"这很容易",但如果它太简单,我就不会那么感兴趣,事实上我根本不会感兴趣。要把一个单词列表或被忽略的日常琐事变成一篇小说很难,这篇小说一开始可能只是一个实验性的概念,但若想问世,需要一些东西来吸引读者,带读者一起进入故事。结构只是构成小说的部分因素,但并非全部。

马可·莱德劳(Marc Laidlaw)1992年发表的短篇小说《黑暗中的伟大突破》(*Great in Darkness*)亦如此,这是一部早期的揭秘摄影的百科全书式作品,其中小说的副标题是故事结构的关键:一个关于黑暗神秘力量的精彩、爆炸性的故事通过一部虚构百科全书被偷偷带入了光明之中(Aanschultz, Conreid; Aanschultz Lens; Abat-jour; Abat-noir; Abaxial; Aberration)。莱德劳运用高超的技巧把百科全书式的条目与叙述拼接在一起,对于一个不太老练的作家,这种拼接可能会显得笨拙。同样，我们可以想象，一个名为"问卷答案"的短篇故事，完全由问卷的答案组成，嗯，这可能看起来有点故弄玄虚，或者根本没人理睬——除非作者是詹姆斯·巴拉德（JG Ballard）。1985 年他的小说首次发表于 Ambit 杂志，这本杂志长期以来一直是巴拉德的铁杆支持者。我们的任务不仅是想象可能存在的问题是什么，还要帮助构建随之发生的叙述。

丽莎·娜塔丽·皮尔森（Lisa Natalie Pearson）在 1997 年出版了小说《吞咽》（*Swallows*），现在她几乎辍笔，因为她是一个严重的完美主义者——据我所知，她从来不忍心放弃任何一篇小说。我很幸运，出版了她之前的两本书，在《吞咽》这部小说中，她用字典中对"吞咽"的十个不同定义来为这部小说提供框架结构。这部小说讲述了一位纽约市年轻的助理殡仪师对于性（以及男性和性暴力）的恐惧。尽管小说中出现了结构上的断裂，但叙事似乎在自然而然地进行，新的章节会有位置切换，但没有笨拙的跳转。这些定义，从十到一列出来（很容易让人想到她是从字典里按照顺序摘取的，我现在不记得是否问过她到底用了多少本字典），似乎毫不费力地引导着这个故事，就像一只轻握着舵柄的手。

我读过皮尔森的第一篇小说《怯场》（*Stage Fright*），这篇小说结构上采用了同样创新的方法，小说里部分内

第三章 结构/形式——推动边界

容以剧本的形式呈现，于 1995 年由克里斯·马扎（Cris Mazza）和杰弗里·德谢尔（Jeffrey DeShell）编辑，发表在《小鸡文学：后女权主义小说》(*Chick-Lit: Postfeminist Fiction*)上，后改编为舞台剧。书中有四个角色：叙述者、住在对面公寓里的一对夫妇，以及一名侦探——来调查一桩有可能发生在这间公寓里的性犯罪案。我肯定读过这个故事不下二十次，每次读完都有略微不同的体会，故事到底发生了什么？曲终人散时有什么后续的暗示？叙述者在观察这对夫妇，这对夫妇意识到他们正在被监视。他们先是在看电影，后来开始做爱，丈夫突然变得很愤怒，莫名其妙大发脾气，可能是对他们的关系感到不满，或因为意识到在被监视。然后，她被强奸了，她报了警，被救护车送往医院接受检查并拍照，接下来小说似乎一直在谈论她。结尾发生了什么，作者不想透露任何信息，读者可以任意猜测，每人都有不同的解释。

可以这么说，这篇小说的创新之处在于其形式而非结构。前面的内容很容易让你以为我们一直在讨论的是形式，而非结构。小说的形式——从剧本格式到叙事的来回转换——给小说提供了结构。《怯场》是我读过的最好的短篇小说之一，如果要我无所顾忌地列出前十名优秀短篇小说清单，《怯场》一定位列其一。事实上，我不在乎是否冒犯了别人，我确实列过十佳短篇小说清单，其中包括《怯场》。难道我不应该在本文的末尾列出我最喜欢的小说清单吗？我当然要这么做。

这份名录里也许还要包括《宝马车里的谈话》（*BMW Conversation*），作者是《小鸡文学》的联合编辑克里斯·马扎。这篇小说完全由两列对话组成，一列在左，一列在右，这是他和她的故事，虽然一开始他在左，她在右，但他们互换了位置，因为决定他们在哪一边的不是性别，而是谁在开着宝马车。他们在车里聊天，当他开车时，她也想试一试开车。第一次读的时候会有点困惑，接着你就会明白。一旦你明白了，领悟了作者在小说结尾暗示的事情，你会和"她"一样感到恶心。我指的是故事中的那个女人，她被飞驰的汽车弄得很恶心——不是因为晕车，而是因为不开心。故事结构非常简单、新颖，就像上面讨论的那些小说一样，如果没有这个结构，这会是一篇完全不同的小说。

最喜欢的短篇小说

《博闻强记的富内斯》（"Funes the Memorious"），豪尔赫·路易斯·博尔赫斯（Jorge Luis Borges）著，选自《博尔赫斯小说集》〔*Fictions* (Grove Press, 1962)〕

《不安的新陪审员》（"And Cannot Come Again"），约翰·伯克（John Burke）著，选自《不安的新故事》〔*New*

Tales of Unease, Ed: John Burke (Pan，1976)〕

《硝酸》("Nitrate")，克里斯托弗・伯恩斯（Christopher Burns）著，选自《新小说：格兰塔图书出版社新著》〔*New Writing From Granta Books* (Granta Books，1998)〕

《艾格纳洛》("Egnaro")约翰・哈里森（John Harrison）著，选自《冰猴子与其他故事》〔*The Ice Monkey and Other Stories* (Gollancz，1983)〕

《癌症》("Cancer")，雪莱・杰克逊（Shelley Jackson）著，选自《解剖的忧郁》〔*The Melancholy of Anatomy* (Random House，2002)〕

《宝马车里的对话》，克里斯・马扎著，选自《启示录倒计时》〔*Revelation Countdown* (Black Ice Books，1993)〕

《当门关上的时候，天已经黑了》("When the Door Closed, It Was Dark")，艾莉森・摩尔（Alison Moore）著，（Nightjar Press）

《中国酒与其他故事》("The Chian Wine and Other Stories")，帕特里克・奥布赖恩（Patrick O'brian）著，选自《中国酒与其他故事》(Collins，1974）

《怯场》，丽莎・纳塔利・皮尔森著，选自《小鸡文学：后女权主义小说》(FC2, 1995）

《谋杀》("Murder")，威廉・桑索姆（William Sansom）著，选自《太阳之触》〔*A Touch of the Sun* (Hogarth Press，1952)〕

拓展阅读

在上面列出的写作训练中，我最想强调的，也是我认为最简单、最有效的是——如果你卡住了，坐在那里盯着眼前的空白页面，或者因为一段时间没有操作电脑，屏幕变暗了，不要四处寻找能提示你写下去的东西，不要把随机的单词放在一起，希望它们能形成"写作的种子"。从书桌旁站起来，穿上靴子，走出屋子，去散散步，不管走多远，出去走走，乡村、郊区、市中心——这些地方都行，出去走走。如果小说写作中遇到了问题，跟自己说说，最好大点声说出来，这就是为什么在乡下散步可能是最安全的，如果你是在城市里，而你又不想被关起来，一定要小点声。但重要的是要清晰地说出问题，从不同的角度来审视问题，询问自己。走到最后，我保证——我向你保证——你散完了步，问题就会解决。如果还没解决，那它暂时就需要搁置，在这种情况下，扔下这篇小说，开始写一篇新的。一年后再回到这篇有问题的小说，就像一条打结的链子，放到珠宝盒里不去管它，过段时间它就会被神秘地解开了。随着时间的推移，同样的事情也会发生在你的小说上。

散步时我们的大脑会解放出来，反而可以解决问题（但我强调，它只适用于可解决的问题）。我认识一些作家，他们说可以在开车、游泳或跑步时做到这一点。我不能，坦白地说，如果他们在开车时试图解决小说的问题，我不想和他们一起上路，因为我们都有可能成为受害者。开车、跑步、游泳、骑车——这些都需要极大的专注力，只有在走路时，你才能把所有的注意力集中在问题上，散步时这么做，问题会得到解决。

第四章　短篇小说的形式

格雷厄姆·莫特（Graham Mort）

> 在任何情况下，读者都可以将文本的不同部分联系在一起，这是读者对文本进行"延伸"和"保留"的过程，在这一过程中形成了文章的虚拟维度，在这一虚拟维度中，读者又可以将文本转化为自己的经验。这种不断在修正中获取经验的方式与我们在生活中获取经验的方式十分相似。因此阅读经验的"真实性"可以阐明真实经验的基本模式。
>
> ——沃尔夫冈·伊瑟尔（Wolfgang Iser）的现代批评与理论

关于作者对写作实践的描述，读者应该持谨慎的态度。因为这种描述通常是虚构出来的，他们会把原本差强人意又杂乱的写作过程整理得井井有条，并赋予其逻辑形式。但事实是，他们的写作实践中混杂着潜意识活动的爆发和有意识的组织原则。严格来讲，这些描述并不"真实"，但也不至于因此降低内容的价值——实际上，这些描述赋予了作者虚构的力量，而这种力量能够在一定程度上说服和刺激读者，从而让读者产生一种共鸣。带着这种警示，我以我自己的作品为例，并加上有些"厚颜无耻"的个人细节描述，让读者更加具象地了解我在写作过程中的所思所想。

我读过的第一篇短篇小说（这里我指的是短篇小说，而不是中篇小说）连载在小时候订阅的和从朋友那里借来的漫画，还有从哥哥那里拿来的《惊奇》（*Marvel*）漫画（美国漫画系列）中。我敢肯定，这些漫画产生经久不衰影响的原因之一在于，它们使用画面来捕捉视觉图像，并将动作按顺序向前推进，就像失帧的电影胶片一样。我现在意识到，这些画面等同于故事中的段落或诗歌中的诗节——在它们之间移动就是在页面的空白之间移动，这通常是一段隐含的时间（伊瑟尔的文学阅读理论）。这些画面的衔接与叙事中时间的运动有关，也与读者想象缺失的方式有关。

我订阅的那本漫画既有图像小说，也有更传统的连载散文故事。我很快就对没有图片的故事产生了兴趣，或者更确切地说，对通过文字创造视觉效果的故事产生了极大的兴趣。

我所居住城市的图书馆离我大约有一英里半的路程，我沿着河流漫步，河流在染厂和织布厂之间蜿蜒流过，然后穿过墓地，经过烟雾缭绕的中世纪教堂，来到了20世纪30年代模仿都铎王朝建立的图书馆。书籍，更确切地说，是书籍中的内容，把我从那个衰败的兰开夏郡磨坊小镇（Lancashire mill town）带到了新的地方，遇到了不同的人，产生了新的关系。然后带着青春期孩子特有的、认知方面的震惊，我找到了阿诺德·贝内特（Arnold Bennett）、D. H. 劳伦斯（D. H. Lawrence）和艾伦·西里托（Alan Sillitoe）的作品。他们所讲述的故事发生在我居住的工业及农村交界地带。文学既是对现实的逃避，又是对现实的回归。但现在，这种现实改变了，以某种方式注入了虚构中。

时至今日，我仍然对文本所产生的力量感到惊讶——纸面上的文字（这对那些没有进行特定写作体系的人来说毫无意义）可以有如此强大的力量来改变个人体验。当你把这种力量放大到一本书里，甚至放大到浩如烟海的图书馆中，你就会开始理解我们作为人类这个物种的独特性。我们的成功不仅超越了生物学界限，而且同语言和我们传递知识、理解故事的方式有一定的关系，还不会受到时间、空间和死亡的限制。

我早期的启示来自我曾读过的D. H. 劳伦斯的《儿子与情人》（Sons and Lovers）一书，这本书描写的是"今天英国成千上万年轻人的故事"。这类故事打破了我在童年时期和青春期从漫画中感知到的唯我论状态，让我感知到了自己与他人的联系。大约在同一时间，我哥哥放假回家，带着一箱他本科阶段英语文学课的书。于是我开始如饥似渴地阅读小说和诗歌，不仅是英国的作品，还有欧洲、美国、俄罗斯等地的作品。通过文学作品，即我们现在所说的一种"虚构"的形式，我逐渐将一个看似不合逻辑、难以想象的世界连接了起来。

短篇小说始终在我心中占据着特殊的地位。毕竟，长篇小说通常由连续的故事或情节组成。但对于一篇短篇小说来讲，当我晚上躺在床上，开着我那台老式的 valve 收音机，播放着音乐，让整个房间充满烘热的尘土味道时，可以一口气把它读完。短篇小说中充满令人满足和兴奋的东西，因此毫不意外的是，在诗歌之后，我尝试创作的第一种文学类型就是短篇小说。此外，由于文学作品中的英雄已经取代了漫画书中的英雄，我决定将自己的经历作为写作的基础。

我曾在很多不同的地方工作过，磨坊、工厂、医院和墓地……几年之后又在《卫报》(*Guardian*)周六版上发表了我的第一部短篇小说——关于在约克郡北部集镇的一个工业奶牛场工作的故事。在那之后，诗歌似乎成了我的主要创作方向，所以我只是零星地发表了几篇短篇小说。再之后便进入了休眠期，几乎没有短篇小说产出，然后，就在几年前，我才又开始专注于短篇小说的创作。

这些新的短篇小说的创作灵感，来自我对叙事诗的兴趣，无论是长诗还是序列诗。我知道将诗歌的韵律运用到叙事文写作上并非易事，但我逐渐意识到诗歌和小说在形式上有很大的交叉性。这种交叉性不仅表现在诗歌有很强的叙事性内容，还表现在短篇小说可以借用诗歌的韵律、紧凑感、意象、结构以及简明性原则。诗歌创作中可以进行大量留白，因为读者会通过自己的想象去填满这些空白，而且从理论上讲，诗歌在创作时经过字斟句酌，词句达到了完美的状态。正如我会在创作诗歌时对某个词和标点符号进行推敲一样，在创作短篇小说时我也对内容进行了细细的斟酌。并且重写对我来说，向来都不是一件苦差事——在重写的过程中，我找到了自己真正想要表达的东西，通过对关键的叙事片段和能够引起共鸣的语句的选择，令故事的开篇更有条理、层次更分明。

我通常对恢宏的叙事形式或"故事中的曲折桥段"不那么感兴趣，而对以人物经历为基础的叙事进展更感兴趣。如果像菲利普·拉金（Philip Larkin）所说的"任何地方都不会发生类似的事情"，为了让故事中那些真实的部分能安静地显现，会避开那些恢宏的令人兴奋的桥段。我深深地被时间所吸引，为我们如何经历岁月而着迷，为作家们如何运用时间而着迷，另外真正吸引我的不是对事件的描述而是对意识的描述。所有的文学作品都在探索人类的本质和活着的真谛，这也是我的探索方向。我意识到，在短篇小说中不仅可以有意识的层面，让我们看清事件随时间发展的趋势，还可以有潜意识的层面，在这个层面参照物和想象力可以激发读者更深层次的反应。在故事中使用浓重的色彩就是一个简单的例子，它能激起读者的潜意识，甚至是本能的反应——这也是电影和摄影中常用的方法。

对我的小说写作产生影响的还有，拥有严苛道德准则的《圣经》中的比喻、非洲故事和口头文学传统（是我开始为英国文化协会访问乌干达时接触到的），以及为电台所写的文章，这些作品都需要强调人的声音并对其做戏剧化的处理，以第一人称进行叙事。比喻也与诗歌的一些关键组成部分具有相关性，隐喻是一个事物代表另一个事物，转喻是用一个重要部分代表整体——这种类比在寓言上也是说得通的。因此，短篇小说的简短并不是一种妥协，而是意味着纵然它不具备长篇小说的复杂性，却可以进行强有力的暗示。

诗人保罗·魏尔伦（Paul Verlaine）曾经说过，一首诗"仅仅把它放在一边，那你永远也不会完成它"。短篇小说不仅短，而且往往不那么完整：同时它就像一首诗，必然是碎片化的。写短篇小说的手艺需要不断地磨炼，短篇小说专注于通过一个小片段或碎片化的时间向我们讲述更宽泛的人类体验。

我认为，读者在短篇小说的展开和完成过程中经历了不同的过程。故事通常不是以一种惯常的方式结尾的（往往通过巧妙的方式为整个故事的骨架增添血肉）。我还认识到，短篇小说的简短不仅仅是表面现象，事实上，短篇小说之所以更有力量，原因就在于其简短让读者有了广阔的想象空间。此外，我开始把创造性写作看作一种"共享意识"的方式——文本以印刷版的形式隐藏在页面中，并被读者"激活"。结果会出现充满想象力的"体验"。

在我看来，短篇小说吸引读者的方式是唤起读者对地点（对地点的"感觉"）或人物性格的感知，刺激读者的物理感官。早期漫画对我的吸引力是基于视觉的，然而文字、语言能够强有力地唤起人类的其他感官——嗅觉、听觉、触觉甚至味觉。事实上，尽管这些刺激可能不会同时发生，但文学作品是唯一能够实现这种综合感官想象的艺术形式。以下是我的短篇小说《抵抗》（*Resistance*）中的一段，故事发生在第二次世界大战的法国：

> 古斯塔夫从岩石边缘折下一些薰衣草茎，用他粗粝的双手揉搓着。他刚刚磨完镰刀的手指显得油光发亮。薰衣草散发出阵阵香味，里边有泥土的味道，有

性爱的味道，就像家里床单上的味道一样。

这一段充满了视觉细节，我们通过古斯塔夫的视角看到了他眼中的场景，看到他眼中的外部视角到内部视角的转换。由于在写作时使用了"自由间接体"，因此无须使用第一人称就能营造贴近作品的感觉，我们从以上片段里看到了他手上的动作，通过把薰衣草短暂的气味和他更深更亲密的记忆联系起来，共享了他的思想。

当然，吸引读者的另一种因素就是小说本身：故事发生的顺序，随着故事的发展和"时区"之间的调整，我们如何融入到故事中，如何参与时间的变化。作者在小说的开头还面临着其他棘手的选择：时态（过去，现在或未来）、观点（作者的，有特色的，中立的）、人称（第一，第二或第三人称），以及观点是否特别，它是外部的还是内部的（对行为进行评论或参与其中）。开头的句子必须简洁，同时快速地将这一切呈现在读者面前。这听起来相当复杂！下面是我的短篇小说《王子》(*The Prince*)中的一个例子：

整个夏天，隔壁大房子里的那个男孩身体状况都不容乐观。我们看到他头上缠着绷带在覆盆子藤条间掠过，像梦游者般在父母的注视下从草坪上飘过。某些东西在他心中滋长,冲击着他的生活。他漫不经心地玩耍,由于心智过早地成熟,加上现在的身体状况,当他想要试着去做小孩子时,已经太晚了。我们不知道他究竟什么时候会死去,但我们知道那一天不远了。

在开头的这一段交代了几件重要的事情。故事发生在过去,但也建立了一种明显或隐含的叙述"当下"的感觉。故事是以第一人称写的,并建立了一个背景,有一个声音在描述故事的细节,同时这个声音也是故事中的人物。"大房子"暗示着社会地位,虽然整个故事是在讲述主人公的童年,但故事中作为旁白的那个声音,又暗含着成年人的想法和经历。这是叙事中的意识层面,但旁白本身也拥有潜意识层面的含义。文中提到梦游和男孩"掠过"的动作,暗示着一个鬼魂的世界,一场在睡眠中穿越生死的活动,预示着整篇小说某种更宏大的主题。

从这两个简短的例子不难看出,任何小说的自由创作都必须受时间的约束。如果我们要在"真实"的时间里描述一个事件,若写作情节不断地随着时间向前推进,那么这个写作任务将永远不会完结。有很多证据表明,我们对我们所认为的"现实"的体验是有选择性的,现实中有太多的经历需要记录,然而,仅凭我们的自有意识很难将它们全部记录下来。在这方面，我们的记忆力和潜意识也发挥着各自的作用，从而可以对相似的经历做一个简化。更激进的是，一些神经科学家强烈地认为，我们所认为的现实有一部分是被想象出来的：

梦境和现实即使不完全一样，也具有相当高的相似性。本质上讲，大脑是一个做梦机器，是大脑产生了现实，分泌了现实，所以说现实是可以被调节的，并且受到感官的限制。

研究梦的科学家发现梦和意识之间存在极强的平行状态，他们认为只有以外在感觉的形式存在的现实才能打断我们连续不断的做梦状态。

那些声称在写作中从来不会考虑读者的作者，试图表明自己的观点是独立于实践的，好像他们的作品具有纯粹性。大多数情况下，他们的意思是，他们并没有有意识地把写作目标对准特定的读者，从而避免与民粹主义流派或"设计师"小说的形式产生联系（有趣的是，短篇小说有众多的流派）。但需要了解的是，写作行为并不是作为阅读行为的分支而存在的。正如阿尔贝托·曼古埃尔（Alberto Manguel）在他的著作《阅读史》（*A History of Reading*）中所指出的，写作开始的那一刻，阅读也同时开始了。这种同步性不仅表现在阅读上，还表现在读者浮现在作者头脑时所产生的同步性。另外，曼古埃尔说，是读者"拯救"

了写作。从这个意义上说,离开了读者,写作也就不复存在了。

  当然,这是对我们输出信息(无论是写在纸上还是用电脑敲字)过程的简化。即便是在写这篇文章时,我也会意识到写作和阅读是不可分割的。在写作的过程中,我们不断地在脑中酝酿下一个词、下一句话,当文章以印刷体的形式出现,我们就会去阅读它,目的或许在于确认其正确性、定位、一致性等。因此,任何小说、诗歌,甚至所有文本的写作都包含着一种复杂的心理/语言表现。写作的关键问题可能在于,需要一种共同的语言和一个共享的写作体系,而这种体系只有当作者的"另一部分"(实际的读者)开始阅读文章时才会出现。与语言的兼容性和写作系统的建立相比,写作行为建立在一个更深层次的假设上,它的建立以一种共通的人道主义为基础,在这个基础上,我们所写的内容才会与读者的经历产生共鸣,同时刺激到他们的神经器官。在过去的几个世纪里,由于文化和社会结构的不同,这种认知可能是片面的,但创作于两千年前的作品,从希伯来语经希腊语和拉丁语翻译成的《圣经》,仍然以其内在力量和真实性打动着我们。

  作为一名教授创意写作的老师,我一直很抗拒那些所谓的"正统说法"进入我的课堂。写作关乎自由,而处方或禁令的书写方式总会让我感到异常沮丧。每一部文学作品所产生的问题都是独一无二的,只能通过在启发式的写作过程中不断尝试和纠错来解决。在写作中,当我们失去了创造力或想象力时,我们那至关重要的开场白就会变得格式化,并且永远无法摆脱这种格式化。同样重要的还有,我们需要在写作过程中退后一步,带着分析性的思维去思考写作是什么、能产生什么,平面的文字如何创造一种虚拟的想象体验,一种强大到足以代替现实的体验。我们在火车上读了一篇短篇小说,之后我们对那趟旅行什么都记不起来,却对小说中从未真正发生过的人物、地点和事件记忆犹新。发展自己的反直觉过程,在这个过程中不断发展自己对实践或"诗性"的感知,会对你的阅读带来极大的帮助,最重要的是,可以帮你校正自己的作品。

参考书目

在推荐相关书籍时,总感觉自己把什么事漏掉了。以下文章都是非常有影响力的"经典"作品,但你也应该广泛阅读当代作品,可能的话,还可以在广播中收听短篇小说。这些参考书都与我文章的主题有关。

《阅读史》(Flamingo, 1996),阿尔贝托·曼古埃尔著

《现代批评与理论》〔*Modern Criticism and Theory*(Longman,

1999）〕，大卫·洛奇与奈杰尔·伍德（David Lodge with Nigel Wood）著

《人脑》〔*The Human Brain* (Phoenix, 2002)〕，苏珊·格林菲尔德（Susan Greenfield）著

最喜欢的短篇小说

《死者》（"The Dead"），詹姆斯·乔伊斯著，选自小说集《都柏林人》〔*The Dubliners* (1st World Library, Literary Society, 2004)〕

《菊花的气味》（"An Odour of Chrysanthemums"），D. H. 劳伦斯著，选自《普鲁士军官与其他小说》〔*The Prussian Officer and Other Stories* (Penguin Classics, 1995)〕

《长跑运动员的孤独》（"The Lonelines of The Long Distance Runner"）艾伦·西里托著，选自小说集《长跑运动员的孤独》(Harper Perennial, 2007)

《好女人的爱》（"The Love of a Good Woman"），爱丽丝·门罗（Alice Munro）著，选自《好女人的爱》（Vintage, 1999）

《变形记》（*The Metamorphosis*），弗兰兹·卡夫卡（Franz Kafka）著，（Kessinger Publishing Co., 2004）

《已故上校之女》（"The Daughter of the Late Colonel"），凯瑟琳·曼斯菲尔德（Katherine Mansfield）著，（Kessinger

Publishing Co., 2004）

《大教堂》（"Cathedral"），雷蒙德·卡佛著，选自《大教堂》（Vintage，1989）

有关当代已出版的非洲故事集的广播博客，请访问：
http:// www.crossingborders-africanwriting.org /
查看所有短篇小说奖项和比赛，请访问：
http:// www.theshortstory.org.uk / prizes /

思维拓展

我已经表示过我不会为其他作家制定指导方针。写作练习就像对写作实践的描述一样，都是对作者真实经历的歪曲。但我下面说的一些东西或许会有用。

·广泛地阅读，并对写作技巧进行分析性阅读，找出作者想要达成的目标以及达成目标的方法。

·阅读范围要涵盖经典作品和当代作品，不仅要阅读英国作家的作品还要关注外国作家。

·将注意力集中在故事的开头，看作者是如何设置整个故事背景的，作者是如何将开头的元素运用到整篇文章中的，以及如何在文章的结尾把握时间。

- "自发地"写作（当然这种情况不可能出现）而不是等待灵感，即使寥寥写下几个字也可能成为关键的叙事因素，推进文章的进一步发展。

- 从感官出发进行写作，创造出细致生动的人物和场景。

- 同时，不要担心故事的走向，这样故事反而无法推进。初稿写作的侧重点在于完成整个故事的架构。

- 现在，可以对你的故事进行编辑，删掉那些不必要的细节，给读者留出发挥想象力的空间。

- 如果你的故事没有获得读者的青睐，那么用彩色的笔将所有的时间变化标出来，找出那些不一致性、不必要的复杂性或矛盾点。

- 对时态、语态和观点进行试验，不断地试写开头以找到感觉最准确的一版。以这种方式寻找形式通常可以让你不受约束地继续写作。

- 不要过于关注批判。有自信是件好事，但你要知道，相对于批判，行动才是正确的选择。

- 以局外人的身份阅读自己的作品，成为自己作品的读者。不要害怕阅读文学理论，它不会伤害你，反而会对你有促进作用，尤其是阅读的现象学。

- 在写作中创造一个好的旁白叙述者，并培养自己的写作风格，但同时还要记住的是，一个好的作家是一个口技表演者，所以不要陷入菲利普·拉金曾经说过的，"假装做自己"的僵局。

・不是你真正在乎的东西就不要去写——生命真的太短暂了。

第五章　创建一个世界

莱恩·阿什菲尔德（Lane Ashfeldt）

　　由于"如何"讲故事理论的兴起（这种理论可能会让人们觉得在开始写作之前需要一个硕士学位），人们逐渐倾向于将讲故事比作建房子。这是一项复杂的工作，可是业余爱好者就不能做了吗？得看情况。窑洞与耀眼的玻璃塔之间存在巨大的差距，建造一座玻璃塔可能需要一个建筑师团队和三家建筑公司。而在这两种建筑之间，存在更多可爱的房子——人们用当地的石头、木头缓慢地建造，在观察与学习中，在邻人的帮助下一砖一瓦地建成。

　　然而，当你在讲述一个故事时，你要努力为读者建造的，不仅仅是一所房子，而是一个完整的世界。这个世界可能是你所熟知的，可能是你通过研究拼凑起来的，甚至可能是一个想象中的、未来的虚构的世界。但这些都不重要，重要的是，你相信这个世界的存在，并且能够说服你的读者也相信这个世界的存在。

要说服读者，就要向他们展示足够多的细节，但又不能多到让他们觉得乏味，或者前后矛盾。对任何一个讲故事的人来说，最糟糕的时刻（这是我们许多人从小在操场演讲就熟悉的时刻）莫过于有读者说："可是你以前说过……的话，所以那不可能是真的。你在瞎编！"所以，多少细节才够呢？这不是个简单的问题，根据作品类型的不同、受众的不同以及个人写作风格的不同，这个问题有不同的答案。

在历史小说（科幻小说、推理小说和幻想小说也一样）中，作者能够跟读者分享的信息量往往超过平均水平，原因在于作者所创造的世界与读者生活的世界不同。即便这样，此类作者也要小心行事。最好逐步将这些信息在读者面前展开，就像摄像机在不知不觉中从特写镜头拉到长镜头一样。

揭示故事细节之所以成为一件棘手的事，原因在于，当作者开始进行研究工作时，他们会像研究员一样，深深陷入自己未曾触碰过的世界中。研究调查往往是有趣的。假如你打算写一篇关于20世纪30年代阿根廷的故事，但你对当时的事情几乎一无所知。接下来，你会尽全力查找资料。如果有朋友或同事能帮忙，你必然会去联系他们。你还会选择去图书馆查资料，也可能选择亲自到阿根廷走一趟。无论你选择什么样的方法完成这项任务，它都可能在某些时候让你偏离写作的路线,同时记下大量关于 20 世纪 30 年代阿根廷的笔记。

接下来就是让人烦恼的地方:你需要对大部分的资料和信息进行处理,不是剔除,而是把它们于无形中融入故事。为什么?因为当你把研究放进故事中时,除非这部分内容有助于情节的推进,否则必然会成为阻碍。情节驱动型小说的作者会发现一条经验法则:如果某部分内容无法推动情节发展,那么就把它删掉。历史或文学小说作者在这方面可能不像情节驱动型小说作者那么决绝,但不变的是,如果你花越多的时间去描述女主人公那套 20 世纪 30 年代的漂亮礼服,以及她走的那条没有汽车的 30 年代的道路,那么你花在主要工作,即讲故事上的时间就会越少。

读者感兴趣的问题

那个穿漂亮礼服的女孩是谁?发生了什么事?

事情发生在什么时候?

她在哪?

她为什么要走这条路?

人物、事件、时间、地点和原因,这是记者的新闻稿中出现的经典元素。但现在它们却与一篇短篇小说有关。一篇好的短篇小说不应该浪费篇幅。

第五章 创建一个世界

有些小说只有一页，有些则长达5页、10页，甚至30页。每多一页都会削减短篇小说的可读性。短篇小说家必须在100个字以内就让读者相信小说世界的真实性，并讲出读者迫切想要知道的情节。如果他们没有做到这一点，读者就会进入另一个世界，看到一个完全不同的故事。

因此，吸引读者的诀窍在于，让读者进入你虚构的世界。作家是如何学会这一技巧的呢？和许多作家一样，我在阅读、写作和犯错中学会了写小说。就我个人而言，我不是很喜欢说明书：只有在加热一顿速食或在组装简易家具出现问题的时候，我才会去看说明书。我总是通过反复试验和试错来学习——包括奶奶教我烤蛋糕的方法时。（关于这一点我想说的是，奶奶不会使用食谱烹饪，她只是使用手边任何能用的东西进行烹饪，所以我和她一起做烘焙从来都不会觉得无聊烦琐，整个烘焙过程可以说是一种探索，她会看看橱柜里有什么，以及这些配料如何混合在一起才能做出美味的东西。）

虽然我认为故事的创造从来都不会像用食谱烹饪或用说明书组装家具那样万无一失，但写作和编辑技巧还是可以学习的。这种技巧可以推进故事初稿的成形。以下是两段摘录：摘自我的《在坎维跳舞》（*Dancing on Canvey*）的初稿和最终出版稿，写这篇小说时我曾进行了大量的研究。

这是我写的第一篇以历史事件为背景的短篇小说，在写这篇小说时，我犯了一个典型的初学者的错误，即过度关注研究工作。我几乎阅读了所有与这个主题有关的书，其中包括讲1953年英国东海岸洪水的书。我参观了一家图书馆，被经常光顾的人（大概是历史学家）吓了一跳，在我费力填写粉色申请表时，他们正坐在图书馆的桌子旁努力工作。由于我在填写申请表时犯了一个错误，而没能按时拿到需要的报纸，当它们最终到我手上时，我高兴得像个孩子，因为那份报纸不是压缩的电子文档，而是被实打实地粘贴在一个木板上。等待是值得的，我从报纸上得到了一些有用的信息，再加上对坎维的探访，这让我对事实和一些物理细节都有了信心。

为了写故事而到当地探访是一件奢侈的事情，虽然令人愉快，但并不总是必需的。我还写过一些其他的需要进行大量研究的小说，比如《人在异乡》(*Off the Map*)，但我并没有探访那些故事背景中的地点。虽然所有的研究都会让我对故事背景更有信心，但那需要时间。

你可能会根据自己的兴趣选择不同的研究领域。它可能与足球、书法或流行病学有关。研究活动可能包括参观工作场所、图书馆或教区档案，也可能包括追随当前的科学、医学或时尚的未来趋势。不管它是什么，你都可以根据自己的预算和时间进行，可以根据自己的喜好和实际情况进行实地调查或上网查阅资料。

那么，收集了所有这些材料之后，如何对它们进行架构呢？

我意识到，少做一点研究可能会让事情变得更容易，因为我发现在研究时，整个写作过程变得难以推进。信息越模糊，我就越想保留它。所以我接下来犯的错误就是，为了能够将收集到的材料用到故事中，我在情节选择和叙事变化上花费了过多的时间。但那些材料可能于故事而言并不是什么重要的东西，只是根据自己的喜好选择的，就像孩子收集硬币或塑料碎片一样。

这让我对历史小说的创作有了一些感悟。如果你能将自己搜集的信息与小说情节相匹配，那么你就能理所当然地保留这段信息。人们在为叙事性故事展开研究时，通常会选择具有历史意义的研究对象，并在其中加入一些与当代相关的因素，因此这种研究对象在推进"现在"情节的同时，也促进了读者对历史的理解。一些作家还在创作中混用了多种体裁——历史、恐怖和犯罪小说，如果你故事中的埃及考古学家发现了一种能够让邪恶的僵尸复活的古代文物，那么这些体裁可能会混合出现。侦探题材的作者或考古题材的作者有绝佳的理由为了创作而做调查研究，甚至去寻找毫无结果的事实。这种混合体裁也为故事增加了戏剧性的紧张气氛：从过去而来的僵尸现在要来抓你了，世界有待拯救，等等。另一种变体是家庭传奇与过去事件的混合——一个再正常不过的当代叙事者在他们家族史的陈列柜中发现了一具骷髅。

米歇尔·法柏（Michel Faber）是一位喜欢混合体裁，从一种体裁跳到另一种体裁的作家，但他最著名的历史小说或许是《139级台阶》(*The Hundred and Ninety-Nine Steps*)和《猩红色花瓣和白色》(*The Crimson Petal and the White*)。在谈到他那些受到历史启发的小说时，法柏说："问题是，要形成好的叙事意识就要避免讲一些事情，如果你无法避免，那么就很难以历史为背景，写出优秀的小说。"在他给《国王所有的马》(*All The King's Horses*)写的序言中，他提出，为了防止读者将故事发生的时间默认为现在，进而将这个故事在脑海中固化，作者有义务不断提醒读者故事的时间背景是过去。"那些对历史做了认真研究的人，比如把17世纪的佛兰德屠夫作为故事背景的作者，他们的作品往往会因为出现关于屠宰、佛兰德人以及17世纪的每一件小事而受到谴责。"

在《在坎维跳舞》中，故事所处的时代和我其他作品中的时代、主题都不一样，但原则是一样的，我第一次写这个故事时也遇到了类似的问题。在对故事主题和搜集的资料进行研读之后，我意识到这些材料足够我写一两部长篇小说的了。在一部长篇小说中，这些信息或许会分散在多个故事情节或时间框架中，或者引入更复杂的次要情节——所有这些我都在早期考虑过。但我并不是在写长篇小说,短篇小说也没有这么长的篇幅。根据我对短篇小说的编辑经验,我知道必须做减法了。我选择了一个虚构的叙述者,昆妮,一个小学即将毕业的女孩,并专注于描述家乡的洪水对她产生了什么样的影响,还描述了她的家庭,以及她刚刚在学校认识的一个男孩。故事情节将集中在1953年1月31日星期六晚上实际发生的那场洪水,时间控制在洪水发生的前后几天。我搜集资料时发现在洪水发生的那晚,镇上举行了一场舞会,这就自然而然地让故事情节更加集中,同时又真实地还原了事件的原貌。

下面是第一页的初稿。我已经在这本书出版之前对这部分做了根本性的改变,修改的内容就包含了我在写第一部历史小说时所犯的一些典型错误。你可能会说,这简直太有历史意义了。

《在坎维跳舞》(初稿,2005年,未出版)

自从圣诞节以来,我们每周五下午都有两节艺术课,我们一直在用一卷很长的纸做装饰带,老师说那是为我们小镇做的,会在新的纪念馆展出。每张桌子上都放着卷纸的不同部分,每张桌子有不同的主题。黄色桌子上正在制作维京人和罗马人遗骸的图片,红色桌子上画了一幅成千上万只羊在坎维安家的情景，当时坎维不是一个岛屿，而是五片经常在涨潮时被淹没的沼泽，画中还描述了牧羊人为了与伦敦人进行贸易而制作咸奶酪的情景。我在绿色桌子上：我们的任务是调查并阐明弗洛姆先生所说的荷兰入侵事件。

跟我同一张桌子的孩子问这项活动是不是要 11 岁以上的孩子来做，弗洛姆先生说不是。他补充说，练习记笔记和收集信息对我们有好处，无论我们长大后会做什么工作，这些技能都会对我们有所助益。

约翰尼说："老师，我 15 岁的时候会离开学校，像我爸爸一样成为一名渔夫，如果他们没有改变法律，我还能早点离开。我所需要知道的就是如何驾驶一艘船，如何游泳，如何捕鱼。但这些东西我在学校一样儿也学不到。"

弗洛姆先生说，不管约翰尼多想捕鱼，在他 15 岁生日之前，都必须和其他孩子们一起玩。他让约翰尼坐在绿色桌子旁换换环境。对于一个想要在大海上工作的年轻人来说，认识大海是一个多么强大的对手是很有必要的。

初稿中出现了以下需要解决的问题：

・故事从历史开始,仿佛要讲述历史。

・过于强调历史,并在其中塞了太多东西。

・人物的出现和他们的对话似乎只是为了揭示更多的历史细节。

・旁白的语气没有说服力。

・文中使用了间接引语和摘要来叙述,但事件本身可以用更轻松更直接的方式来叙述。

在叙述上,虽然这两版的观点是一样的,但终版的节奏更好。特别值得注意的是,终版尽力将整个故事场景描述了出来,而这正是初稿所缺少的。

《在坎维跳舞》(终稿,2007 年由 Fish Publishing 出版)

星期五的早晨,我摇摇晃晃地爬上陡峭的布满海藻的海堤,沿着海堤向前走,左边是小溪,右边是路。浪花飞溅,风在我两腿之间嘶吼,撕扯着我华达呢布料的校服裙子。

阿奇和他的朋友吉姆想要跟着我。"下来!"我告诉他们。"你不能上这儿来。"当然,严格地说,我也不能。

"我要去告诉你妈妈。"阿奇喊道,并朝我伸了伸舌头,然后他朝学校跑去,慢慢消失在我的视线中。

如果你细想就会觉得很奇怪,这个岛已经不是一个真正的岛了,仅凭高高的长满海草的海堤支撑着它。虽然现在大海还没有完全涨潮,但如果海水涨到与海堤持平,海水将会没过阿奇的肩膀,甚至可能是他的鼻子。并不是说你必须停下来思考这件事是否正常,只是我们一直在做的这件艺术作品重新唤起了我对这件事的记忆。

这两节艺术课上完就要放学了。因此当老师分发那些半成品纸卷时,每个人都坐立不安。自从圣诞节以来,我们一直在为这个岛做装饰带。黄色的桌子上摆满了丹麦和罗马的遗留物;红色桌子上做了一个草原,上边点缀着绵羊毛和一个牧羊人的剪纸图案。我坐在绿色桌子旁。昨天我画了一幅荷兰小屋的草图,上面有茅草屋顶和八角形的底座,就像一架没有扶手的风车。今天,我准备为它上色。

当弗洛姆先生拿出一张张横格纸,让我们描述图画中发生的事情时,蓝色桌子上的一个女孩问 11 岁以上的学生才要做这个吗?答案是不。弗洛姆先生坚定地说:"但是,无论你将来从事什么行业,优美的笔迹会对你有好处。"

接着约翰尼说:"等我 15 岁的时候,我就会像我爸爸一样成为一名渔民。渔民不需要读书写字,老师。如果可以的话,我现在就想离开学校。"

海堤是比教室更好的开场场景。新场景介绍了叙述者昆妮,她和弟弟阿奇一起步行去学校,同时也介绍了这个岛。开篇没有提到时间,只是写"风撕扯着(她)华达呢布料的校服裙子"。同时也删减了一些岛上过去历史的细节,为对话留出了空间,这让人感觉到了昆妮的人物性格,以及她的家庭对她的限制。与阿奇的口角显示了她在照顾弟弟的过程中所处的奇怪的半儿童半成人的角色。因此,新的开篇凸显了人物的性格,并显示了紧张的家庭关系,同时对岛上陌生感的描述也暗示了不祥事件的发生。

不过,需要说明的是,在重写故事的过程中,我并没有列出严格的清单,标明哪些需要删减,哪些需要保留。并不是所有的修改都是经过详细计划的,因为在一个故事成型的过程中,作者的写作速度很快,从一份草稿到下一份草稿会有很多小的改动。同样,这个过程让我想到了建房子。你有没有观察过一个建筑工人在开始一项新工作之前是如何收集材料的?他是否在开工前就订购了他需要的所有砖块、水泥、沙子?后来,开工之后,他可能会发现自己缺少一块木板。但他手边现在有一堆湿水泥，如果他跑到最近的五金店去买木头，水泥就会变硬，所以他就在箕斗里翻找合适的木头。找到之后他感到欣喜无比，接着他将木头修剪整齐，放到需要的地方。

那些时刻是充满魔力的。它们让一份工作变得有价值。

现在回到我的故事上，很难确切地说明是什么契机让我对开场做了这样的修改。以海堤作为故事开场的决定是完全合乎逻辑的（这是故事的关键地点：正是在这里，昆妮意识到这个岛处于危险之中，也是在这里，她遇见了约翰尼，还是在这里，洪水冲进了小镇）。但我最初的选择可能没有这么清晰。在重写的过程中，我已经有了零星的想法，偶然间发现了这个更合适的开头。重要的是，这个改编是成功的。这个场景一出现，故事就自然而然地展开了。

我不想在这神秘兮兮地胡扯"灵感"这个词。作为一本讲述短篇小说写作技巧的书应该提供更具体的写作建议。我在与其他作家谈论他们的作品时，发现他们也有相似的经历。小说作家兼剧作家德里克·尼尔（Derek Neale）在一篇有关研究的文章中说："书写你所知道的东西，大多数创作过程包含着一个无意识的阶段，有时被称作'孵化期'，在这个阶段，想法的孵化和发展会超出我们意识控制的范围。"尼尔引用库尔特·冯内古特（Kurt Vonnegut）的话："你无法确切地控制一部小说的创作……写作技巧的其中一部分就是脱离控制"。

如果不去翻找材料，不去品尝，不做尝试，那么对于一个作家来说，就很难弄清楚哪些想法（或者场景，或者角色）可以保留并推进故事发展，而哪些可以删减。

就我的故事而言，目前为止，我所能做的就是把它写完，同时要时刻避免在文章中塞入日期、脚注以及其他我在图书馆辛苦工作的证据。如果我进行的所有研究能让我感到自己已经完全掌握了故事发展的所有材料，那是再好不过的，但这不是在写论文，没有人会因为我带来了有趣的新鲜事就给我加分。我只需要完成这个故事。完成之后找一个出版社将它出版。

在运用研究结果完成小说创作时，作者们会发现最困难的任务是寻找出版社。历史题材的小说往往比同一时期其他类型的小说篇幅要长，而在英国，篇幅较长的短篇小说很少有出版的机会。接着"沸石短篇历史小说比赛"（the Fish Short Histories competition）开始了，这一比赛同样对小说的篇幅有要求，《在坎维跳舞》赢得了这场比赛。

也许最有用的建议是：无论你在写什么，无论你想为读者建立一个什么样的世界，不要害怕尝试，最终你会找到一个或几个适合自己的方法。

参考书目

《在坎维跳舞》，莱恩·阿什菲尔德著

《人在异乡》，莱恩·阿什菲尔德著，阅读网址：www.Guardian.co.uk 2006

《〈国王所有的马〉序言》（Fish Publishing, 2006），M. 费伯著

《写你所知道的：创意写作》〔Writing what you come to know: Creative Writing（L. Anderson（ed.），The Open University, 2006）〕，D. 尼尔著

库尔特·冯内古特1983年发表在《小说杂志》（The Fiction Magazine）上的采访

最喜欢的短篇小说

以下六篇短篇小说可能不是最棒的作品，但却是最近正流行的作品。这些故事是我在过去几年里读过的，它们让我豁然开朗，经得起反复阅读。想要阅读以下作品，请访问：www.pulp.net。

《下丘脑骑士》（"A Hypothalamus Knight"），内纳德·维利科维奇（Nenad Velickovic）著

《红糖》（"Brown Sugar"），约翰·博兰（John Bolland）著

《肮脏的愉悦》("Dirty Tickle"),莎拉·克劳利(Sara Crowley)著

《谷歌之头》("Googlehead"),阿利斯泰尔绅士(Alistair Gentry)著

《学习成为克拉克·肯特》("Studying to be Clark Kent"),哈泽拉·福斯(Hazera Forth)著

《时间装在一个棕色的大袋子里来到这个城市》("Time Brought to Town in a Big Brown Bag"),理查德·伯德(Richard Bird)著

思维拓展

练习一

将一部已经完成的、时间背景设为当代的小说,重置于过去的时间维度下进行思考。例如,想象一下将小说中的主要事件放在一战或二战时期。

花时间研究一下,小说中现有的背景设置如果放在那个时间框架下会是什么样。战争时期发生的事情会对你的背景设置产生什么影响?故事中的人物在当时的时间背景下会过什么样的生活,包括日常细节。想想他们的家,他们的工作,他们的食物、衣服,他们的恐惧和担忧,希望

和抱负的细节。(这里只是举个例子,这样的例子不胜枚举。)在每个标题下列出详细的信息。

在你选择的时代背景下重写这个故事。

然后对这个故事进行回顾,着重标出以上列表中记录的每个"细节"。严格来说,每个细节都是必需的吗?是否能删减些?或者相反地,这些细节足够吗?正如莱恩·阿什菲尔德在文章中所说的,这是一个作者需要达到的微妙的平衡。

练习二

去旧货商店逛逛,淘淘旧明信片、旧首饰、旧玩具。有时你可能会找到旧文件、奖牌。也许还会找到旧制服和其他衣服。

对这些东西背后的人物进行想象和塑造。这些东西属于什么人?他们在什么样的场景下用过这些东西?将这些人物和细节当作故事发展的种子。

(感谢艾莉森·麦克劳德对这些实践的启发。)

第六章 场　景

奇卡·乌尼格威（Chika Unigwe）

> 一座房屋（别墅）坐落在高高的悬崖上……从屋内可以俯瞰湖面……房屋建在岩石上，就像悲剧表演中演员的高跷……在房子里能欣赏到广阔的湖面风光，房屋所坐落的这座山把湖一分为二……房子外有个宽敞的平台，坡度缓和，通往湖边……

这段话（摘自一本小册子）出自小普林尼（Pliny the Younger）之口，描述了他在贝拉吉奥（Bellagio）的两座别墅之一。我最近在意大利贝拉吉奥研究所（Bellagio Institute）工作，有幸住在普林尼描述的那座别墅里。他的描述如此生动，观察得如此透彻，即使是熟悉的景物，听着都让人很愉悦。虽然这段节选并非摘自小说，但这是一个很好的例子，说明了什么是场景，以及场景如何在小说中发挥作用，因此我相信，从这段描述开始写这个主题再好不过。

那什么是场景呢？这个非常宽泛的术语包含什么？简单地说，场景并非仅仅是时间和地点，还包括处于特定叙事结构中人物的心理景观，因此，它通常与情绪或意义有关，其本质也与描述有联系。场景可以让我们更好地理解小说中的主题及人物。如果借用烹饪这件事来做比喻，把小说比作需要烹饪的食物，那么场景就是用来烹饪的火，它是统领其他步骤的灵魂，所以我通常建议在叙述中尽早介绍场景。玛丽·沃特森（Mary Watson）的短篇小说《上门拜访》（*House Call*）的开头就是一个很好的范例：

> 通往15号房的玻璃门上结了冰霜，这让西恩每次掏钥匙开门时，都会冷得直打哆嗦。西恩的房门正对着15号房，那是一排光秃秃的水泥砖房，每次他站在房门前，背对着大山，都会浑身起鸡皮疙瘩。

在我最喜欢的一部小说《微物之神》（*The God of Small Things*）中，阿兰达蒂·罗伊（Arundhati Roy）一开始就设置了地点和时间，并将读者带入她叙述的自然景观中，人们看到阿伊梅内姆的风光，知道是什么季节，感觉到雨落在脸上：

阿伊梅内姆的五月炎热而阴郁，白天绵长而又潮湿。炎热使得河水水量减少，乌鸦吞吃着色彩鲜亮的芒果，芒果树的叶子还泛着青绿色，红香蕉成熟了，菠萝蜜成熟裂开，青蝇在水果味的空气中嗡嗡哼叫，来回翻飞，一会儿就会撞上明亮的窗玻璃，死在炎热的太阳下。

这篇小说开头的每一行都描绘了一幅极其细致入微的图景，让读者知道自己在哪儿，可以看到、感觉到什么，可以弄清楚现在是一年中的什么季节，天气怎么样……我们知道接下来的故事可能让人感觉难受，事实也确实如此。

罗伊和华生的短篇小说开头几段都显示了作家敏锐的观察力，他们把自然景观和人物的心理情境联系起来，也向读者证明会由一位熟练的导游带着他们开启这段阅读之旅。也许《微物之神》此点尤为突出，我们相信作者对阿伊梅内姆这个地方及当地的季风足够了解，我们愿意把自己交到她手里，完全沉浸在小说中，丝毫不质疑其可信度。这就引出了我的第二个观点。

调查、调查、调查。如果你要写的小说发生在一个不熟悉的地方，请花时间做些调查。如果无法亲自去，那就问问去过的人，或在互联网上搜索，在图书馆里查阅。对读者来说，没有什么比读小说时感觉不真实更令人震惊了。

我曾创作小说《黑人姐妹街》(On Black Sisters' Street),讲述安特卫普的尼日利亚性工作者的故事,为了体验小说中的场景,我去了安特卫普的红灯区,我漫步街头,走进咖啡馆,和那些尼日利亚妇女交谈,听她们讲话,她们与我小说中的人物有相同的经历。晚上我沉浸在街头的喧嚣中,我倾听这里的声音,观察、记录,等我坐下来开始写作时,所有元素一起涌入脑中,帮我创造出这部小说的场景。我相信这样做对小说创作会更好。如果你要用一个众所周知的地方做场景,不要忽略那些显而易见的东西,我——像我认识的许多人一样——享受熟悉的事物带来的刺激。如果场景是想象出来的,那就要熟悉它,像熟悉自己的手背一样,你必须相信这个想象出来的场景是真实存在的,如果你觉得它不真实,你也不可能让读者相信它的真实性。在《同一个世界:短篇小说集》(One World: A Global Anthology of Short Stories)的开篇故事《漂亮女人冷蕾》("Leng Lui is for Pretty Lady")中,作者恰如其分地捕捉到了香港移民家庭佣工的生活。其中一个特别感人的场景是,故事主角艾琳娜最终被冤枉进了监狱:

在香港的牢房里熬了一晚,牢房的墙是水泥渣砖,没有窗户,铁栏杆门让我想起阿布艾拉关她那只心爱的大公鸡的那个笼子。我躺在冰冷的水泥长凳上,没有毯子，夜深了，我的心很痛，思念女儿，我哭喊着约瑟，但他现在听不见我。我轻声哼唱着小时候祖母教我的歌谣，但我发出的声音却让自己害怕。

读者读完故事，会有一种身临其境的感觉。

然而，即使场景再重要，也要记住不要铺陈过多细节，因为这可能会让小说变得无聊，适得其反。许多读者在看到冗长而空洞的描述，比如关于时间、空间的内容时，往往会感到厌烦，甚至忍无可忍地大喊，够了！当我读到冗长的叙述，会感觉那是作者带我穿越一片风景胜地，进行一次令人疲惫的旅行，那感觉就像因为吃得太多而消化不良引起便秘一样。不管食物有多好吃，都不可能再享受了。技巧娴熟的作家会将场景分割成小块，并以可控制的剂量安插到整个故事中。继续用烹饪作类比，作家就像厨师，厨房里装满了各种各样的调料，如果他同时使用所有调料，就会毁了一道好菜。秘诀在于调料的量以及放调料的时机，这就是差厨师和好厨师的区别。技艺纯熟的作家清楚，有时候让读者大致了解故事的背景就足够了，然后像照相机镜头一样逐渐放大到特定位置。达蒙·加尔古特（Damon Galgut）的短篇小说《情人》（*Lover*）就是一个很好的例子，小说是这样开头的：

> 多年前,他原本没打算到津巴布韦,只是在某天早上决定离开。当天晚上他坐上一辆公共汽车,打算周游两个星期,然后再回来。

然后,小说一点点剥离地理空间的普遍性,显露出特定的地方:

> 他乘夜班火车去维多利亚瀑布,他躺在铺上,听着车厢里陌生人此起彼伏的呼吸声,车窗外的村庄和两侧的物体飞快地掠过,人、牛和树叶的轮廓印在寂寞的夜晚,不断向后移动,直至消逝在远方。

我们一路做调查,从津巴布韦到维多利亚瀑布,再到火车车厢。在上面的例子中,我们通过主人公的眼睛来体验我们所看到、听到和感觉到的事情。这是一些作家展开场景的技巧,我发现我通常喜欢通过人物的眼睛而非作者的叙述来展现场景。

另一种展现人物心理情境和物理景观的常见方式是对话。让人物谈论天气、食物的味道、时光的流逝。在恩古吉(Ngugi)的短篇小说《光荣时刻》(*Minutes of Glory*)中,我们跟随人物贝雅特丽斯敲门:

"谁？"

"我，请开门啊。"

"谁？"

"贝雅特丽斯。"

"大晚上来敲门？"

"求你了，开开门吧。"

无须告诉读者现在是晚上几点钟，我们通过简短的交流就能推断时间已经很晚了，不是适合社交访问的时间，我们不仅能看到黑暗，还能了解贝雅特丽斯的心理状态以及她和她去见的那个人之间的关系。

场景除了为叙事创造地理空间及精神氛围外，还被用来推进情节，在某些情况下，可以强化紧张感。如果小说要写母女之间恶化的关系，作者可能会让母女俩都被困在一个房间里，外面是一场持续数天的骚乱，两人都无法摆脱对方，她们该怎么办？原本已经关系脆弱的二人该如何应对眼前的局面？在盖尔古特和恩古吉的摘录中，场景都反映了人物的内心状态。你创造的人物对你刚刚虚构出的房子有感情吗？你构思的场景有很重要的情感作用吗？思考一下，用场景给人物增加深度，并推进叙事的故事情节。

场景设置不仅有助于推进情节，强化紧张感，无疑还会对人物的行为或说话方式产生影响。例如，如果故事发生在 18 世纪的拉各斯市,一个少年的行为与同一城市 21 世纪的年轻人没有什么不同的话,那么他们的言谈一定会有区别。为了场景设置准确,不仅需要创建一个与你创作出的世界匹配的真实地理空间,还要匹配合适的语言。叙事中的人物应该是其所居住世界的反映,谨慎的作家都会注意这一点。

既然我们知道了什么是场景,而且也知道了它的用处,那么作家在叙事中是如何铺设场景的呢?正如本文开头所提到的,了解叙事的地理状况要像了解你自己的手背一样,同时,谨记故事发生的时间也很有用,明确故事发生的时间和地点会帮助你合理构思人物的行为举止。如果场景设置在冬天的巴黎,故事中的人物从酒店的房间里可能会看到一片白雪皑皑的景色,但这事儿绝不会发生在一个身处热带尼日利亚的妇人身上。

向读者展示小说人物生活的世界。我记得几年前参加过一个写作研讨会,在会上我展示了一篇自认为很不错的短篇小说,并期待同行的点评。一位经验丰富的作家点评说,虽然故事很有趣,但最主要的缺点是缺乏多维度的人物。他说他想知道主人公会穿什么样的鞋子,他会把鞋擦得很亮吗?他对主人公鞋子的痴迷,让我在研讨会结束时完成了一个更全面、更可信的故事,我小说中的人物变得鲜活了。

在展开小说叙事时,不要急于解释,建议比解释会更有益。让读者享受自己解决问题的乐趣,而不是一味地被灌输信息。优秀的作家会让读者沉浸在能全方位感受的叙述中。例如,与其写"那天又热又干",不如想想塞菲阿塔(Sefi Atta)在小说《最后一次旅行》(*The Last Trip*)中的这段话:

> 她的儿子达拉仰面朝天睡在床垫上,他揉了揉眼睛周围的湿疹斑,喘息起来,微型风扇吹起的灰尘飘浮在周围。她寻思着要一直开着窗户,让他透透气,屋里热得让人无法忍受,但拉各斯这个地方的空气中总弥漫着一种酸味。

比起直接被告知天气如何,这样的阅读体验会让读者感到愉快得多。

最后,我想和大家分享一下我学到的关于小说写作技巧中最有用的一点,那就是在开始叙事之前就为小说创建场景。我并不总用以前所写的细节,但后来我会从正在写的故事中提取常规的素材,这也有助于使场景尽可能生动、难忘。我不知道有多少作家喜欢花时间来创建场景,但这肯定不是我最喜欢做的事情,尤其是当我渴望放手写作时。但努力设置场景在小说完成时会得到成倍的回报。凡是致力于写出高质量小说的人，都不能忽视这一点，这无疑是我们作为作家的共同目标。

参考书目

《同一个世界：短篇小说集》(New international list，2009)

《无法无天与短篇小说》〔*LAWLESS and Other Stories* (Farafina，2007)〕，阿塔·塞菲著

《情人》〔*The Paris Review* (24 February，2009)〕，达蒙·加尔古特著

《微物之神》(Harper Perennial，1998)，阿兰达蒂·罗伊著

《在黑人姐妹街》，奇卡·乌尼格威著

《光荣时刻》，瓦·蒂亚戈·恩古吉(Wa Thiongo Ngugi)著，选自《故事的艺术：当代短篇小说国际选集》〔*The Art of the Story: An International Anthology of Contemporary Short Stories, Ed. Daniel Halpern.* (Penguin Group，1999)〕

《莫斯》〔*Moss* (Kwela Press，2004)〕，玛丽·沃森著

思维拓展

以下建议可以帮助你练习创建场景,可以配套使用,也可以单独练习。

练习一

- 在家里选一个房间来练习场景创建
- 假想这是你第一次看到这个房间
- 把你在房间里看到的所有东西写在一张纸上
- 反复嗅闻、触摸
- 用一个词概括你希望房间唤起读者的那种情绪
- 仔细挑选那些能唤起这种特定感觉的细节,摒弃不需要的
- 写一篇短篇小说的开头场景

练习二

- 从杂志中挑选一张面孔
- 给他/她起个名字
- 为他/她创造一个背景故事:背景、年龄、爱好、癖好等
- 把这个人物放在练习一你所选择的房间里(如果你没有做练习一,跳过这步)
- 写一段话讲述这个人物生活中的某一天,不要使用

任何形容词

练习三

· 引入另一个人物
· 通过对话显示该人物与"练习二"中人物之间的关系
· 通过对话展现"练习二"里的人物,确保他的心理景观与其所处的房间的格调一致
· 挑战下自己,用2500个单词完成这个故事

第七章　相信你的故事

短篇小说写作的挑战、编辑的过程、短篇小说是否是长篇小说的排练

斯图尔特·埃弗斯（Stuart Evers）

编辑：欢迎斯图尔特做客，我们从一个基本的问题开始今天的访谈，考虑到有人正在创作短篇小说，有人希望出版作品集，大家都想努力写好小说，但很多人在走弯路——你认为创作短篇小说最具挑战性的是什么？

斯图尔特·埃弗斯：理查德·福特称短篇小说为"文学的走钢丝行为"，我认为这种观点很有趣——主要是因为短篇小说关乎平衡。一方面，与长篇小说相比，写短篇小说看起来很容易——字数更少，工作更少。但另一方面，这种简洁意味着你必须让每个方面都富有价值，你没有那么长的讲故事的时间。我认为，这种表面上的简单与其实际困难之间的紧张关系构成了主要的挑战。

如果把短篇小说当作一种简单的文体练习，你不会成功的。那些需要付出的汗水、辛劳，那些因为要考虑每一个细节、标点而产生的烦恼，那些你创作完成后发现很枯燥而把它删掉的风险，都使短篇小说从一开始就与众不同。真正优秀的短篇小说似乎不费吹灰之力，它们平衡了简单和复杂，在我看来，挑战在于你是否能找到这种平衡。

编辑：这种看似不费吹灰之力的要素很重要——这不就是让读者陷入约翰·加德纳（John Gardner）所说的"虚构梦境"的要素吗？他还把作者描述为在"虚构梦境"中滔滔不绝讲话的人。当你写作时，你会描述自己的写作过程吗？如果会——你是如何驾驭这种状态的，如何完成编辑的微妙任务，使它们不仅仅是一种"简单的文体练习"？

埃弗斯：对我来说，"虚构梦境"听起来太被动了，好像不需要努力，小说就能写出来，这有点像任其发展。写作常常需要付出更多努力，当然小说有时候会顺着自己的势头发展，写作也会不费吹灰之力地进入焦点，但这种时刻，至少对我来说，是短暂的——我记得只有一次，这种势头一直持续到小说完成——这是写作过程中一个重要但却微小的部分，它与自动书写的状态还相隔甚远。

我倾向于一开始写得篇幅很长，然后大幅削减。一篇小说最初 6000 字，终稿 3000 字的情况并不罕见。一旦初稿完成，我就把它放一段时间，稍后回过头来，通读一遍，做一些修改，然后增大字号，再读一遍，做更多的修改，然后把字号恢复到正常，把它打印出来。如果可能，就大声读出来，然后再修改，直到我隐约感觉到满意为止。接着，我会将文本设置为另一种字体，再像之前那样重复修改，直到没有一丝疑虑为止。编辑是短篇小说创作中可恶但又必要的一部分，但写得越多，就会越享受编辑的过程，我现在能在更短时间内发现错误。

编辑：我想不同作家的感受不一样——我写初稿时，可能会有很长一段时间"不在状态"，这样挺好——这样写出来的东西通常不错，有时非常令人惊讶。有时（偶尔）一个小说情节会出现。但是（这里是个很强烈的但是），作家需要控制它，仔细编辑它，这比完成初稿需要耗费更长的时间。

我们来谈谈"编辑文稿"这件事——你称其为"可恶但必要"。我过去也不喜欢做这件事，觉得"真正的写作"就是完成初稿就可以了……但现在我知道并非如此，写作是一项艰苦的工作，包括编辑阶段，其实我也没有那么不喜欢。

所以，我问两个问题，首先，你把原稿削减掉一半，还能完成小说，你是怎么做到的？

其次，你怎么知道何时该停下来？我听很多作家说过，他们需要把生活从小说中分离出来——我认为学会不越界是至关重要的。

埃弗斯：在我看来，清楚何时应该停下来其实就是相信自己，相信这篇小说。可以写点别的东西，这感觉很棒，不要纠缠。

我通常是这样：当我坐下来编辑时，尽量让这段时间变得舒服些：来杯葡萄酒，或找一个与当初写稿时不同的地方坐下来从头读到尾（坐在床上编辑会有一种奇怪的满足感）。然后回过头来，试着梳理出故事的核心，把必需的内容全都抽取出来，看看读起来怎么样，通常会比原稿好些，但有时也不尽然，然后把它整合，再把仍然多余的东西删掉。编辑工作并非那么容易，但很多故事都是自带节奏的，所以要找对节奏——既不要枯燥乏味，也不要节奏太快——这就是我在编辑时要做的。

编辑：很奇怪，今天我在Facebook上和一群作家聊天，他们都出版过很棒的小说，令人惊讶的是，他们中有很多人是在床上写作的！让我们回到常犯的错误这个话题上，你认为作家初次写短篇小说最常犯的两个错误是什么？在他们成功前，如何帮助他们识别"大象陷阱"？你在写作时是否有需要特别注意的地方？

埃弗斯：我认为主要的陷阱就是庸人自扰——这篇小说好吗？是不是太长了，或者太短了？诸如此类。完稿后你可以解决所有类似的问题，但最重要的是要保证你能以某种方式先把故事讲清楚。任何一部小说，无论其创意有多荒谬，结构有多糟糕，在某种程度上都有可取之处，先把它写下来，然后再决定是否可以加工改造成型。

我写过一个故事，原计划与其他九个故事一起编入我的首部短篇小说集中，这是其中篇幅较长的故事之一，比我写其他几个故事花了更长时间。我开始构思，动笔写几页，扔在一边，过了好久再拿起来，重新构思、重新写、重新定位，每次干完后我都发现比开始时的内容少。

大约 18 个月后，我终于写完了这篇小说，我高兴极了。但是，就在这本书即将定稿前不久，我又写了一篇小说，只花了一个晚上就完成了，我把它编辑完后寄给了编辑。她觉得这篇小说应该被收入合集，但要替换掉另一篇小说。我俩很快就达成了共识：放弃这个花了我 18 个月时间才完成的小说。

最后，我认为你得坚持写下去——这不像听起来那么容易——但要做好删减的心理准备,已经写出来并不意味着要发表它。

编辑: 我喜欢最后这句令人心酸的表达。我很想知道,你对自助出版雪崩似的涌现有什么看法——但我怀疑这个问题可能会让我们偏离主题!

那让我先来回答一下之前提出的一个问题,短篇小说是否是长篇小说的排练。在出版长篇小说处女作之前,我们都出版过短篇小说集。就我而言,这两者之间有着非常明确的关系。我的长篇小说不仅在结构上围绕着一系列的故事展开,还用元叙事的方式探索小说在我们生活中的作用。

看看你的短篇小说集和长篇小说,你能说出这两本书之间的直接联系吗?不管怎样——短篇小说经常被认为是长篇小说的最佳预演。也许部分原因是短篇的篇幅使它成为创意写作课程中的练习。现在是这样吗?或曾经是这样?这样理解有用吗?

埃弗斯: 这部短篇小说集是在我长篇小说酝酿到一半时写的,所以两者之间有直接的时间关系——也许还有相似的关注点和风格。然而,在我的脑海中,它们始终是截然不同的两种存在。我写短篇小说时一次没碰过我的长篇小说,只有当小说集中的十个故事全部写完后,我才开始真正转向长篇，那时我觉得才能更投入。我不认为短篇小说是其他任何作品的排练，我最喜欢的作品——雷蒙德·卡佛、爱丽丝·门罗、威廉·麦克斯韦（William Maxwell）、安吉拉·卡特、格蕾斯·佩利（Grace Paley）写的——都是短篇小说，把短篇看作长跑前的伸展运动是非常不公平的。

短篇小说写作有助于我写好下一篇小说，这一点我很确定，但我已经写完一本尚未出版（也不可能出版）的长篇小说，我不确定写短篇小说的经历是否对我帮助最大，任何写作都可能有帮助。我写短篇小说是因为我喜欢这种形式，我钦佩那些多年来一直在这个领域奋战的作家，他们要反复打磨、反复构思、反复修改。我写长篇小说也基于同样的原因。

最后，我想说，我一直想做的就是写出那些能够引起读者共鸣的小说，他们读到我的书时格外兴奋，就像讨论约翰·契弗的《游泳者》，乔伊斯的《都柏林人》，或像他们抨击尤多拉·韦尔蒂（Eudora Welty）的小说或乔治·佩雷克（Georges Perec）、帕特里克·汉密尔顿（Patrick Hamilton）和理查德·福特的长篇小说时那样兴奋。

编辑： 祝愿你的创作之路顺利！非常感谢你让读者们领略了你创作过程的精彩幕后。

最喜欢的短篇小说

《胖子》（"Fat"），雷蒙德·卡佛著，选自《何方来电》

《春日佳遇》（"On Seeing The 100% Perfect Girl One Beautiful April morning"），村上春树（Haruki Murakami）著，选自《大象失踪》〔*The Elephant Vanishes*: (Vintage 2001)〕

《哦，约瑟夫，我太累了》（"Oh Joseph, I'm so Tired"），理查德·耶茨（Richard Yates）著，选自《恋爱中的骗子》〔*liar in Love* (Vintage，2008)〕

《淡粉色的烤肉》（"The Pale Pink Roast"），格蕾斯·佩利著，选自《格蕾斯·佩利短篇小说集》〔*The Collected Stories* (Virago，1998)〕

《声音来自何方？》（"Where is the Voice Coming From?"），尤多拉·韦尔蒂的博客故事，由乔伊斯·卡罗尔·欧茨（Joyce Carol Oates）朗读，发表于《纽约客》网站：http://www.newyorker.com/online/2009/03/16/090316on_audio_oates

《游泳者》，约翰·契弗的博客故事，由安妮·恩赖特（Anne Enright）朗读，发表于《纽约客》网站：http://www.newyorker.com/online/2011/02/14/110214on_audio_enright

思维拓展

练习一

找一篇你已经写完的小说，试着把不必要的东西都删掉，然后一点点把词添加回去，看看是留着多余的"脂肪"好些，还是看起来更"瘦"更"健康"好些。

练习二

大声朗读故事，并录下来。找一个不常去的或与写作时不同的地方戴上耳机听，标注哪些听起来不错，哪些不怎么样。这样你会重获新鲜感，也许能解决那些以前解决不了的问题。

练习三

把故事第一页的每句话都单独写在一页纸上，慢慢读，如果你认为哪句话可以改进，就修改一下，然后依次完成该段落的其余部分，再把段落重新组合起来阅读，想修改就修改一下，当你读到最后一页时，你会发现，只关注句子以及句子之间的呼应时，文稿有多么不同。我发现这是一个非常有用的练习。

第八章 "我听到的声音"
叙事声音、虚幻世界、人物、开篇、给读者的留白

克莱尔·威格法奥（Clare Wigfall）

编辑：好声音是塑造一个真实世界里可信角色的最好工具之一，对吧？你经常使用方言来吸引读者进入你的小说世界，能就此谈谈吗？

威格法奥：我们先从《数字》（*The Numbers*）这篇有趣的小说开始谈吧，故事的地点是外赫布里底群岛，小说是用非常特别的声音写就的，我得承认，我从未试图使用赫布里底群岛的方言，我从未到过那里，也从未听过那里的居民讲话，但我敢肯定，那儿没有人会像我塑造的角色裴姬那样说话，对我来说重要的是，她说话的方式会立即引发读者对此地新鲜的陌生感。

裴姬的方言完全是编造的——我把它们编造出来，我用了几句盖尔语，是我之前观察记录下来的——小说开头

的几句话帮我了解这个虚构的地方及人物——然后就让她以一种我听起来"恰当"的方式说话。我希望这声音是陌生的,但我很清楚我不能做得过火。

编辑:真有意思,我喜欢这声音,但我从未去过外赫布里底群岛,我只是沉浸在你创造的虚构世界里,不加怀疑,完全相信。

威格法奥:谢天谢地,绝大多数读者也是如此!但我清楚,无论是在地理位置上,还是在声音方面,如果你是完美主义者,肯定会发现"错误"的地方。小说出版后,我曾经遇到过一些来自外赫布里底群岛的人,他们说"可我们不那样说话……"虽然我能理解他们的抱怨,但我总是回答:"我从不以'正确'为目标,我只是在写小说。"

你看,赫布里底人实际上讲的是非常纯正的英语,如果我照搬,那声音就不会对读者产生同样的效果。此外,裴姬不说英语,而是用盖尔语讲故事,所以编造英语口语对小说没有任何意义。问题是,这小说是我很久以前为自己写的,在卧室里,只有我和这个故事,我只是喜欢创造小说的天地——一个虚构的岛屿——然后和角色们一起生活一段时间。就像我说的,尽管这篇小说确实受到赫布里底群岛的启发,我也对这个地区做了一些研究,但我有意识地颠覆事实,以符合我的虚构世界。正是因为这个原因,我故意未给这个地方命名,因为我非常清楚这个岛是我编造出来的。如果我是在写历史,或是另一种类型的纪实文学,那我就会以不同的方式处理,并时刻注意必须真实地呈现事物。但小说就不那么拘束了,在小说中,你想怎么做就怎么做。我很高兴地发现,有很多人喜欢这篇我为自己写的小说。我得说如果能让 99% 的读者信服,那就没问题,你永远无法让所有的潜在读者满意,如果你试图做到这点,那你永远也写不出东西!小说并非必须"正确",与其让大多数人质疑,不如舍弃那少数的 1%。

编辑: 我喜欢探寻小说的灵感来源,能否问一下,你怎么会想到把故事设定在外赫布里底群岛呢?

威格法奥: 我看过一个报道,一个美国女人在 20 多岁时就搬到了岛上,直至终老。她花了大量时间记录岛上居民的生活方式及风土人情,并为当地民间音乐创建了非常重要的档案,这个女人就是玛格丽特·费伊·肖(Margaret Fag Shaw)。她所做的这一切让我很着迷,起初我想以某种方式写些关于她的东西,但我觉得,我都没去过那儿,也一点不了解当地,我没办法做到这一点。

但随着时间的推移,《数字》这部小说诞生了,书里会出现许多很有名的民俗图案,但是传统没有对这些图案进行诠释,而这个故事就展示了如今的诠释是如何揭开那些谜团的。

编者: 你在《数字》中塑造的角色裴姬是否以玛格丽特·费伊·肖为原型?

威格法奥: 不,根本不是这样。但费伊·肖记录的那些奇人趣事确实帮我在脑海中形成了裴姬这个形象,为此我非常感谢她。

编辑: 你之前提到"不要做过头",我知道当我开始写作时,脑中想的全是这样的画面,我创造出那个美妙的声音,却被读者"咯咯地"嘲笑,因为在读者看来,这声音听起来很滑稽。该如何避免呢?

威格法奥: 我会仔细聆听我的每部作品,我想知道它听起来怎么样。写作时我会经常停下来,大声读出每句话,以寻找合适的声音、节奏和回声。我是一个真正的完美主义者,这就是为什么我要花这么长时间来写一篇短篇小说!我总是在不断地调整、改变——如果我觉得某处听起来不对劲,我就会修改。通常,只需要一两个词,就能在读者的脑海中形成一个不同的声音，然后他们在阅读时就能一直"听"到这个声音。我曾在一部小说的开篇用"ken"来表示"知道"，我希望大多数读者在看到这个词时能清楚这是苏格兰某个地方的表达，但当一些朋友告诉我，他们最初以为这是一个打字错误时，我哑然失笑。还不错，只多读了几句话他们就意识到我想表达什么。

我认为同样值得一提的是，即使你确切地知道人们是如何说话的，也不要逐字逐句照搬方言，这点行不通，我有过经验，它会让你的小说看起来很奇怪，从而让读者拒而远之。举个例子——一个用纽卡斯尔口音写的故事，也许有读者能读懂它，就像在《猜火车》（*Trainspotting*）这部电影中他们能娴熟地使用爱丁堡方言威尔士语交流一样，但我担心他们可能都不愿意费这个劲去读小说，也许他们刚"听到"这个声音，就会放弃这个故事。我在想，下次也许可以不把那部小说改编成剧本，让演员对文稿自由发挥。

至于小说，我认为关键是克制，尤其是对方言的使用。在小说《像我们这样的人》（*Focks Like Us*）中，我用了很多半词，结尾被省略了，这也是我声音的一部分。我身上那些"文学修养"和"正确表达"的细胞让我在所有这些词后加上省略号，但是当我回头编辑时，我发现那些省略号只会分散读者的注意力，让他们无法关注故事本身，所以我又把它们都删掉了。我把作者从小说中删除了，你可以这么想。

编者：你能多谈谈你是如何创作短篇小说的吗？

威格法奥：我非常散漫，所以我不会说创作有任何公式可循。但通常创作一开始，就是一堆模模糊糊的想法，过一段时间，有时几个月甚至几年，一些想法会继续发展，就像拍摄照片，慢慢聚焦，然后我开始动笔，通常从写笔记开始，告诉自己我希望这个故事写什么，怎么写，同时也开始描绘场景和人物。我写这些笔记"不拘形式"，想到什么写什么，这个阶段我完全不用自我审查。如果你愿意，也可以写在纸上。这些笔记让我脑海里的故事逐渐清晰，我不断深入到故事的场景、与主要事件相关的其他事件，我会写很多关于人物的内容，因为我发现这是了解他们的好方法，然后拆解，拆解记录的内容，可能会挑出一些来用，也可能全部放弃。笔记里记录的素材总是远远多于最终完成的小说里的素材！

编者：你能谈谈如何用这种方法创造人物吗？

威格法奥：当然可以。我发现有一种方法很有用，我在教学中经常让学生们使用。我让他们填写一张人物的资料，上面会询问关于人物的各种问题。关于外形的问题虽然很必要，但只是一小部分，还包括人物之间的关系、人物的愿望和恐惧等。例如，询问他们最早的记忆是什么。我发现，一旦问了这些关于人物的问题，你就会发现你越来越了解这些人物。通常会有这样一个时刻，人物离开这份资料进入小说。

在此之前，这些人物处于一种不确定的状态——他们只存在一半，如果我过早地在小说中用他们，那他们只能是一个二维的存在。我讨厌写二维的、扁平的人物。如果作者没有把人物塑造立体，读者肯定也不会参与塑造。

编辑：像一座冰山？作者必须全面深入地了解人物，但小说只能用到一点点？

威格法奥：没错。你不需要把所有的东西都丢进小说，但是你必须非常了解。有时候，我发现人物都坐在一边，不让我认清他们，直到一些小事情出现。例如，我在《鹦鹉丛林》(*The Parrot Jungle*)中与约翰内斯这个人物斗争。他是个很固执的人，而且很保守，很难不把他塑造成单一扁平的形象。作为作者，想要表达的远比表面呈现的要多，虽然尚不清晰。我记得当时觉得他很难写，直到有一天我听说他的孩子养了一只叫罗利的仓鼠……这使他鲜活了起来，这件小事使他突然变得真实起来，写起来也容易多了。

就像约翰内斯直到我给他那只仓鼠才"鲜活"起来一样，其他人物也如此，直到我为他们取了恰当的名字，他们才变成一个个鲜活的人。我试了很多不同的名字，直到合适为止。有时，我会突然想到一个合适的名字，觉得跟某个人物匹配，并赋予人物更多意义。"对！你就是这样！"这是真正的转折点。

编辑：在你的小说定稿前，你会给那些值得信赖的读者看吗？

威格法奥：一开始我几乎不给任何人看我未发表的小说。几乎我所有的朋友和家人都是在我的作品集出版后才看到的，虽然这本书从写作到出版花了将近9年时间。我信任一位作家，他是我的好朋友，他一直是我的第一个读者，能给我直接的反馈。此外，我还有几个朋友，如果我觉得有什么问题想问读者，我会给他们看。我也信赖我的编辑和经纪人，他们一直支持我。

值得信赖的读者就像金子一样珍贵，他得和你很亲密，能直言不讳地提出中肯客观的意见。那种只会说"那篇小说真的很棒！"的读者对你没有什么好处。值得信赖的读者不是那种能让你感觉良好的人，而是那种愿意说"嘿，这个人物不能让我信服",或者"你为什么要这样写?都是废话!"的人。值得信赖的读者必须理解你想说的话和想做的事,他们必须明白你要怎么写,并且有足够的信心告诉你哪里做错了。

  从这个意义上说,我爸爸就是这样一个有趣的读者。他阅读的速度很慢,而且通常不读小说。当我拿给他我的一本小说时,他总是一行一行地拆开来读。(这下你该明白我写作速度这么慢是为什么了!)——我曾经拿给他一篇只有100字的小说,过了段时间,他回来找我,做了26处标注,说这是他想和我讨论的地方!那之后的很长一段时间,我不给他看我的任何作品,但我现在开始重视他了,因为尽管他读得很慢,读得很费劲,常常会错过小说的整体要点,但他在字斟句酌方面能做出很好的评论。

  我刚开始写作时,认为作品是私人化的,是我为自己做的非常自我的事情。我从来没有过多地担心出版商或世界上的其他人阅读我的作品,即使我已经有了这本书的出版合同,也很难想象有一天它真的会出版,人们可能真的会阅读它——我写作只是因为那是我理解世界的方式。但现在我越来越意识到人们会阅读我的作品,这也让我更加意识到客观表达的必要性。也许你会说,我现在并非仅仅在为自己写作,我不认为这是件坏事,这很自然,如果你想把写作作为职业,就必须接受它。

编辑：回到小说中的声音这个话题，刚才说不一定要非常精确。你能说说你是如何选择声音的吗？

威格法奥：我们之前说过，小说家不必是语言学家，你只需要说服读者即可。在某种程度上，这也取决于读者，是否能通过文本细读找出所有的细微差别。所以我们又回到最早提到的话题，使用奇怪的词、特殊的语法结构。有些声音很熟悉，有些则相对陌生。我一直对人们说话的方式很感兴趣，对口音也很敏感，所以我想这就是为什么我喜欢用不同的声音写作。通常情况下，我选择哪种声音并没有经过深思熟虑，更像是我刚开始写，脑中就出现了一个声音，这听起来很不可思议，但就是这样的。

我很清楚地记得一个具体的例子，那是我读硕士的时候。我躺在床上，脑子里一直萦绕着一个声音。我走进朋友的房间，对他说："听我说，这事虽然听起来很奇怪，但真的我脑子里一直有一个声音。"他问我是谁的声音，我说："我觉得是克莱德·巴罗。"他催促我赶快回到自己的房间，把它写下来，最终小说《像我们这样的人》诞生了。克莱德说话时慢吞吞的、尾音拖得很长，而且没有停顿，一句接一句。实际上，我一开始写的时候根本没有句号，后来编辑时才加上去一些。

不过很奇怪，因为我从来没有对邦妮和克莱德有什么特别的兴趣，所以我不知道为什么他的声音会进入我的脑海。而且，当我开始进一步研究时，我意识到我听到的那个清晰而明确的声音不是已故克莱德·巴罗的鬼魂发出的，事实上我错了。随着小说情节的发展，事实与真相越来越接近。因为我对此深有体会，我确实想过，是否应该回到小说的前半部分，改下开篇。但最后我决定不改，这是我的故事，这是我的克莱德，所以他可以讲我想让他讲的故事。就像我之前说过的，我不是在追求准确，我是在写小说。

当然，当这本书出版后我拿起来读时，我突然意识到，用这些不寻常的声音写作给自己增加了多少困难。把小说读出声音，这是一个很大的挑战，因为我从来不知道自己冒险试听时这种口音是否听起来像个白痴。我偶尔也会这样尝试，有时即使我用正常的口音读故事，由于那些特殊的单词或语法结构，声音还是会出现一点异样。但有一些声音我不敢尝试，克莱德就是其一，我只是觉得如果我试着用一个得克萨斯男性的声音去朗读，我不会把你带入小说中！

编辑：你说的是小说中加入那些奇怪的词吧？你能谈一谈短篇小说的开篇吗？你如何接近你的目标？

威格法奥：我觉得小说的开篇没有什么标准模式。我的有些小说是在行动的中间开篇的——在媒体报道中——而另一些故事则是用一种很传统的方式讲述的。我喜欢实验，不断尝试。

但小说的开篇非常重要。我的编辑告诉我，他通常可以读完第一页就知道他是否对这篇小说感兴趣，通常从第一句话就能知道！

所以我建议大家，认真对待第一句话，让它非同寻常，能立刻吸引读者，引起他们关注。你的第一句话应该提出一个问题，引入下一句，而接下来的这句要么是提出了另一个问题，要么是强化了第一个问题。

编辑：很棒的建议。关于写短篇小说，还有什么要对读者说的吗？

威格法奥：我想提一下，不要用力过猛，试图解决所有细枝末节的问题，给读者留点空间，让他们带着自己的经验来读小说，去诠释你的作品。我的小说中有很多故意省略的细节，如果有些东西不应该成为小说的一部分，就把它们忽略掉。因此，尽管我的小说中每部分都事出有因——我喜欢留下一些线索——但我并不期望所有读者都以同样的方式来解读。

对我来说，从遣词造句的层面来思考小说也是非常重要的。当我开始写作时，我所用的每个词都是必需的，就像我之前说过的，我把写下的内容大声读出来，一遍又一遍，调整短语、句子、词汇，不断缩减小说篇幅，直到我完全满意为止。当你写作时，尤其是写短篇小说，这是一种练习，用恰当而必需的词语来表达你想说的话，我喜欢这种挑战。

最喜欢的短篇小说

《香蕉鱼的完美一天》（"A Perfect Day for Bananafish"），J. D. 塞林格著，选自《九故事》〔*Nine Stories*, also titled 'For Esmé with Love and Squalor'（Penguin, 1994）〕

《白象似的群山》，欧内斯特·海明威著，可见于大多数海明威文集中

《墙是冷的》（"The Walls are Cold"），杜鲁门·卡波特（Truman Capote）著，摘自《杜鲁门·卡波特小说集》〔*The Complete Stories of Truman Capote*（Vintage，2005）〕

《小把戏》（"Tricks"），爱丽丝·门罗著，选自《逃离》〔*Runaway*（Vintage, 2005）〕

《亚历山大之夜》（"Nights at the Alexandria"），威廉·特雷弗（William Trevor）著，（也许是中篇小说，不属于短篇，但它很精彩，可以一口气读完。所以我决定把它放

进来——我手头的版本是作者送我的，是 Modern Library 2001 年出版的。）

《自我的蚂蚁》（"The Ant of the Self"），ZZ 帕克（ZZ Packer）著，选自《在别处喝咖啡》〔*Drinking Coffee Elsewhere* (Canongate，2005)〕

《谁在用这张床》（"Whoever Was Using This Bed"），雷蒙德·卡佛著，选自《大象和其他故事》〔*Elephant & Other Stories* (Collins Harvill, 1988)〕

思维拓展

克莱尔·威格法奥的人物简介练习

序言：解释

这是我在教学时给学生使用的人物资料表，触发学生开始塑造人物。可以和朋友一起完成，互相补充，也可以抛开这个人物，填入其他你想到的人物。

不必回答全部问题，甚至不用按顺序来回答。有些问题会激发你，帮你找到更合适的人物，有些问题你可能不知道答案。也许当你随机回答一个问题时，你会惊讶地发现你构思了一篇小说。

如果是和别人一起练习，还可以做另一件有趣的事，在写完后互相交换资料表，塑造对方的角色，虽然你有可能极想保护你的原创性而不愿意这样做！

人物资料表

你的名字：_____

_____

原创人物：_____

_____

_____

_____

- 人物的名字？
- 年龄？
- 简单描述外貌（如身高、脸型、头发颜色、眼镜/隐形眼镜、显著特征）
- 典型着装？
- 他们住在哪个城市/国家/地区？
- 他们家是什么样的？
- 交通方式？
- 受过何种教育？
- 他们是否有职业？
- 谁是他们一生的挚爱？

- 他们现在恋爱了吗？
- 他们对生活满意吗？
- 他们有挚友或值得信赖的人吗？
- 他们的童年快乐吗？他们小时候是什么样子？
- 他们和父母的关系如何？
- 他们有兄弟姐妹吗？如果有，关系亲密吗？
- 他们有孩子吗？如果有，他们的年龄和名字是什么？
- 他们曾经失去过重要的人吗？
- 他们讲话的方式如何？有显著特征吗？
- 他们最担心的是什么？
- 对他们来说什么是最重要的事？
- 他们害怕什么？
- 他们曾经伤心过吗？有多伤心？
- 如果上一个问题的答案是肯定的，他们现在痊愈了吗？
- 他们什么时候最快乐？
- 他们最喜欢去哪里？
- 最喜欢的食物？
- 他们有什么爱好？
- 他/她有宠物吗？什么宠物？
- 你的人物最讨厌什么？
- 他们痴迷什么？
- 他们的长期生活目标是什么？

- 他们的梦想是什么？
- 他们有秘密吗？
- 他们信仰宗教吗？
- 他们相信人死后的生活吗？
- 是否有什么重大事件改变了他们的生活轨迹？
- 他们最喜欢什么颜色？
- 他们喜欢听什么音乐？
- 他们在酒吧会点什么？
- 他们喜欢跳舞吗？
- 你的人物和其他人相处得如何？
- 熟悉他们的人会用哪五个特征来描述他们？
- 他们在哪些方面像你？

其他说明：_____

_____

_____

_____

_____

第九章　只有真相

汤姆·沃乐（Tom Vowler）

当有人说小说与现实生活的界限十分模糊，无法辨别二者，自己已迷失在小说中，渴望从自我或眼前的世界逃离时，我总是感到很困惑。

对我来说，阅读行为，尤其是阅读短篇小说，是对生活的一种确认，确认我的希望、恐惧、爱及梦想会在小说里回荡，我需要知道我并不孤单。

这是如何实现的呢？

我期望（甚至要求）能从一篇优秀的小说中获得很多东西。读者对一篇小说的第一感觉，或者说小说向读者发出的第一封邀请，是小说的声音。除标题外，这是读者对小说产生的初始印象——在读者接触到小说人物、情节、场景之前——叙事的声音（希望如此）能吸引读者进入小说，从而发生读者与小说的初次联系。声音是一种模糊的东西，通常很难定义，但作者用得好或不好，却很容易被发现。

我说的不是作者的风格，风格在作家的每部作品中可能各有独特之处，也可能没有太大差别——我说的也不是小说中人物的语言。我感兴趣的是叙述者的特质，当然，每个故事都不一样。它是作品的支点，想法和目的，控制着你如何开始讲述你要说的话。声音是被控制的散文，静静地施加威力，让读者深陷其中；声音是语法、句法及词汇的总和，把所有这些交织在一起，让小说毫不费力地唱出自己的奇迹。

当声音用得好时，它也许是唯一一种能让人忘记自己正在阅读的特质，让人沉浸在字里行间，让人自愿留在作者安全的手中。一个强大、有说服力的、前后一致的声音不仅吸引读者，而且让他们愿意读下去；声音给小说注入了生命的精髓，它给读者留下这样的印象——写作是一个无缝衔接、几乎空灵的过程。当然，实际上从来都不是。声音用得好会让读者的抗拒消失，让他们进入小说，从而与小说形成联系，产生共鸣。

艺术可以让我们超越自我，尤其是当生活单调乏味时，但对我来说，艺术的最高成就在于，它为那些品味艺术的人树立了一面镜子，揭示了小说和读者（希望不是作者）的秘密。

当然，写什么是你个人的事情，某种程度上取决于作品的体裁，可以是抒情的、喜剧的、黑暗的、挽歌式的，或者融合的作品。然而，与长篇小说经常追求那些夸张、宏大的主题不同，短篇小说特别善于揭示那些微不足道的真理。理查德·福特捕捉到了这一点，他说："威严的手势既可以是安静柔和的，也可以是清脆响亮的。"如果长篇小说是一片浩瀚的海洋——史诗般的、广阔无垠的——那么短篇小说就是一个静谧的湖泊，湖面像玻璃，景色迷人。正如纳丁·戈迪默（Nadine Gordimer）所写："我们每个人都有一千种生活，而长篇小说只给了角色一种生活。"长篇小说就像笨重的野兽、厚重的史诗，即使在行家的手中，也会被情节的构思压得喘不过气。弗兰纳里·奥康纳认为，有些真相只能在短篇小说中说出来，就好像长篇小说被情节、结构分散了精力，无法真实地展现自己。短篇小说的张力、效果的统一性及压缩的叙事，都让它趋于完美，无须为主题摇旗呐喊。正如卡佛教给我们的："不要阴谋、廉价品或其他类似的东西。"

短篇小说的力量往往在于它不愿公开揭示主题或意义。早期的小说形式——预言、神话、寓言——其道德层面的训诫是清晰而明确的，而现代故事，据分析，能产生多种主题，并接受不同的诠释，当读者带着偏见和经验去阅读时，可能会得出与作者的意图完全背离的意思。

相较于长篇小说，短篇小说因篇幅的限制，也许可以采用一种更抒情、更诗意的美学方式表达。但是，这样做的危险在于——尤其是对于新作家来说，会修饰过度，用复杂的动词、副词和形容词填充小说。卡佛还谈到语言要既普通又准确。用几个简单但精心挑选的词，就有可能让读者的后脊发凉。以下这句话摘自帕特里克·霍兰德（Patnck Holland）的小说《沉默之源》（The Source of the Silence），他在没做任何铺垫的情况下突然这样写：

> 没过几个星期，她就被一个不能忍受她美貌的男人杀死了。

完美的表达。不需要更多东西来达到目的。精准、强大。

这里还有另一篇小说（巧合的是也提到了美丽），出自大师威廉·特雷弗：

> 美貌还未离开她。

想想特雷弗讲述关于那个女人的外貌有可能用到的所有简单方式。

你应该始终高度重视小说的遣词用字。卡佛也许做了精准的评论："如果小说中的词语充满了作家肆无忌惮的感情，或因为某些原因存在不精确的——任何模糊的地方——读者的视线就会一扫而过，读不出任何东西。"

而契诃夫，有时只是描述一个场景或情感的细节，甚至不是人物或叙述者的反应，就能激活读者，唤起他们的想象力，迫使他们与小说建立联系，自己寻找真相，而不是被告知真相。

研究你小说中的音乐。这是什么意思？这是一个不太恰当但很有用的类比，可以帮助你把小说看成一首歌，它自带节奏，有高潮和低谷，抑扬顿挫。看看它是如何构建结尾的乐章，它的整体效果如何远比部分的总和更令人震撼的；那些不断重复的主题和象征，让读者与音乐产生更紧密的联系；想想情感共鸣是如何在一首歌中实现的。

这就是短篇小说在理想状态下所能做的。大多数长篇小说很大程度上不受情节及结构的束缚，正如我们所理解的那样，长篇小说的神奇力量来自一种真实感。在各种文学形式中，短篇小说也许最能反映出人的本质，它纯净、逼真、拒绝模式化、不可还原。短篇小说可以很神秘、诱人、美得不可方物。阅读时，读者的注意力会高度集中；如果作者用了足够多的技巧，迫使我们分享他们高难度的表演，我们的原始本能会从始至终亢奋着。短篇小说喜欢重拳出击，打破边界，大胆无畏：《时代文学副刊》(The Times Literary Supplement) 曾经声称特雷弗的顿悟能"削掉人的头顶"。短篇小说能达到这一切，甚至更多，但它从未忘记揭示人性的真谛。

最喜欢的短篇小说

《漫步走向多瑙河》("Walking to the Danube"),菲利普·奥·西阿拉(Philip O Ceallaigh)著,选自《一家土耳其妓院的笔记》〔A Tarkhish Whorehouse (Penguin, 2007)〕

《数字》,克莱尔·威格法奥著,选自《声音最大,什么也没有》〔The Loudest Sound and Nothing (Faber & Faber, 2008)〕

《风土》("Terroir"),格雷厄姆·莫特著,选自《格雷厄姆·莫特短篇小说6》〔Short FICTION 6 (University of Plymouth Press, 2012)〕

《昨夜》〔Last Night (Vintage, 2006)〕,詹姆斯·索特(James Salter)著

《子弹射入大脑》("Bullet in the Brain"),托拜厄斯·沃尔夫(Tobias Wolff)著,选自《疑夜》〔The Night in Question (Vintage, 1997)〕

《什么都不需要》("Something that need Nothing"),米兰达·朱里(Miranda July)著,选自《我情妇的麻雀死了》〔My Mistress's Sparrow is Dead (HarperCollins, 2008)〕

《房间》("The Room"),威廉·特雷弗著,选自《在卡纳斯塔作弊》〔Cheating at Canasta (Penguin, 2008)〕

《条款》("The Terms"),迈克·麦考马克(Mike McCormack)著,选自《从头开始》〔Getting it in The Head

(Vintage，1997)〕

《她谋杀了凡人他》("She killed Mortal He")，莎拉·霍尔（Sarah Hall）著，选自《美丽的冷漠》〔*The Beautiful Indifference* (Faber, 2011)〕

思维拓展

一口气完成一篇小说的初稿，或者至少在一天的时间里完成。找个时间，让自己全身心地投入，沉浸在兴奋和紧张中，意识到一天结束时，一页空白纸会成为一部完整的小说。谁说得准呢，也许经过一些修改，其中就有一篇优秀的小说。

每天花 15 分钟写下一些想法，感受、对话、场景，任何东西都可以，唯一的规则是：你必须在事后销毁它。撕碎、烧了、吃掉，不管怎么做，只要它不再存在。这样你就可以探索一些你可能会因为害怕别人阅读而避免的领域或主题，你会释放出自我意识中，那个阻止我们做出无耻、荒谬甚至恶意行为的批评声音，你会写那些难以启齿的话，不让别人看到，这就好比你跑进森林深处，脱下衣服，扯着嗓子大喊脏话，然后悄悄穿好衣服溜回家。试一试。

第十章　语言与风格

短篇小说作家／诗人写作指南

努阿拉·尼·琼斯（Nuala Ní Chonchúir）

写短篇小说和写诗是两码事，但作为创作过这两种文体的作者，我发现这两者在某些方面可以互补；诗歌需要简洁的思想和语言，短篇小说写作也是如此，有些诗歌和短篇小说一样都有叙事弧，一首好诗往往包含惊喜的成分，一部优秀小说也是如此。在绘画中，卢西安·弗洛伊德（Lucian Freud）将这种惊喜称为"一小片毒药"。我喜欢在诗歌和小说中看到一些有毒的、淘气的或奇怪的东西——这正是我作为一名读者希望在文学作品中找到的那种东西。这两种文体的另一个共同点是作者对语言的执着：诗人和短篇小说家都对文字充满激情，他们想把它们以美丽而新颖的方式组合在一起。

我认识的作家都热爱语言、文字游戏和音韵。他们生活中最大的乐趣就是把笔下的文字变成优美、贴切的句子，这些精心设计的句子，能推动小说发展下去。他们的目标，一直都是以新鲜的、令人兴奋的方式讲述故事，磨炼写作能力，形成风格，他们想用自己的文字中迸发的火花和美丽来刺激读者。并不是说作家是为了文笔绚烂而如此——简单、清晰的散文与匠心独运的华丽、诗意的散文一样需要创造。只有你知道你想写什么样的文字，你需要的是正确的词语，为正确的故事增添色彩和质感。

如果你想写短篇小说，而且想写好，对照下面列出的内容看看你是否符合，如果符合，那就有可能写好短篇小说：

· 你重视写作的简洁性

· 你确信自己有语言天赋

· 你读了很多书，尤其是短篇小说

· 你是一个很好的倾听者

· 你多管闲事，爱偷听

· 你很敏感，善于观察

· 多年来，你一直喜欢在笔记本上或啤酒垫上记下你喜欢的名字/谈话片段/对他人的观察

· 你的记忆力很好

· 无论醒着还是睡着，你都爱幻想

· 你喜欢独处

· 你可以挤出时间写作，即使这意味着每晚少看一个

小时的电视

- 你很有决心，是那种坚持到底的人
- 如果你还没有厚脸皮，那就练吧
- 你很有耐心，或者可以学着很有耐心

想当一名短篇小说家没有什么诀窍，你只需要写作。如果水手通过航行来了解大海，那么你就通过把词汇写在纸上来学习写作吧。每一篇短篇小说、诗歌、长篇小说都是一个词一个词写出来的。就像杰克·赫夫伦（Jack Heffron）说的："如果你想写作，就从开头写起吧，然后接着写，一直写完。"这就是其中最大的秘密。

短篇小说家和诗人一样，重视并崇尚简洁，能够而且愿意用尽可能少的词来创作小说，还得是一个快乐的编辑：如果写出的东西跟小说不搭，会毫不惋惜地删除。

要想成为短篇小说家，你还必须是该文体的忠实读者。仅仅因为你受过教育并不意味着你能写故事，纸上的文字不能自动地生成一篇小说，你必须热爱阅读，尤其是阅读短篇小说。不管你是否已经意识到，你阅读过的那些小说已经在教你如何写作。所以，多读书，如果不想读以前的经典著作，那就读读同时代的小说，或者文学杂志，尽量多读——诗歌、故事、文章、小说、非小说——你永远不知道是否一小段描述就能激发出一篇好小说。

你必须善于观察：作家要诚实地记录对人性、世界及他人的观察。如果你记忆力很好，好奇心很强，这有很大的帮助。如果你的记忆力不太好——即使很好——你也应该随身携带笔记本和笔，买你能找到的最小的笔记本——衬衫口袋大，或微型手袋大，并随身携带。当你出门随便逛逛，即使是日常的生活状态，你也会看到、听到一些令人惊奇的事情。这些令人惊奇的事情就是很好的小说素材，把它们记下来以备日后使用，这对你开始动笔写作会有很大的帮助，尤其当你面对那张令你心生恐惧的空白的纸，毫无头绪，无从下笔时。

写作从本质讲是一种孤独的行为。无论是全职还是兼职，你都要自己独立创作。你可以加入作家小组，让你的作品获得反馈，但真正的写作只需要你和你的笔或电脑。所以，如果你喜欢一个人独处，这会好一些。我是个隐士，我最喜欢一个人写作、做梦、阅读。另一面，我喜欢有人陪伴，但我把社交活动选在不工作时。当你身为父母、伴侣、员工时，独处的时间就成为一种特权，对所有人来说都是这样。但如果你决心写作，你必须找到一天中能够独处的时间，这可能意味着你要在早上6点起床，或者放弃你最喜欢的一部肥皂剧，以便把那些文字写在纸上。这不是一种牺牲，这是给自己的礼物，意志坚定的作家往往能成功出版作品。坚持下去，你就会成功。

你还必须学会忍耐，我个人认为这很难。出版业目前处于低谷，小说很难在短时间内被出版社录稿并出版，我们往往只听到那些罕见的成功故事，对比少数成功作家得到六位数的预付款，还有成千上万个作家在等着一次、两次、甚至数十次之多的退稿。为了出版，要有耐心。

风格是什么

> 写作中最持久的东西是风格，而风格是作家花时间所能做的最有价值的投资。它的回报是缓慢的，开始时，代理会嘲笑它，出版商会误解它，它会把那些你从未听说过的人都吸引过来，慢慢地说服他们，告诉他们在写作的道路上留下个人印记的作家总会得到回报。
>
> ——雷蒙德·钱德勒

当谈到一个人的外表，我们都知道他是什么风格，从衣服、头发或配饰，我们很容易看出谁时尚，谁邋遢。但写作的风格是什么呢？嗯，就是使用的语言，包括语法和句法的选择，文章的节奏，作者在文章中的立场等。如果这些听起来像学校里上的一堂课那么简单，那么，你已经有了自己的风格。这时你可能在想：**太棒了！我不用那么**

费劲了，已经搞定了。那你就错了！是的，你有自己的风格，但那是因为，正如约翰·麦加亨（John McGahern）曾经说过的："在写作中，风格就是个性。"你的个性潜移默化地渗透到你的作品中，而你没有意识到，也无法停止，你写的每件事都带有你与生俱来的风格。

想想毕加索，他像许多艺术家一样也画肖像画。但正是毕加索画肖像的方式——他的绘画风格，使他的作品具有毕加索式的风格。同样，你如何用文字来描述世界就是你独特的写作风格。

你不必夜不能寐地想着自己的风格是好是坏。最简单地说，风格就是你使用语言的方式以及你讲述故事的方式。风格不是可以添加的，不像盐添加到汤中一样——它就是写作本身。所以风格是无法被教授的（没有人可以教你做你自己），但是你可以做很多事情来更好地展现自己的风格，从而提高你的写作水平。

风格是作家表达自己的方式，是私人的、独特的，这与他的言行举止都息息相关。一定要做真实的自己，不要害怕口语化的表达，大胆使用，使用你童年及家乡的语言——它们是你个人专属资源的一部分，因此也是你风格的一部分。

词语很重要，作为一名作家，你最可能爱上文字和语言以及它们在表达方面的可能性。故事和人物在小说中当然也很重要，语言只是讲述故事的手段。但是，当文字以令人惊讶的方式讲述一个令人惊讶的故事时，对读者来说，没有什么比这更让人赏心悦目了。所以，热爱文字、沉浸其中，时刻学习新的词汇，用最完美的词语来讲述你的故事。

你可以写任何想写的东西，写你从未去过的地方，通过合适的风格说服读者。写作时不要自我审查，先让它自然地写出来，随后再编辑。

作为狂热的读者兼作家，我们喜欢某些作家是因为喜欢他们的写作风格，于是，我们可能会坐下来，模仿安妮·普鲁写作，但这行不通，因为只能有一个安妮。所以，你必须忠实于自己的生活、渴望及语言，并专注于向读者讲述它们。

我对视觉艺术如此着迷，以至于有一段时间我担心自己会变成一匹会耍花招的小马：在过去三年里，我写的很多东西都以这样或那样的形式涉及绘画，但我目前已脱离这种方式转而写我自己的东西。以前遇到过的和现在面临的困扰还是会出现。作家迈克·麦考马克告诉我，他在读我的第一本短篇小说集《风吹过草地》(*The Wind Across the Grass*)时差点淹死，因为这本小说集里所有的小说都是关于水的。这段日子我没有写很多关于水的小说，但水这个主题仍然时不时出现。我们都喜欢自己喜欢的东西。

不要害怕使用自然流露的语言，尽可能使用对你来说最真实、属于你的语言，不要总是把每个句子都重写十遍，总是寻找完美的词汇或短语，这太痛苦了。让自己自由创作，你会发现，有时候，最早写出来的东西最能真实反映你的声音和风格，你笔端的自然流露会让你惊讶、不安或厌恶，有时也可能会快乐，但无论怎样，它都是你独有的，是值得珍惜的。

大声朗读你的作品，看看是否流畅。我一直这样做，孩子们都认为我疯了。试着慢慢地读句子，或者一字一顿地去读，这样你就不会漏掉任何词。如果你觉得有些词听起来很突兀，读者可能也会觉得如此，通过缩短句子或改变词序，使这些突兀之处变得和谐，删掉所有不合适的表达。

你可能听过这句话，出自马克·吐温（Mark Twain），有时威廉·福克纳（William Faulkner）也会说——"杀掉你的宝贝"。我对这话感到很不舒服：如果你的"宝贝"是最好，到底为什么要杀掉他们！你得学会区分，什么是你写得好的部分，什么是你用来炫耀的或添加的无关紧要的东西，炫耀式的写作会让你在重新读时感到窘迫，而好的写作会让你内心中亮起柔和的光芒。挑选你的宝贝时要谨慎，只杀掉那些故意炫耀的部分。

如何使小说紧凑,改善风格

·使用普通的词汇,拒绝晦涩的词汇。例如用"嚼(chew)"而不是"咀嚼(masticate)","大楼(building)"而不是"宏伟的建筑(edifice)"。

·练习简洁,并做好编辑;简洁地表达,例如不要说"我快跑起来,尽可能快地跑到她坐的地方",而要说"我跑向她"。

·使用日常的语言,而不是夸张或过时的语言。例如不要说"我接着开始了和那个年轻人攀谈的过程",而要说"我和那个少年谈过"。斯特伦克与怀特(Strunk & White)在《风格的要素》(The Elements of Style,本书必读)一书中敦促读者避免"精致、做作、腼腆、可爱"。很不错的建议。

·尽量使用短词而不是长词。如用"手机",而不是"移动电话","婴儿车",而不是"婴儿摇篮车"。如今,随着短信和电子邮件的出现,我们更愿意用短词和缩写来表达。使用最适合你小说的词。

·说话要具体,不要抽象。要具体!例如说"他的生活充满了悲伤",不如说"他很悲伤,因为他是家里唯一幸存的人"。

注意形容词、副词和抽象名词

这些词语通常被称为"香蕉皮",因为当小说中有太多香蕉皮时,读者就开始在页面上滑来滑去,最后会跑掉,再也不会回来。

这三种词阻碍了你作品的流畅性,使它笨拙而杂乱。你当然可以使用它们,否则它们为什么会存在呢?只是要谨慎选择,适度使用是解决香蕉皮困境的关键。

限定词

限定词:这些词改变了其他词的意思,如相当、非常、特别,等等。斯特伦克和怀特说,限定词"是浸染在作品池塘中的水蛭,吸着文字的血"。

例子:"马丁是个不错的小家伙。"他不错?他真的很小吗?你必须得准确判断并进行描述。

陈词滥调

哦,这个话题,我可以讲很长时间。陈词滥调是二手的、用烂了的表达。因为用起来太容易,那些懒惰的作家才使用,而你并不懒惰,对吗?众所周知,经典的陈词滥调包括:"金子般的心""轻如鸿毛""嫉妒得眼红"……

我的建议是你最好把它们的小心脏挖出来，让它们埋在大卫·朗所说的"小死角"。

它们可以在人物对话中使用（记住，人物会说陈词滥调），但不要过度使用。一般来说，尽量以新颖的方式写小说——这会让你的写作保持新鲜感。

形象化

形象化是心理上的图画或修辞手法，如明喻和暗喻，它们为读者描绘了生动的画面，使读者能准确地理解你的意思。运用形象化的手法可以令你的短篇小说充满新鲜感，并悦人耳目。一切都是关于视觉化的表达，形象化一词来源于"想象"，我们的想象方式不尽相同，尽情使用吧。

明　喻

明喻是用"像"或"如"这类词来把一个事物类比为另一个事物。如"西亚拉就像一块石头"。

隐　喻

隐喻是一种"简短"的比喻，尤其受到诗人的喜爱。

当一个人或物体与具有相似特征的东西进行比较时，就会用到，如"西亚拉是块石头"。

在一首诗中，卡罗尔·安·达菲（Carol Ann Duffy）把爱情称为"迷人的地狱"。有时候写作也会让作家产生同样的感觉：我们强迫自己写作，当进展顺利时，我们会爱上它，但当进展不顺时，它可能就是一种地狱。

然而，如果你在地狱般的创作时期坚持写作和阅读，你就会写出优秀的、可出版的作品。所以，写、写、写，读、读、读，一切都会好起来，我保证。

参考书目

《风格的要素》，威廉·斯特伦克（William Strunk）著

《作家的灵感之书》（*The Writer's Idea Book*），杰克·赫夫伦著

最喜欢的短篇小说

《阿拉斯加的淡金色》（"The Pale Gold of Alaska"），艾莉丝·尼·德怀恩（Eilis Ni Dhuibhne）著，选自《阿拉斯加的淡金色》(Headline Review, 2001)

《巴黎故事》（"A Paris Story"），大卫·康斯坦丁（David

Constantine）著，选自《大坝下》〔*Under the Dam* (Comma Press，2005)〕

《伊莎贝尔鱼》（"The Isabel Fish"），朱莉·奥林格（Julie Orringer）著，选自《水下呼吸》〔*How to Breathe Underwater* (Viking，2004)〕

《巴贝特的盛宴》（"Babette's Feast"），伊萨克·迪内森（Isak Dinesen）著，选自《命运轶闻》〔*Anecdotes of Destiny* (Pen-guin Classics，2001)〕

《多余》（"Extra"），李翊云著，摘自《千年的美好祈祷》

思维拓展

练习一

写一篇 100 字的小文，描述一个人物在海边的感觉。使用感官去描述，他/她所看到的、听到的、闻到的、摸到的、尝到的。他/她在海边的感觉如何？避免陈词滥调。

写完后，读一读阿利斯泰尔·麦克劳德（Alasdair McLeod）的小说，或海明威的《老人与海》（*The Old Man and The Sea*）中的片段，看看他们是如何描写大海的。

练习二

用一些不同寻常的形象来完成这些句子，禁止使用陈词滥调——用我们以前从未听说过的形象！

马蒂的猫和……一样邋遢

孩子向我跑过来，他的脸就像……

雨像……

梦娜很幼稚，她总是看起来……

这所房子使我想起了家，它有……

他的皮肤红得像……

她做的面包糟透了，尝起来像……

帕德莱格看起来像他的母亲。他……

莉娜的头发像……

那条蛇嗖的一声穿过地面朝我飞来。它的身体……

他的皮肤和……一样苍白

蛋糕很好吃，就像……

景色很糟糕，它看起来像……

第十一章 非虚构故事、真实故事、小说佳作？

伊丽莎白·贝恩斯（Elizabeth Baines）

　　如何将一个充满了矛盾点和未知结局，且缺乏架构的现实生活事件改编成一个结构严谨、具有美学概念的佳作呢？

　　在我对小说集进行"虚拟之旅"的创作时，这个问题一直围绕着我，让我寝食难安。尤其是文学博客就《世界边缘》（Balancing on the Edge of the World）一书对我进行采访时——访问内容是关于小说集的创作和大体的写作过程。我的访问者，甚至可以说是审问者，凡妮莎·格比作为这本书的编辑，敏锐地认识到这个问题令许多作家都很头疼。她让我阐述小说集中的一个特别的故事《浓缩的形而上学》（Condensed Metaphysics），她从我的博客中了解到这个故事是以现实生活的事件为基础的。

　　这个要求令我无法接受，因为作为一个作者，我通常对小说中涉及的真实事件持谨慎的态度，事实上，我通常

第十一章 非虚构故事、真实故事、小说佳作？

会拒绝将这个真实事件告诉读者。原因在于，一旦读者将小说中的某部分内容认定为是真实的，那么他们可能会将整个作品都认定为是真实的。若承认小说中存在"现实"的元素或基础，可能会让读者将整本小说误认为是传记读物。但于我而言，在任何情况下，承认小说中的任何元素具有现实色彩，都是偏离主题的，我也不会去做这件事。现实生活一旦经过了作家的加工和创作变形，就完完全全变成了另一种东西，而不能简单地把它称为现实事件。小说的创作是真实生活和想象力的融合，而不是简单的叠加，试图将小说分解还原成它最初的"组成部分"，否认小说超越性的存在，是非常不可取的。不仅如此，我在完成一部小说后，也很难准确地定位各个组成部分。

然而，正如凡妮莎所说的，我在创作《浓缩的形而上学》时已经犯了这个错误。在采访时出现了与我判断相悖的情况，编辑敏锐地发现我的小说中有现实生活的因素，并询问我事实是否如她猜测的那样，我对此"供认不讳"。其中掺杂着一些乌龙事件，由于我承认了小说中有现实生活的因素，致使编辑将整篇小说都看成是真实事件，最令我绝望的是，她随后将这本书作为报告文学出版了。我在博客上讲述了这段出版经历，并着重讨论了小说中的"现实生活"因素多么具有误导性且危险，我也解释了我小说中大部分内容都是虚构的，而不是事实——当然，非常讽刺的是，这牵扯到关于现实生活的流言蜚语和我的杜撰。

但凡妮莎还是想弄清楚我是如何将现实事件转化为小说的。我在创作过程中是如何做取舍的，这包括，我从现实生活中吸取了什么，删减了什么，又增添了什么。我是如何将现实生活和想象力融合在一起，并最终完成小说创作的。这个问题将我们的访谈推向了一个更深的层面，问题的回答可以在凡妮莎的博客上看到。我也开始意识到此次访谈的关注点不仅在写作技巧，还在作为作者在创作小说时是如何将现实糅合进小说中的。凡妮莎试图弄清我在《浓缩的形而上学》中是如何运用现实素材的，在某种程度上，这让我意识到，我虽然置身于现实事件中，但当我创作小说时已经在潜意识中脱离了这件事——更确切地说，我所看到的与其说是客观的现实事件，不如说是小说创作的开端。

那么这个过程是怎么发展的呢？在我下意识地将一个现实事件看作小说灵感的来源后，小说的创作过程又是怎样的呢？接下来我会写些什么？

《浓缩的形而上学》讲的是，深夜，一群人在镇上游荡，最后停在了一个你可能熟知的地方——曼彻斯特牛津路大学路段的一家比萨外卖店。这就是故事的开始：

我们全都喝醉了，艾丽喝得最多。她朝着巴比伦

第十一章 非虚构故事、真实故事、小说佳作？ 139

酒馆外面蹲着的乞丐跑去，对他说我们很饿，想吃比萨但身上没有现金，并求他借给我们些钱。

乞丐看上去跟艾丽年纪差不多，19岁左右，头上戴着一顶有些紧的羊毛帽。他并没有觉得艾丽的要求不合理，只是诚实地摇了摇头，他举起面前的塑料杯给我们看，里边只有几枚硬币。

艾丽和那个无家可归的男孩聊了起来，男孩发表了一大串富有哲学性的言论，然而结合他的处境我觉得有些滑稽，但从人道主义出发，又觉得有点感动。这群人随后走进了巴比伦，刷卡买了比萨，艾丽对那个无家可归的男孩说，会帮他买一份比萨。在餐馆他们遇到了一群奇怪的人，这群人在严肃地讨论着些什么，但看上去也有几分滑稽。当知道他们在谈论什么时，餐馆里的所有人都以为自己听错了，因为其中一个人，是一位研究员，他说他在研究"浓缩的形而上学"。当艾丽和她的朋友终于吃上比萨时，她才想起来自己忘了给那个无家可归的男孩买比萨，于是让她的朋友们把自己的比萨贡献出来一块，除了一个人不愿意之外，其他人全都照做了。然而，讽刺的是，当这群人出来后，艾丽手里拿着比萨，却发现那个男孩不见了，他刚才待的地方已经空了，"整条路漆黑空荡，直直地延伸到唐人街"。

到这里为止，这个故事中的大部分内容与我的经历大体一致，并且与我上面提到的关于小说的观点也一致，我甚至倾向于把它当作一个"探索"的故事，这可能也是我本能地使用现实生活中的比萨店名和道路名的原因（这反过来又可能导致熟悉我其他作品的杂志编辑询问这是否是事实）。我确实曾和一群朋友在镇上游荡：我们去参加了一场诗歌朗诵会，在那里我们肆意地喝着红酒，如故事中所述，我们也喝得有些醉。我的一位朋友，也就是故事中的"艾丽"，带我们去吃比萨，然后想起来自己没带钱，带着酒劲，她跑去向比萨店外的乞讨者借钱。如故事中一样，她得到了温和而真诚的回答，他们确实能正常地交流；在搭上话的那一刻，他们似乎能理解对方并且没有表示出厌恶。她问了乞讨者的情况：问了他在哪里过夜，乞讨者告诉她在唐人街，就像故事中的男孩一样，他也发表了富有哲学性的言论。

　　说实话，这对一个作家来说太滑稽（也很感人）了，但我必须说，几杯红酒下肚，我总是下意识地想起那个时刻，并且感觉又好笑又感动。我觉得可能在那一刻，我的潜意识已经开始将这整个经历融进故事里，并且在意识里对它进行了建构。

　　在那个时刻还发生了一些其他事，并且能够得到当时在场人员的证实：与故事中的艾丽一样，我的朋友承诺要给那个无家可归的人买一份比萨，而她也确实忘了买，然后让我们一人分一块给他；其中一个朋友拒绝了，然后，同样讽刺的是，我们出餐馆的时候那个乞讨者也不见了。

巴比伦里也确实有三个顾客，与故事中人物的外貌特征和行为举止一样，一个邋遢的老酒鬼、一个消瘦的穿着旧夹克的30岁左右的男人、还有一个看上去紧张不安的研究员。虽然我记住了他们的体貌特征，但如果当时餐馆里除了这三个人和比萨厨师外还有其他人的话，我肯定记不住，在这一点上，故事可能已经取代了现实。而产生替代的原因可能在于，在事件发生的那一刻，我的灵感（在无意识的状态下）已经喷涌而出，我的大脑也已经开始忙着做筛选了。

还有重要的是，我的朋友也确实去问了那个研究员是做什么的，并且其中几个（我不记得具体是几个）说，那个研究员是研究"浓缩的形而上学"的。①

到现在为止，这个事件为我提供了灵感，朋友口中所说的那个短语巧妙地与那个有哲学天赋的流浪者产生了联系。这些联系、想法和影像将这个故事与那些大众化的故事区别开来，拥有了独特的视角，当然作者要保持写作灵感并注意到这些方面。事实上这些联系在第二天早上我醒

---

① 结合下文，此处研究员所说的应该是"凝聚态物理学"（Condensed-matter physics），与"浓缩的形而上学"发音较接近。——编注

来时才出现在我的脑海中，因此我认为在我们睡着的时候，这些想法会在我们的大脑中出现聚合效应。这些联系在我的脑海中浮现时，我立刻意识到这会是故事的焦点和基础。在这个联系出现时，另一个联系也浮现在我的脑海并且可以变成一个完整的故事：那是一个社会的缩影，所有人都坐在比萨店里，包括店外的那个流浪汉——然后我突然想到了一种联系，那就是凝聚态物理学的概念，这是那位研究员的研究主题，无论是在现实中还是在小说中。凝聚态物理学研究的是固体物质粒子之间的关系，似乎（至少在写这个故事的时候）当外力作用于固体物质时，固体物质之间会发生什么变化，这个问题还没有得到适当的研究。这个现象启发了我，它对我们的社会关系是一种隐喻，是对比萨店顾客的潜在故事（他们在生活中所承受的压力）的隐喻，以及对他们彼此之间存在的小事但可能会产生巨大影响的隐喻。

就是这样：哲学／形而上学和凝聚态物理学的主题结合在一起，形成了浓缩的形而上学这个短语，这也是我要写的故事。对我而言，在初期我的写作更多的是出于本能而没有经过缜密的思考；跟着"感觉"走而不是进行逻辑思考，但"感觉"也不能决定全部：我大脑中还有一部分负责更具逻辑性的编辑、决定工作。这就是我大脑的状态，大部分由本能决定，但潜意识里其实也有逻辑思维，这就

第十一章 非虚构故事、真实故事、小说佳作？

表现在我为这个故事写初稿的时候：将那天晚上的所有事情列出来，相应的哲学概念，物理粒子之间的关系，社会关系，相关人物的过去经历，删减一些不合适的，并相应地增添一些东西。

我已经阐明了那个流浪汉的哲学言论。他也告诉我们不用担心他住在唐人街，这是一个虚构的人，但符合这个哲学主题。我对他的言论做了延伸和补充，让它听起来更明晰——基本上是围绕着社会展开的。事实上，"浓缩的形而上学"事件相当简短：就像我说的，我们当中只有两三个人听到了研究员的话并且听错了，或者所有人都听错了——当我的朋友接着问他的时候，研究员直接纠正了我们，并且简单地向我们解释了什么是凝聚态物理学。当然，从这个误会产生的时候我脑中就编织出了更复杂的东西。事实上，尽管和故事里一样，老醉汉对每个人的比萨都很感兴趣，而且那个穿花呢夹克的人显然一直在注视着店里发生的一切，但他们两人都没有说太多。但这两个人对其他人的兴趣是我关注的重点，他们看上去都像是处在社会的边缘，我认为每个作家都应该具备对周围事件保持敏感这一基本素质，还要能够感知事件的潜在发展。随着我对餐馆中人与人之间关系的理解，我把这两个角色，包括比萨厨师在内的所有人，带入了一场关于"浓缩的形而上学"到底意味着什么的滑稽（我希望如此）讨论。在故事中，醉酒者成了比萨店中名副其实的哲学家，这也揭示了故事的真正意图，反映社会压力——这或许是我的潜意识深处想要表达的真正想法。有了哲学主题和物质粒子隐喻概念的推动，我决定让故事中的研究员说得更多一些，并为凝聚态物理学赋予了更多的哲学意义。为了实现这一点，我快速地冲下了楼，去翻看那本几乎崭新的物理书。

在我对那天晚上的事情产生写作的想法之前，有一些画面深深地印在了我的脑海里：我们都在墙上的镜子里来回走动，做比萨的厨师把颜色鲜艳的切碎的蔬菜抛来抛去，当我们从比萨店出来发现那个流浪汉不见的时候，纷纷看向唐人街闪烁的灯光，此处我想营造的是一种空旷又黑暗的景象。唐人街的灯光出现在街道黑暗地带的尽头，那是那个流浪汉可能会往的地方，他会从黑暗和灯光的交界穿过。这是一个非常具有逻辑性的、特意的设计——到此为止，故事的结尾，逻辑和设计已经取代本能占据了我的大脑。在这个阶段，我对自己说，灯光并不是千变万化的，灯光是静态的。（虽然，后来很遗憾的是，我在故事中删掉了灯光的设置，但它仍然是整个故事不可分割的一部分——后来当我开始为电影写一个简短的剧本改编版时意识到，我不仅可以把灯光加入剧本中，还可以通过不同的摄像机设置让灯光根据我的需要来移动！）我很确信这些画面的重要性，它们甚至具有核心作用，而这种看似古怪的想法，在我经历这件事并决定将它写成故事之前就出现在我的脑海中了，这就能解释为什么我在经历这件事时，潜意识里已经将它转化成了故事，并且已经选择好了相应的故事画面。

至于我的朋友，那个不愿意为流浪汉分出一块比萨的人：她肯定会选择匿名，她完全不像故事中的那样没有风度。故事中这个人物的行为似乎破坏了餐厅中友好欢乐的气氛，但实际上它却充实了我要反映的社会压力的主题，并且也反映了社会压力下我们彼此之间的关系。然而，在现实中，我的朋友只是认为我们这么做带着一种高高在上、施人恩惠的态度，所以便没有加入我们，但餐厅中的其他人对此一无所知。

但如果他们知道的话，这就不是一个好故事了。

最喜欢的短篇小说

《与父亲的对话》（"A Conversation with My Father"），格蕾斯·佩利著，选自《在最后一刻发生了巨大的变化》〔*Enormous Changes at the Last Minute,* (Virago，1979)〕

《宇宙故事》（"The Universal Story"）和《哥特式》（"Gothic"），阿里·史密斯（Ali Smith）著，选自《整个故事和其他故事》〔*The Whole Story and Other Stories* (Hamish

Hamilton,2003)〕

《地震后》(*After the Quake*),村上春树著(Harvill,2002)

《伊格纳图》("Ignathous"),马修・利希特(Matthew Licht)著,选自《驼鹿表演》〔*The Moose Show* (Salt, 2007)〕

思维拓展

练习一

这是一个针对两个人或两个人以上的练习。一起去咖啡馆(这是最佳的练习方式,因为你们可以经历相似的事情),之后写下这段经历(你所写的并不一定要是一部小说,但要有成为小说的潜力)。然后在一起比较你们所写的东西。讨论一些内在的东西:这件事跟你之前碰到的事有什么不同,要用什么方式把这件事转化成小说?

练习二

这是一个探索记忆如何将现实生活塑造成故事的练习。想想你在某段时间里认识的人,如果你所分享的事情有相关人员可以联系就太棒了!问问他们是否还记得那些事情(如果他们说不记得,那就问些别的直到他们想起来为止)但重要的是,不要跟他们讨论这件事。等和他们分开之后再去写这件事。现在只需要问问他们对这件事还记得什么。要考虑故事背后的相似点和差异点,以及故事背后的隐含意义。

练习三

一个经典的练习——一个由来已久的创作者的小窍门,那就是当你在公共汽车站等车或排队等车时,偷听陌生人的谈话,那里有无尽的故事等待着你。你可能听不完整,但这也给了你很大的创作空间。一个扩大你自己的故事储备的好方法是站在一个人来人往的地方,倾听他们的故事片段,把他们当作作家的灵感来源。

练习四

另一个经典的练习,以报纸上的一篇报道为基础,发散思维,写出背后的故事。一个有趣的练习是,将这篇报道以非常详细的手法写一遍,然后再用非常简略的方法写一遍。这两种写作方法有什么不同?哪种更简单?哪种更令人满意?为什么?

第十二章　人物、性格、对话与语言

托拜厄斯·希尔（Tobias Hill）

编辑：能否谈谈你作品中的人物？有人说"短篇小说即人物"。你觉得是这样吗？

托拜厄斯·希尔：我认为有两种截然不同的写作方式，适合不同的作家，但是我们必须学会如何同时使用这两种方式。第一种，你可以用列大纲的方式，梳理你要如何写。换句话说，在你开始写作之前，大致知道故事要发生什么，以及情节发生的顺序，我将其称为"基于情节的写作"。另一种，你可以即兴发挥，让人物先出现，简洁明了地写出这个人物身上发生了什么，我称其为"人物主导式写作"，在此阶段，是人物在发号施令。

我觉得第二种方法非常有活力。它升华了故事，增加了刺激感。当人物开始做没有经过预设的事情时，就会有一种有趣而奇妙的感觉，这时你就知道小说中的人物"活了"。

第十二章　人物、性格、对话与语言

编辑： 对，确实如此。那么你认为你是哪种类型的作家？你倾向于以情节为导向的方式，还是以人物为导向的方式写作？

托拜厄斯·希尔： 我两种方式都用。我发现用这两种方式都会产生问题，如果同时使用，就会产生第三种问题，这才是重点。真的，我认为这也关乎性格，即哪种类型的写作最适合我们。我两者都适合，但我倾向于提前列出范围，然后让角色在其中行动。我想，如果把结构化写作看作一个等级表，其中"没有结构"是1，"完全符合情节"是10，那么在这个里氏等级表上，我的写作方式是7。

我想说，关键是不要试图提前知道所有事情，这会使写作的过程相当机械。

但这一点，应该说，我是比较长篇小说和短篇小说来说的。你看，当你写长篇时，你有那么多时间和空间，你可以让人物"放飞自我"，你的计划可以不太严格。但在短篇小说中，对于像我这样的作家，无论如何，我必须在开始之前做一些计划，画一张图。我喜欢短篇小说的一个原因是，在早期就能看到曙光，也许在你开始写作之前就知道了结尾。

编辑： 我明白。我的脑海里经常会有小说结尾的画面，我让人物带我走向那个结尾。不过，他们常常让我感到惊讶，这个场景就像我看到的一样，但在小说的语境中，它的意思却是不同的。

托拜厄斯·希尔：我认为短篇小说的结尾比长篇小说重要得多。你经常问别人长篇小说的最后一幕是什么，他们无法说出，但一部优秀短篇小说，它的结尾会伴随你很长一段时间。

编辑：它们可以很完美，不是吗？你能给我举个完美结尾的例子吗？

托拜厄斯·希尔：当然。再次提一下，短篇小说擅长表达某种东西，它和诗歌一样，作者都力求完美。创造绝对完美的东西，这是短篇小说的一大优势。但长篇小说的作家就无法力求完美了，它太长了。我想，如果分析的话，会有不太正确的地方。

这里我要举的例子是雷蒙德·卡佛的《好事一小件》。这个故事的结尾看似简单，却绝对完美。

编辑：你能说说当一个人物"放飞自我"，并开始跑在作者前面时的感觉吗？作家怎么知道何时会发生这种事呢？

托拜厄斯·希尔： 整个过程充满活力，当人物拿起指挥棒时，"开关"打开了，我以往的经验和知识告诉我一切进展顺利……那个人物已经跃入生活，并非如我所安排的那样是"我的创造"，所以我不需要再去猜测人物会做什么或说什么。对我来说，这是充满活力的过程，当这一切发生时，这个人物活了，并令人惊喜。

编辑： 正如你所说，短篇小说没有多少时间和空间来充实人物，但是，短篇小说中人物经历的紧张感往往让读者在读完小说很久之后，仍然有深刻的印象。

你能简单介绍一下这项技能背后的技巧吗？你能谈谈你是如何让角色栩栩如生的吗？

托拜厄斯·希尔： 这与短篇小说中的人物有关，但这需要进一步解释。

有的长篇小说，中心人物的塑造在技巧上很弱，如果有人让你描述一下他们，你真的很难确定他们的特征，你读过这样的小说吧？当我试着去研究他们时，我发现很多"主要"人物其实相当空洞，而往往那些边缘人物在形象、个性、动机方面更突出——这些东西是我们作为读者能够被吸引并记住的。

我认为这是因为作者经常近距离接触中心人物，在很多方面，他或她是作者的化身，因此作者假设人物的所有行为都能被理解，但这种假设并不能发生在读者身上。作者没有填补隔阂，即使他可能用了很多篇幅，也只留下一个空洞的人物。如果你同意，那么我的意思是，在短篇小说中，没有空洞人物存活的空间。

从这个中心人物转到"更人造"的人物（如果我们把他们看作是作者的延伸）……长篇小说的作者允许自己走捷径，使用漫画式，甚至是刻板印象来进行描述。你会发现许多次要人物描述得更生动、更清晰。这些人物与短篇小说中的中心人物相一致。

所以，短篇小说中的中心人物也可以用类似的方式来描写。这是一种依赖于读者先验知识的技巧，使用漫画式或刻板印象的元素——这两者都是陈词滥调——来确保读者理解那些代码，从而理解人物的主要特征，而无须作者进行解释。

编辑：很有意思——我在脑子里把这些话和我读过、听过的许多劝诫进行了比较，这些劝诫说，作家必须努力永远不要使用刻板印象和陈词滥调！你再多谈谈这部分内容。

托拜厄斯·希尔：在刻画人物时，要小心使用陈词滥调，这一点作家已经知道该怎么做了。想想看，什么是陈词滥调?这种比较已经过时,失去了意义。在写作时不用陈词滥调的原因显而易见,而且非常正确,因为它们不新鲜,是令人厌倦的、陈腐的,因为陈词滥调而让读者抛弃你的作品将是灾难性的,但短篇小说家为了快速刻画人物,可以把它作为工具,巧妙地使用会有所帮助。

之所以使用它们,是因为它们能使读者产生共鸣,我认为应该记住这点,而并非完全摒弃它们,尤其是在塑造短篇小说中的人物时,这能让读者快速地抓住作者赋予人物的性格特征,在读者的脑海中对人物有快速的认知。

这是查尔斯·狄更斯经常使用的一种技巧。但他在这方面做得太过火了,不适合现代人的口味。

我确实认为,不使用任何易于辨认的笔法是危险的,有创造空洞人物的危险,因为我们没有篇幅在短篇小说中补充别的内容,这可能避免了陈词滥调,但得到的是模糊不清,这同样糟糕!

编辑: 你能用你自己的短篇小说举个例子吗?

托拜厄斯·希尔: 可以。在我的作品集《皮肤》中有一篇小说叫《伞》("Brolly")。它很短,只有五六页,讲的是一群成年人站在山顶喝酒,回忆起他们过去经常玩的一个有点低俗的家庭游戏。他们在山顶上看到他们的孩子们正在山脚玩这个游戏。其中一个人现在成了祖母,她是一个"典型的英国老太太",我相信读者会理解这是什么意思。

这篇小说中有八个人物,我几乎没有时间去"介绍"他们。祖母这个角色,显然很重要,否则也不会出现在小说里,我不需要给这个人物加上任何其他的东西。事实上,我想说,如果我再给她加点别的特征,读者会顺着这条线索琢磨,而不再关注故事情节,那么小说就会变得混乱而令人困惑,不如现在清晰明确。

所以,对,我依靠一位"普通"英国老太太的刻板形象,通过手势和对话把她带进生动的生活,只需要一些微小的东西——比如一个身体特征——就能塑造出属于"我的"人物,而不是她可能成为的其他样子。

编辑:你提到了对话的运用,能谈谈吗?

托拜厄斯·希尔:我认为最重要的是要明白,现实生活中的对话和小说中的对话在目的上有根本的不同。

在现实生活中,我们用对话来传达信息。但是,如果你想这样去写对话,你最终会得到《星际迷航》的剧本:

斯科蒂:船长,我们要进到曲速3吗?

第十二章 人物、性格、对话与语言

柯克船长： 哦，不，斯科蒂。你不记得了吗，上周，当我们在这一区域以曲速3前进时，我们飞进了那个超大的电子云？

诸如此类。

上面这段话纯粹是信息转存。一些写作老师说，对话是很好的方式，因为它是在展示而不是在讲述。但不是这样的对话！

当然，在小说中，对话是作者刻画人物形象的主要手段之一，这是对话的主要功能，所以我认为人物塑造的助手是对话，而非情节。当然，戏剧化也起到了重要的作用，可以推动情节向前发展。

毫无例外，如果一个作家纯粹把对话当作信息传递的工具，那么对话听起来就会显得笨拙而没有条理。

编辑： 你会拿谁的作品作为精彩对话的范例？

托拜厄斯·希尔： 还用雷蒙德·卡佛的小说，他在这方面很有技巧。如果你从他的短篇小说中分析一段对话，你会发现他是如何利用语言来塑造那些不擅长交流的人物的，他们总是会错意。

编辑：那身体特征呢？对读者来说，知道人物长什么样有多重要？

托拜厄斯·希尔：哦，如果我们再回头谈我之前说到的长篇小说中那些"空洞"的中心人物，你会发现，很多时候他们并没有被真实地描述出来。因为他们与作者太过接近，以至于作者不想描述？

对我来说，如果对人物根本没有任何描述，那就只能剩下空洞了，我想你确实需要写点什么，也许只需要一个身体特征，一个可以界定这个人物的东西，看起来很小，但很重要的东西。

我是这样想的：在人物塑造的工具箱里，身体特征描述就像你做饭时身边有盐一样——不需要撒太多盐，事实上，用得太多会毁了这道菜，但有必要放得刚刚好。比如一个关键的细节，我前面说过，需要的是把这个人物和其他人物区别开的东西。

这是双向的。对读者来说，这个细节充实了人物，给人物赋予新鲜感和不同的"外观"，使读者能"看到"并与人物建立联系；对作者来说，它使人物得到适当的释放，让人物和作者之间有了一定的距离，使其更容易开始自己的生活。

编辑： 你小说中有这样的例子吗？一个你特别擅长使用这种技巧的小说，回忆一下？

托拜厄斯·希尔： 有一篇短篇小说，篇幅较长，大约55页，故事发生在一个动物园里，一些动物的尸体失踪了。小说开头是一个女孩在洗澡，她怎么也洗不掉身上散发出的动物气味，水温很高，她皮肤都烫红了，身上的一道疤痕也很突出。她想到晚上关在屋里的动物，不禁想起监狱。她的头发向前垂成一根长长的辫子。就是这样，但在那个小场景中，你看到一些背景故事的暗示，一点人物外貌描述，但不多，头发很重要，它会在稍后的情节里成为焦点。

编辑： 精彩绝伦的例子。这里一定有很多感官在起作用，描述也给了作者展示语言技能的机会，不是吗？但是，就像在对话中很容易使用错误的语言一样，犯这些错误很容易吧？例如，从孩子的角度讲故事。难道没有一种观点认为作者应该只考虑使用孩子们知道的词汇吗？

托拜厄斯·希尔： 但是我们有讲故事的传统，讲故事的人使用自己的语言。你是不是把事情搞得太复杂了？

我想到了安吉拉·卡特的作品，她使用极其丰富、夸张、戏剧性的语言。当前的潮流倾向于干净利落,卡佛式的极简风。我两种都很欣赏,但总的来说,我会说我更愿意追求简单,远离那种相对厚重的"拉丁式"的文学语言。

想想看,警察在"犯罪观察"节目上如果像这样讲话,听起来是不是有点可笑?

> 在随后一天的下午3点钟,我与行凶者发生了口角,时间很短,随后逮捕了他。

这样的说话方式有时看起来神秘莫测,难以理解。我更喜欢阅读用日常语言写的作品,尤其是在对话中。是的,在这里,人物必须使用人物本身应该使用的词语。这听起来是老生常谈,这么说有点傻,不是吗?

适度使用繁复的语言是很可爱的。回头再谈谈安吉拉·卡特,她早期的作品现在几乎无法读懂,因为修饰语太多了。但是大约在1979年的小说《血色密室》(*The Bloody Chamber*)之后,她找到了自己的语言风格。语言仍然可以华丽多彩,只要把宝石放在合适的地方。她在小说中使用的华丽的辞藻,就像被妥善安放的珠宝。

所以,总的来说,我建议你在学习写作时,不要试图写得像个作家,因为这只会妨碍故事的发展。

编辑： 你提了很多值得思考的东西，还有一些非常有用的建议。非常感谢！

最喜欢的短篇小说

雷蒙德·卡佛的故事，因为那出色的人物描写及对话。

思维拓展

练习一

找个地方安静地坐着，听听人们是怎么交谈的，做笔记，注意"呃"和"啊哈"这两种没说完的话。如果可能的话，录下谈话的片段，然后准确地转录下来，看看它们在一部优秀短篇小说中，是否能起到对话的作用？如果没有，为什么？

练习二

从已出版的短篇小说中，或者从你自己的短篇小说中选取几段文字，把这些段落改写成主角的直接引语，让他们用自己的话表达出来。重新再做一次，这次换另一个角色。

创建一个场景，让两个人物讨论给定的信息，就像他们在"舞台下"一样。有什么不同吗？

第十三章 "在它消失之前……"

凯丽·戴维斯（Carys Davies）

对我来说，写小说时最大的问题——我称之为最大的危险——就是在真正动笔前，我会先在脑子里写一遍。这是一个很严重的缺点——我最坏的习惯——也是我必须要克服的。

我知道我为什么会这么做：因为我害怕，怕开始时构思很精彩，但最后写出来却远远达不到我想要的样子。但事实是，如果我把这篇小说禁锢在脑子里，它更有可能从指间溜走。我在脑海里构思框架、梳理逻辑、设想各种可能性——我试图把整篇小说都想清楚，想让它最终落在纸上时，是我认为它应该成为的样子，而不是可能呈现的样子。

有些东西你想不出来，只有在落笔写时才能写出来。当你执笔肆意写作时，你还没意识到，它就出现了：一些东西你从未想过、从未计划过，但已经形成——也许是一张图片、一个名字、一段记忆或一小段对话——把它们放入小说中。

　　我试着写得很快，当我走到一个明显的死胡同时，我会继续写下去，因为很多时候，正是在这种情况下，我会写出让我大吃一惊的句子——让整个故事"扭动"起来，并赋予它真正的使命及意义。也许是在那一刻，我突然意识到是谁在讲故事，或他们为什么非要这样讲，那一刻人物可能做了一些意想不到但却很必要且完全合乎逻辑的事情，从而使小说既有出乎意料的惊喜，又有思之必然的释怀，这是短篇小说最令人拍案叫绝的乐趣。

　　所以每天早上开始写作时，我尽量不去想太多，因为这很危险。雷蒙德·卡佛明白这一点——他说，写短篇小说必须要"快进快出"——凯瑟琳·曼斯菲尔德也明白这一点，她说"写作是场速度赛，你得在它消失之前快速进入"。

　　但是等一下，我这些话似乎让你觉得，写短篇小说是一件快节奏、几乎让人喘不过气的事，会被稍纵即逝的本能旋风带着很快完成。不是，绝对不是。刚才我们是说了，快速进入很重要，要飞快地写，在小说落在纸上前，不要在脑子里想太多。但是围绕一个新想法狂风骤雨般写完得到的小说，绝不是最后成型的版本，这只是小说的一个片段，后面可能会用到，也可能用不到；或者只是草稿，离那个最终完成或有可能完不成的版本还有十万八千里呢。

对我来说，这是短篇小说的矛盾之处，你需要快速自由地写作，但你也要有长期奋战的准备：你必须做好准备让作品停滞，有时要很长一段时间，一年、两年、三年，或者更长。也许最重要的是，这一过程的两个部分——快速和慢速的部分——都必须是不强迫故事发生的方式。我的大部分小说至少要花几年的时间，有的完成得很快，它们是上天的赏赐——为数不多，但我心怀感激。但大多数作品都是在无数次改稿、无数次失败、无数次尝试之后完成的。

例如，我花了十年的时间完成了我最近出版的一篇小说《盖伦·派克的救赎》(*The Redemption of Galen Pike*)。故事发生在一个西部荒野的监狱里，讲述了一个被判有罪的男人和一个贵格会的老处女佩兴斯之间匪夷所思的友谊。这个故事的片段十年前就出现在我的脑海中，并一直留在那里，它不肯松手，我就不断反复拿起这个素材考虑。在创作这篇小说的很长时间里，我都是以第一人称在讲述这个故事，只通过佩兴斯的哥哥沃尔特的视角来展开故事——这些年一直都这样，直到有一天我坐下来再试着写，不知从哪儿冒出来的想法，"沃尔特没有妹妹"，于是佩兴斯自己走上前来，和这个被判有罪的盖伦·派克面对面对话：核心故事突然开始出现，佩兴斯和派克的声音夹杂在——现在是——第三人称叙事声音中，沃尔特被迫退进阴影，成为一个只出现过一次，只说了五句话的边缘人物。然而如果没有前几个弃之不用的版本，我知道我根本不会偶然发现佩兴斯。而正是她的出现——穿着那件单调的贵格会教徒僧衣，与派克在牢房里对话时，这故事的意义才开始出现，我才开始思考，如果一个男人能给予的唯一礼物就是他所犯下的罪行，那会发生什么？

所以，每当你想要重新拿起那个突然冒出来的故事时，一定要追随这种冲动，即使它有时会让你觉得，像一只狗又回去啃那块发臭的旧骨头。如果你还没有放弃这个故事，那就坐回办公桌前，再试试，可能会再次失败，保存你写的东西，然后再试，可能再失败，因为每次的失败都是向前迈出的一步。文森特·凡·高比任何人都清楚这一点——只要读读他的信，你就会被其刻苦及决心所鼓舞，他相信"伟大的事并非一蹴而就，而是一系列连在一起的小事"，他提醒我们，努力去做的事"并不总是马上奏效，成功有时就是一连串失败的最终结果"。

我曾经听英国小说家兼短篇小说家简·罗杰斯（Jane Rogers）把这段尝试失败的时期称为"钻孔期"。我喜欢这个比喻，它的意思是，几乎总有那么一段时间，你在不同的地方尝试，直到找到合适的地点——然后开始探索其他重要的事情：这篇小说到底是关于什么的，何时开始讲合适，要用哪种声音讲述……这是一个艰难的过程，期间我会做各种尝试，我会用小说中所有角色的视角来写这个故事，从我一直设定的结尾开始，或者从中间开始、从某一段开始。这个阶段就像试图破解一个看似不可能的密码一样——几个月或几年来，你一直坚守着那个顽固的信念——故事就在某个地方，而你却被丧心病狂地锁在外面。在"盖伦·派克"的故事里，关键点，即进入故事的方式，是佩兴斯这个人物。但这些年来我开始认识到，对我来说，故事发生的地点和时间相互结合的传统叙事模式才能解决问题。在故事进展之前，我得找到适合故事发生的地点，我必须能看到故事像电影一样展开，我还得找到一个时间段，在此期间，故事的主要部分也恰好展开。

有些作家把这个过程称为"淘金"，我也喜欢这种说法，因为它能提醒我，我想要的是珍宝，但我得通过在大量习作的糟粕和污泥中找到它，甚至即使写出了一些珍宝，你也不一定能直接认出它，因此耐心很重要，把写出来的东西放一段时间再看，只有放一段时间，那一小块金子从书页上跳下来，执着地让你发现。

写小说太难了。每次开始写时，我都会感到胆怯、害怕、无从下笔，但我一直都在设想小说应该呈现的样子。如果你开始写一些以前写过的东西，那就关掉电脑，关上文具盒，合上笔记本，停下来，因为没有两篇小说、两个叙事声音会完全相同，而每一部小说都应该有属于自己的独特形式，不能把不属于它的东西强加给它。我很高兴这本书被命名为《短篇小说之所以短》，因为我不愿意任何人认为会有一本关于短篇小说写作的操作手册。梵高说他从来没有"学过"绘画，但他很庆幸，他只是开始尝试画他想画的东西，"关注那些令人振奋，催发思考，触动心灵的东西"。"是否这是不可能的事，"他写道，"即使不可能，我也要试试，即使我不知道该怎么画，连我自己也没想清楚该怎么画。"我觉得他的话令人欣慰，我认为也许我们无法找到一种"做这件事的方法"，但我们能做的是，学会在事情进展顺利时保持警惕；识别一些句子和段落，表达出一些从未尝试表达的东西；写出了一些值得保留的东西。

在那之前，很长一段时间，每次我对自己的写作满怀沮丧、生气厌倦时，我要做的一件事就是从书架上拿一本别人写的优秀小说，类似于佩内洛普·菲茨杰拉德（Penelope Fitzgerald）的《逃生途径》（*The Means of Escape*），或安东·契诃夫的《牵小狗的女人》，我会开始抄写那些小说，逐字逐句，希望一些东西——一种时间感和运动感，一种既不太喧嚣也不太肃静的讲述方式——最终会让我沉下来，即使没有效果，至少在感觉糟糕的一天写作过程中，我可以享受一下写了一些优秀小说的幻觉。

其他一些我反复阅读的小说包括弗兰纳里·奥康纳

的《难民》(The Displaced Person)，约翰·契弗的《乡村丈夫》(The Country Husband)，安妮·普鲁的《半张公牛皮》(The Half-Skinned Steer)，伯纳德·马拉默德(Bernard Malamud)的《魔桶》(The Magic Barrel)。还有最近出版的科马克·麦卡锡(Cormac Mclarthy)的小说《长路》(The Road)，我每次读它，都会被其中呈现出的东西打动，在小说里，紧张而又运行良好的现代世界被放置在灾难性的过去与假设的诱人未来之间——它具备一篇杰出短篇小说所需要的所有品质。

参考书目

《书信与期刊》(Letters and Journals)，凯瑟琳·曼斯菲尔德著(Penguin，1977)

《逃生途径》，佩内洛普·菲茨杰拉德著，选自《逃生途径》(Flamingo，2000)

《牵小狗的女人》，安东·契诃夫著

《乡村丈夫》，约翰·契弗著，选自《本世纪美国最佳短篇小说集》

《半张公牛皮》，安妮·普鲁著，选自《本世纪美国最佳短篇小说集》

《魔桶》，伯纳德·马拉默德著，选自《魔桶》(Chatto

& Windus，1979）

《路》，科马克·麦卡锡著（Vintage, 2007）

《流离失所的人》，弗兰纳里·奥康纳著，选自《弗兰纳里·奥康纳短篇小说集》〔*Flannery O'Connor Complete Short Stories* (Faber and Faber，1990)〕

《梵高书信集》〔*The Letters of Vincent*（Penguin，1997）〕

笔者的小说《盖伦·派克的救赎》可参阅2012年《英国皇家文学评论与展望》（*Royal Society of Literature Review, Prospect*）网址：www.prospect.co.uk

最喜欢的短篇小说

《破碎的梦想之城》（"O City of Broken Dreams"），约翰·契弗著，选自《美国短篇故事大全》〔*Granta Book of The American Short Story* (*Granta*, 1992)〕

《一则新闻》（"A Piece of News"），尤多拉·韦尔蒂著，选自《尤多拉·韦尔蒂短篇小说选》〔*Selected Stories of Eudora Welty* (Modern Library，1971)〕

《居家男人》（"The Man of The House"），弗兰克·奥康纳著，选自《50佳短篇小说》〔*50 Great Short Stories* (Bantam Books，1952)〕

《彩票》（"The Lottery"），雪莉·杰克逊（Shirley Jackson）

著,选自《50 佳短篇小说》

《一个焦虑的人》("An Anxious Man"),詹姆斯·拉斯顿(James Lasdun)著,选自《疼痛发作》〔*It's Beginning to Hurt* (Jonathan Cape, 2009)〕

《朝圣者》("Pilgrims"),朱莉·奥林格著,选自《水下呼吸》

《父亲》("The Father"),里奥尼德·多希钦(Leonid Dobychin)著,选自《从普希金到布伊达时期的俄罗斯短篇小说》〔*Russian Short Stories from Pushkin to Buida* (Penguin, 2005)〕

《冬天的暴风雪》("Winter Storm"),伯纳德·麦克拉韦尔蒂(Bernard MacLaverty)著,选自《生死大事》〔*Matters of Life & Death* (Vintage,2007)〕

《小岛》("Island"),阿利斯泰尔·麦克劳德著,选自《小岛短篇小说选》〔*Island Collected Stories* (Vintage 2002)〕

思维拓展

拿出一篇你最喜欢的短篇故事,阅读它,反复读,然后合上书,去找几个人,让他们坐下,给他们讲这个故事,尽可能准确地复述故事,用同样的词、句子、段落——尽你所能地去复述你记忆里的内容,像这样大声地讲出来,听故事的发展,看着它对听众产生的影响,你就会明白为什么这篇小说成功。当然，你不可能把所有内容都记下来，但你所遗漏的内容也会帮助你理解到底是什么使这篇小说精彩绝伦。

第十四章　关于直觉：写作进入虚无之境

玛丽安·加维（Marian Garvey）

我遇到我现在的丈夫的那天，正好是他的生日，我送给他一束花。"我告诉你啊，如果他是爱尔兰人，他一定会跑的。"我妈妈说。多年后，在我们的婚礼上，我说："是的，妈妈，他确实朝着正确的方向跑过来了！"

这揭示了人们对"求爱"（我妈妈这么说）的不同态度，因为在作家看来这意味着母亲和女儿的人物特点的区别。一种是基于直觉，另一种是基于方向，更准确的说法或许是：渴望我们正在朝那个方向前进。

鲁（Rew）将直觉定义为"从整体上了解事实或真相；独立于线性推理过程之外对知识的即刻掌握"。

在前面那个故事中，母亲会说"我"的行为是完全独立于"线性推理过程之外的"。当然她是对的。送花是一种预感，"我"知道自己所做的事情是正确的。

临床护士洛维西斯（Rovithis）和派瑞索普鲁斯（Parisso

第十四章 关于直觉：写作进入虚无之境

puloy）在研究为什么直觉是护理中不可或缺的一部分时，举例说明了拯救生命的直觉。他们讲述了关于急诊科的例子：护士派人去请心脏骤停小组的医生来施救，尽管她的病人出冷汗、脸色蜡白，但心脏监视器上显示生命体征却完全正常。幸运的是，病人心脏骤停发作时，医疗队及时赶到了现场，挽救了他的生命。护士描述了"一种直觉"，她曾经处理此类状况的经验及患者的症状使她能够立即，甚至在某种程度上是无意识地对患者变化的病情做出了分析。这种类型的"对病情下意识的、快速的分析，与数据一起组成了一个完整的诊疗体系"，可以看出，这种方法可以强化线性分析方法在护理过程中的应用。本文作者认为，这种直觉不仅对护士从业者（通常是高技能和经验丰富的护士，在工作中自然而然地使用这种自觉）有价值，而且还可以"传授"给其他护士。当然利用直觉现在在临床上还只是一个想法。

我认为在写短篇小说时也会出现这种情况。但它可能不像急诊室里的情况那样关乎生死，但当我们看到一个非常糟糕的故事时就能立马分辨出来。任何小说的写作都需要想象力。想象力在写作开始之前就要早早开始运用了，需要在"完整的情境"下填充空白的部分，以供读者想象。关键在于要时刻关注这种"认知"，例如从"熟悉的"事物突然转向"不熟悉"的事物。这个过程要贯穿小说的始终。

雷蒙德·卡佛准备坐下来写一个故事时，他脑中已经浮现出了第一句话，他将这个过程称作"故事自己涌向了我的大脑"。他说他知道那个故事就在他的身体里——"我能感觉到它就在我的大脑中"。在他坐下来写下第二行之后，便说"没错，这就是我的故事"。

他描述故事产生过程的方式，就像他只是发现了这个故事而不是创作了这个故事。他所发现的是早已"存在"的。在他完成这个故事之前他不知道故事会如何发展。护士也一样。护理心脏病病患的护士有一种"直觉"，当被问及为什么她召集了心跳骤停小组时，她说："我就是知道。"对我来说，当我创作一篇短篇小说的时候，在我开始写作之前就会突然感觉到脑海中有一个故事存在。这不是行动计划。它可能是一个形象，一个声音，一个句子，但不管它是什么，当我写下这个故事时，我发现故事正在从不为人知逐渐走向必然。

我自己的作品中就有这样一个例子，《剩下的一切》(*All That's Left*) 这个故事获得了阿萨姆奖——故事讲的是在一个酷热的盛夏，两姐妹在院子里玩耍，院子里有脚手架。建筑工人们去"喝茶"了，留下了一罐水泥。姐姐脱下衣服，跳进了那罐水泥中，专横地命令妹妹去母亲的花圃里采些花来戴。楼上，母亲把父亲的衣服摞得很高，衣服堆几乎要倒塌。很显然，父亲不在家。我看到那个姐姐坐在金银花下的长凳上，凝视着水泥。"这重量吸引了她"，这是故事的第一句话，这是略显突兀的"点睛之笔"，也是核心。此时她渴望让水泥淹没自己。在整个过程中，女孩因水泥的重力而感到愉快，当然，读者不会因此而感到愉快。多年前，我在茶余饭后写下这个故事，当时我们正在修建厨房，我的女儿在建筑场地上爬来爬去。几年后我才想起：哦，是的！我父亲是个建筑工人。

我认为这是弗兰纳里·奥康纳在写作过程中提到的无意识的部分。它给姐姐的水泥浴注入了一种意义和一段历史，而作为作家，并没有完全意识到我的作品为人们提供了什么。在舞蹈中，理查德·阿尔斯通（Richard Alston）把这称为"姿态的历史"。

弗兰纳里·奥康纳谈到了这种阐释方式的有机本质。每个故事的形成过程都是那么独一无二；但这种形成过程不会超越故事本身，而故事的有机本质会在创作过程中逐渐展露出来。她在《善良的乡下人》（Good Country People）中清楚地解释了这一点。在故事中，博士生的木腿被四处旅行的《圣经》推销员偷走了。在写作完成之前，她并不知道故事会这样发展，故事情节不仅让作者自己感到惊讶，也让读者感到惊讶。

她强调说，尽管"以一种看似无意识的方式"来讲述这个故事，但她几乎没有对它进行任何改编。虽然她说这个故事在写作中是"受控制的"，但她的创作并不是完全有意识的。这就是关键所在。这种无意识的创作方式与雅克·马利坦（Jacques Maritain）所说的"艺术习惯"有关，即创作是整体艺术人格的一部分——有意识的部分和无意识的部分。马利坦说，艺术是艺术家的习惯，植根于整体的艺术品格。所以，我们在生活中创作。

这是关于艺术的直觉，学习写作的学生需要培养这种直觉。奥康纳继续说，这不仅仅是一种训练，也是一种观察的方式，通过这种方式各种感官和第六感能帮助人们探索事物的深层意义。

培养直觉的方式固然好，但弗兰纳里·奥康纳也认识到作家们需要在实践中提高自己，以保证直觉的正确性。还有其他一些作家就如何保持脑内场景的正确性给出了建议，例如，利用事件发生地区的方言来形成更佳的记忆点。而作家梅兰妮（Melanie）提醒我们注意，不要被这些"方法"迷惑而失去了自己的方向。

了解自己在小说创作中的方向确实是一件好事。像我母亲说的，这一过程和"求爱"一样，有了方向会让你更有目的性，让作者获得解放。毕竟，方向会为你建立一个结构，但匆匆地朝着一个"方向"冲去，可能会让文章偏离最初的方向。在某种程度上，确定方向是非常诱人的选择，尤其是对一个经验丰富的作家，但最终，故事还是要落实在纸上的。故事的可读性可能会因为固定的"开始、中间和结尾"降低,而不会增加。故事变成了"似乎是这样的"。当你在写一部小说时,你并没有为了它去到处调查,但你却假装自己去了。这样的话,你其至没有超越格雷厄姆·斯威夫特(Graham Swift)所说的"模式化,我们必须避免的东西",并且掉进了你拼命想要逃离的虚无感——就像贝克特沿着利菲河散步时,凝视着河水的深处。我们必须下决心去写作,去关注我们所"了解"的东西。我们可能不可避免地要掉进虚无的写作世界里。

如果我们仅仅用写作技巧来完成小说的创作,在某种程度上,可能很长时间内都不会被读者发现,毕竟我们很擅长使用这些技巧。但是花一分钟想想,当你在床上坐起来,刚读完手上那本书并且书还横在你的胸前时,想想你刚刚读过的那些故事。还记得它们是什么吗?或者在同一张床上,另一个夜晚,另一本书。你已经合上书了。"是的,"你对自己说,"是的,它是……很好,是的。"你叹了口气,当你俯身把它放在床头柜上时,你并没有完全得到自己想要的东西。然后你关了灯,你知道在暗下来的房间里充满了无尽的空虚。

当我们在阅读一本小说并进入小说的世界中时,就像格雷厄姆·斯威夫特所说的,有时候我们会对某些情节感到既熟悉又陌生,他将这一境界描述为"我也曾来过这里",他认为这一认同感是"小说的至高境界,讲故事的真正目的"。

如何到达这个至高境界?格雷厄姆·斯威夫特说,你必须做好充分的准备,拔除内在的一些东西。"成为自由、有冒险精神、有激情、独立的人。"

参考书目

《直觉,对群体现象的概念分析》〔Intuition, Concept Analysis of a Group Phenomenon (Advances in Nursing Science, 1986)〕,L. 鲁(L. Rew)著

《护理实践中的直觉》〔Intuition in Nursing Practice (ICSUS Nurse Web Journal, 22, 2005)〕,洛维西斯和派瑞索普鲁斯著

《艺术和经院哲学》〔Art and Scholasticism and other Essays (FQClassics, 2007)〕及其他论文,雅克·马利坦著

《完整故事》〔Complete Stories (Faber and Faber, 2009)〕,弗兰纳里·奥康纳著

最喜欢的短篇小说

《钢琴师的妻子》("The Piano Tuner's Wives"),威

廉·特雷弗著，选自《故事集》〔*The Collected Stories* (Penguin, 1993)〕

《好事一小件》，雷蒙德·卡佛著

《大教堂》，雷蒙德·卡佛著

《斯隆的爸爸》("Slog's Dad")，大卫·埃尔蒙德（David Almond）著，曾获得国家短篇小说奖（Atlantic Books，2007）

《当我们谈论爱情时，我们在谈论什么》，雷蒙德·卡佛著

《牵小狗的女人》，安东·契诃夫著

《特雷莎的婚礼》〔*Teresa's Wedding* (Penguin, 1993)〕，威廉·特雷弗著

思维拓展

想　象

将脑海中的场景按你自己的方式写下来，慢慢地阅读，并让自己沉浸在那个场景中。一定要在你写完最后一句话时再开始阅读。试着放弃对场景的思考，只是将它写下来，看看这么做会发生些什么。

皮　肤

你在浴室里洗着热水澡，房间里充满了水蒸气。你很放松，脑子里什么也不想。在享受这份放松感几分钟后，看看你是否还能感受到水的温度，是否还能听到挥手时，水打在手上的声音。

现在，想象你已经出了浴室，并且裹着温暖的浴巾。朝着你挂衣服的那扇门走去，但你没有看到衣服，却看到别的什么东西挂在那。

一副人皮。一副完整的人皮挂在那。但你认不出来那是谁的。

举起你的手绕到脖子后边，你发现那里有一个你之前从未注意过的搭扣，拉动这个搭扣，你发现可以顺利地将自己的皮肤拉开。

接着，想象你把自己的皮肤脱下来，取下门上挂着的人皮穿上。

过了一会儿，你适应了这套新皮肤的感觉。然后走到镜子前看着镜子里的自己。

接着写下去。

彩　虹

一直在下雨。雨停了，太阳呼之欲出，一切都变得更明亮，更干净。想象一下，你要去郊外散步，闻到雨后的芬芳,感觉到路边湿漉漉的青草拂着你的腿。想象一下你周围田野的颜色,当太阳透过云彩在你经过的路上投下阳光,青草呈现出深深浅浅的绿色。

突然,在你前面出现一道悬挂在树上的彩虹,一道完美的弧线,所有的颜色都清晰可见。你朝树走去。看到第二道彩虹,第二道彩虹与第一道彩虹交相辉映。空中悬挂着两道彩虹。

你向着彩虹走近,直到地面逐渐出现坡度,你接着穿过树林,爬上一座小山。当你向前走的时候,瞥见彩虹仍然挂在树上。爬上山顶后,你发现自己已经远远在树林之上了,树林像厚厚的地毯一样铺在山下,但彩虹就在你的头顶。

你举起手想要触碰彩虹,哪怕只是碰到其中一种颜色。现在请接着往下写。

〔感谢作家、老师和编辑佐伊·金(Zoe King)提供的这些练习〕

第十五章　权衡兼顾

有意识和无意识的写作方法

琳达·克拉克尼尔（Linda Cracknell）

理查德·福特将短篇小说称为"在高空走钢丝的文学"。它包含了大胆想象的不可能之物、奇怪的时间处理方式，以及疯狂的试验方法。在对文章进行聚焦和内容压缩时，作者冒着极大的风险——风险在于需要删减和隐藏。这种形式的小说不能出现错误。作者必须小心谨慎，不能走错一步，否则就可能从"高空钢丝"跌落到地面。

平衡的艺术形塑了作者发现和创作小说的过程。多萝西娅·布兰德在她的开创性著作《成为一名作家》（*Becoming A Writer*）中提出了写作的两层自我——无意识和有意识的自我；直觉驱动和理智驱动。两种层面的两个方面必须能够各自发挥作用，同时又相互制衡，正如多萝西娅·布兰德所说的："当各个层面发挥作用时能找到相应的位置，他们就能够相互合作，相互强化，相互促进，最终会让文章的风格，即整体的人物特征更加平衡，更加柔和，更加鲜明，并给人留下深刻的印象。"但如果它们在错误的时间形成了相互对立、相互干扰的关系，那么整个文章就会变得很糟。

那么我们要如何协调这两种自我之间的关系，并让它们相互合作达到最优的效果呢？这对很多人来说是自然要考虑的问题，在我早期的创作过程中，我相信直觉占据主要的位置，但后来我加入了更具理性的创作技巧，如，微调和编辑。现在我将这两种逐渐地融合，以期让它们相互作用。希望以此来获取源源不断的灵感，同时能够吸收一些东西。

故事的种子可能是一个词语、一句话、一个场景、一个人物。毫无疑问，故事的开端确实是直觉驱动的。我相信，这粒种子可能会在我的笔记本上生根发芽，并在我的潜意识里不断生长，与其他元素联系起来塑造一个超乎想象的故事。这个过程可能会花数月甚至数年时间，不过没关系，我一向对此很有耐心。

在我第一次写短篇小说时，很快就完成了初稿，这个"快速而热烈的"写作过程，我将它视作发现故事的可靠方式。但现在我却没那么相信这个方法了。因为一旦开始动笔（纸和笔是每次写初稿时的工具），我就已经将这个故事"固定"了，并且选定了故事的发展方向。现在，我会在创作之初保持更长时间的混乱和焦虑状态。从而通过不断的自我怀疑自我否定来找到故事的发展方向。我可能会不断地产生不同的观点或塑造出不同的人物特征，可能会从同样的场景中产生不同的冲突，或是写出不同的背景设置；我可能会以旁白者的语气记下这些变化。这就是大卫·迈克尔·卡普兰（David Michael Kaplan）在他《重写——小说创作的一种创造性方法》（Rewriting—A Creative Approach to Writing Fiction）一书中所说的"写作前的修改"。

我可能也会为小说创作做些研究。"研究"内容包括：探访小说中人物曾到过的地方，看看他们曾经历了什么；若故事中的人物曾患过耳鸣，那么研究内容可能还包括寻找他患耳鸣时的感受以及他采用了什么治疗方法；或者让这段经历为故事提供一些隐喻。写作就是寻找一片土地种下最初的种子。随着种子逐渐长大，我"重新看到"了我曾收集的那些材料和元素。其中有的我最初见过，有的后来发生了变化。这个过程中故事往往离读者还很远。

在我开始撰写初稿之前，往往会经历很长一段发掘想法和观点的时间。我可能会产生一个想法来塑造这个故事，并且想好它要如何结尾，但在我开始写初稿时，我的思想仍然处在活跃的发掘阶段，并且常常会惊讶地发现一些之前没注意到的东西（或者说完全没想到的东西）。然后通常会在电脑上再写出 4 到 8 个版本的故事，此时我会希望写作的两个自我能够活跃起来，并相互合作。故事的发现和发展的过程是需要直觉的，但为了让故事离读者更近也需要让事件变得合情合理。

这个故事讲的究竟是什么？在故事完成前我无法回答这个问题，我对故事的结尾非常严格，结尾部分的写作通常会持续好几天。当我做出回答时，那个答案必定是经过反复推敲深思熟虑的。与此同时，故事的隐喻部分也必定是清晰确切的。

我有两种方法来协助你完成最后的创作步骤。第一个方法就是给读者以警示：这可能是个悲伤的故事。我用俳句的方式来写这个故事，这就意味着我要用5、7、5的三行诗韵律来概括故事的情节和意义。这个要求是否太高了呢？答案是肯定的。并且这是一种令人厌恶的艺术形式。但我知道，如果我不这么做，就无法完美地结尾。因为这个故事要讲述的事情太多了，甚至连我自己还没有完全弄明白。

例如，2011年，我受BBC频道4的委托，写了一篇主题为"Lido"的小说。我决定以"Trinkie"作为故事的开端——位于苏格兰北部Wick郊外的一个潮汐水池，建于20世纪30年代，在北海多岩石的海岸上，是当时的人们为了健身而建的。在我听到路边一座神龛的花束因时间的流逝，包装纸发出破裂的声音时，就快速地确定了一个人物和故事场景。故事是这样的：一名17岁的男孩遭遇了一场车祸。在这场车祸中他最好的朋友，一名赛车手丧生了。由于头部受伤，出现耳鸣，男孩听不到外界的声音，因为悲伤，他无法面对未来，也无法过多地与人交流。每天他独自去Trinkie潮汐水池游泳，他悬浮在海水中，严寒的海水将他与世界隔绝。然而，在某一天他惊讶地发现那里出现了另一个游泳者——一只海豹。这只海豹看起来孤傲又神秘，却愿意与男孩一同游泳。

我已经掌握了故事的所有元素，并且感觉发展方向是正确的。然而，由于我要以俳句（理性的写作方式所需的）结尾，因此我必须弄清楚男孩和海豹一起游泳到底有什么含义。所以这就是我的第二个策略。我再次使用了写作自我的直觉层面，凭着直觉在书架上查找关于海豹的诗，从约翰·伯恩赛德（John Burnside）、诺曼·麦凯（Norman MacCaig），到马克·多蒂（Mark Doty）。没过多久，我就找到了我所需要的内容，多蒂在《船坞》(At the Boatyard)中塑造的海豹形象是"聪明的伙伴""聪明的朋友"以及他提了一个问题……那个神秘的游泳者会不会成为朋友？这些都恰好与我故事中的隐喻层面相呼应。故事以一种隐晦的方式用海豹来映射男孩在车祸中失去的儿时玩伴。诗中的那句"它甩了甩自己的头跳了下去"给了我另一种启发，让我跟随海豹跳进它那神奇未知的世界。我意识到故事中的人物不仅因海豹的出现而感到惊讶，而且重新活跃了起来，好像变得快乐了一些；他几乎重新融入了这个世界。我有一种感觉，在故事的结尾，他可能会找到一种方法，挣脱头上的桎梏，冲破壁垒，游出水池——就像海豹一定会在下次涨潮时跳进波涛汹涌的大海，去面对各种风浪。所以你可能会在结尾读到蹩脚的俳句诗，就像下面的例子：

> 悲惨的事故
> 那个困住自己的男孩，会因为与海豹一同游泳而得到解脱吗？

凭着直觉我很快就将故事推进了尾声，也很快地将故事中的其他因素安排妥当。我在俳句中找到了能产生共鸣的图像，这帮助我写下了故事的结局（结尾可能是修订过程中变化最大的元素）。我对小说的中间部分也做了一些修改，修改内容暗示着两个男孩之间长久的兄弟般的友情。不久之后，我就为故事起了这样一个名字："地平线之池"，这个名字总能让我想起故事中男孩视角下的世界，并且联想到更深层次的隐喻含义。

当我受到 BBC 的委托时，我并不知道我会写出这样一个故事，如果像卡普兰所说的，对作品的修改是发现自己究竟想表达什么的过程，那么这似乎称得上是一个漫长又时常会引起作者困惑的过程。

每个作家都有不同的写作方法。例如，有些人刚有写出第一行的冲动，就停止创作了。我们每个人都必须找到最适合自己的方法，并且找到它就要去相信它。我的方法就是，在所有的写作自我层面共同协作获得更多信息之前不要急于完成初稿。将所有的写作自我调动起来之后，我就可以在整个写作过程中运用它们。从迸发灵感到创作完成，3个月似乎是一个最短的周期了，这期间需要收集素材，尝试写作，停笔沉淀，做出决定，润色。但直到创作接近尾声，我才认真考虑故事的意义。作为一名作家，我越来越自信，我相信我的策略是合理的，而不仅仅是拖延的借口！

参考书目

《高空钢丝表演者》〔*Highwire performers* (Guardian Review, 2007.11.3)〕，理查德·福特著

《成为一名作家》（Macmillan, 1996），多萝西娅·布兰德著

《重写——小说创作的一种创造性方法》（A&C Black,

1998），大卫·迈克尔·卡普兰著

《亚特兰蒂斯》(Cape Poetry，1996），马克·多蒂著

最喜欢的短篇小说

《好事一小件》，雷蒙德·卡佛著

《山中的玛丽》(Mary in the Mountains），克里斯多夫·狄尔曼（Christopher Tilghman）著

《断背山》，安妮·普鲁著

《海蓬子》(Samphire），帕特里克·奥布赖恩著

《心愿》(Willing），洛丽·摩尔（Lorrie Moore）著

爱丽丝·门罗的所有小说

思维拓展

·想揭示主要人物的内在，请深度挖掘他们的内心世界。不要想太多，只是本能地快速列出一个清单。你可能会发现一些矛盾的点，从而对这个人物有更深层的发现，甚至可以让它成为整个故事的转折点。

·你是否为你的故事赋予了人物特点、情景和背景设置？都是什么呢？试着用俳句的形式将它们写下来——有5、7、5韵律的三行诗。如果你发现你无法将它们简化到这

种地步，或许你还没有完全发掘出故事中的人物特点、情景和背景设置。但即便你写出了俳句，也要接受进一步修改的建议，甚至是对题目的修改。

第十六章　24：主题的重要性

亚历克斯·基冈（Alex Keegan）

　　昨晚我和我儿子看了《反恐 24 小时》（*24-a violent*）的最后两集，《反恐 24 小时》是一部暴力的、充满各种高科技的、情节曲折的惊悚片，与之相比，其他影视剧那种"错综复杂的剧情"简直是小儿科。

　　今天早上起床，我发现我已经记不起多少剧情了，只记得两件事。首先我想起的是这个故事里每个人都展现出了不同的人性，也就是说，我能想起的只有人物。

　　第二我想到，刨除片里充斥着的枪战、谋杀、诡计、间谍、秘密组织、绑架总统和生化恐怖主义，这部长达 24 小时的剧想讲的就是一件事：我们是不是非得遵循法律不可，或者说，如果我们犯法是为了家庭、为了名誉、为了救心爱的人、为了执行正义、为了给所爱之人复仇，如果我们施行暴力是为了拯救更多的人，那这样做对不对呢？能不能得到原谅呢？

这个问题是全片的核心，是贯穿全片的线索，引领着全片的节奏。

该剧以男主角杰克·鲍尔受审开场。为了阻止恐怖主义，他游离于法律之外，做了许多暴力的事情。他的上级组织已经瓦解，"高尚"的社会正在谴责他的暴行。但看了很多集后，杰克·鲍尔的粉丝们已经接受了他的那套理念，认为这是"唯一的办法"。如今，他们的英雄却要受到如此不公正的责备。杰克知道要是他没有做这些他认为对的事情，很多人都会死。我们的观众也感同身受。

杰克并不后悔，似乎他已经走到了末路。这种道德拷问设置得十分巧妙，因为我们既愿意相信并理解杰克，也清楚他为此需要付出代价。有一次他说，这无关法律，无关对错，只关乎如何以自己能接受的方式去完成使命。

《反恐24小时》里经常出现的情节是，阴谋四伏的环境中，杰克必须立刻跑路，没办法向追捕他的人解释情况。在追捕他的人眼中，他是个坏人，整天做违法之事，甚至可能还杀过人。

一边是被追捕的主角，另一边是急着要抓他的FBI，他们的对话大多数都是在讲"道德"。

在支线的情节中，有人想寻找并除掉杀妻之凶；有人为了救自己的兄弟不得不施行恐怖行为；忠诚的保镖在难以想象的困难中去调查他要保护的人，并随时做好赴死的准备；总统的女儿为了给哥哥报仇，杀死了杀害她哥哥的凶手，后来，她的母亲，也就是美国总统必须在家庭和"正义"之间做出抉择。在其他的支线情节中，杰克被一种生物制剂感染了，因为治疗的希望太小，他不愿意女儿捐骨髓给他。

剧中还有很多类似的诘问，讨论了在对抗罪恶或在个人情感和国家利益冲突时该如何找到平衡。编剧熟练地"玩弄"着观众，一会儿让观众倾向一边，一会儿又让观众倾向另一边。

全剧都在家庭、血缘、宗教、情谊这些主题与法律、正义之间相互权衡，整个故事站在跷跷板的中间，操纵着两边的重量。

主 题

主题（capital T）和故事的情节并没有关系。它是故事所要表达的内容，是对世界的看法，是强迫我们思考的东西。主题是一个故事的意义，剔除情节后故事还能剩下什么？小说或电影如何影响我们？

《飞越疯人院》（*One Flew Over the Cuckoo's Nest*）的复杂情节真的那么重要吗？把麦克默夫的复杂人性拿掉对故事重要吗？那些被贴上"精神失常"标签的人到底正常与否

重要吗？麦克默夫和那个高大的印第安人的旅程重要吗？疯人院的不人道规则重要吗？总之，书和电影都要表达的内容就是主题。

主题并不只是故事的主要内容。"战争"不是一种主题，"嫉妒"也不是一种主题。有的故事会告诉我们，在战场，英雄身死，懦夫形存而魂亡；有的故事会告诉我们，我们并不知道真正的勇气为何物；有的故事会告诉我们，嫉妒害人，但也有的故事会告诉我们，没有嫉妒心是不正常的，会带来厄运。

无论情节简单还是曲折，好的故事总能让我们跳出自身的认识和视角，代入到新的认识和视角。《十二怒汉》（*Twelve Angry Men*）告诉我们真相如何被扭曲，人如何盲目、偏执，个人过往会如何影响他的判断。好书和好电影会引发思考，因为我们的内心被一种新的想法触动了，而这种新的想法就是通过故事的主题传递的。

理解主题就像学自行车，看起来深奥，很难得其要领，但当你领悟后，你会觉得一切是如此自然，原理如此明显。

我在教学时会用"然后呢？"这句话来挖掘故事背后潜藏的主题。

就拿《飞越疯人院》来举例，假设作者正在向我们描述故事（维基百科上有故事的简介）。

故事是这样描述的：

有个男人很喜欢喝酒打架。他被送进了疯人院，整天惹怒护士长，到处闯祸，我觉得很有意思。

然后呢？

什么然后呢？想象一下，这样一个精神正常的人被放在一群精神病里能发生多好玩的事。

然后呢？

说不定他也能表现出善良的一面（虽然肯定还是很好玩）。

然后呢？

嗯。他虽然精神正常，但总归和普通人不太一样，没准他会对护士使坏。

然后呢？

我想想。她肯定不喜欢这个新来的扰乱这里的秩序，因为麦克默夫不吃药，这群精神病也不吃药了。

然后呢？

这个护士长（我叫她雷切特）肯定要不爽了。

然后呢？名字倒是起得不错。

她可能会狠狠地报复麦克默夫，给他下药或电疗什么的。

然后呢？

要是她把麦克默夫的脑子搞坏了会怎么样呢？

所以会怎么样呢？

这时候就该雷切特和疯人院的制度出场了。在我们和麦克默夫的眼中,这些人是疯子,但他能教化他们,让他们开始显得有点理智。护士长肯定不喜欢这样,麦克默夫对她的立场和生活方式都是个威胁。

然后呢?

他们其实并不关心这个。对护士长来说重要的是控制,驯服这些人。麦克默夫威胁着她代表的一切,她是一套肮脏压抑的体制的领头人,而麦克默夫代表了希望,所以她必须制止他。

然后呢?

要么他设法带着他的病友们逃出这里(难以想象),要么他们最终制伏了他。无论结局如何,它都能让我看清谁才是真正病态的那方。

也就是说这个故事并不好玩?

是的。

也就是说这个故事其实并不是在讲麦克默夫?

是的,他只是负责曝光这个疯人院真相的人。

那雷切特护士呢?

她在某种程度上就是疯人院,她代表了疯人院。

所以这个故事是关于什么的?它想说什么?

它想说的是,这个界定心理健康的体制是腐朽的。它强调的是镇压与压迫,而不是援助和治疗。尽管麦克默夫很狂野很不受控（换句话说就是很极端），但他还是选择曝光了真相，因此他们必须控制住他，镇压住他。我想我要讨论的是两件事，一是何为疯狂，何为自由，二是这个心理健康评估体制是压抑的。

所以，你能不能一句话总结一下呢？

好的。心理健康评估体制是自私且压抑的，从内部挑战其权威只会招致死亡。

主题中的普遍错误

从上面的描述，你可能会觉得这里有不止一个主题，其实并不是。这只是一个次要主题，只是被描述得像是一个主要主题罢了。

新手作家和不太熟练的作家在写故事时经常犯这样一个错误，他们有一个很明确的中心主题，但是又给出一些线索来弱化这个主题。就好像在法庭上辩论时故意出示对自己的论点不利的证据一样。

在《飞越疯人院》中，"好"护士是个很危险的元素。如果故事里有一个好护士，那将很难让观众认为整个心理健康评估体制（或者整个医院）都不好。所以可不可以出现好的护士呢？当然可以，但是那个护士必须被摧残或者被迫屈服。否则整个故事的主题就会被稀释，变成"心理健康评估体制只有一部分是不好的",这样立场就不够坚定了。

第二个错误是,作者把"自己想表达的东西"放进了故事中,但是其内容与主题丝毫没有关系。如果作者在《飞越疯人院》里说"现代社会过于看轻艺术的价值了",那整个故事的主题就被弱化了。

故事,尤其是短故事是要表达对世界的某些看法的。它是诗化的观点,以歌声传递证据。它可能表达得很微妙,用手摸着你的胸口然后再一把抓住心脏,也可能直接对你脸上来一铲子。但无论如何,它总会改变你对世界的看法。

这里会不会太刻意了?会不会太刻板了?

回答是,不会!

弗兰纳里·奥康纳曾经说,她写作是为了寻找自己想表达什么。当被问及"故事的主题是什么"时,她回答道:"读了故事就知道了。"

坦白说,我对此有异议。好的短篇故事能微妙地表达看法,能通过各种奇闻轶事来佐证自己的看法。如果说我要描写了强奸才能发现自己对强奸的看法,那简直是太荒谬了。情况应该是,我们通过写某一领域的内容来接触该领域,然后我们会感觉发现了自己的想法,但绝不会对自己的想法感到惊讶。就是这样,我们不可能写完自己的看法或者写完了一个故事,然后还觉得"噢原来我是这么想的",这简直是胡说八道。

第十六章 24：主题的重要性

我们确实有时候能清楚地表达观点，有时候很费劲才知道怎么表达，有时候觉得自己的想法太微妙说不出来，但绝对不会觉得自己事先不知道。

我觉得奥康纳说要读了她的故事才能理解她的主题这一招真的很妙，这是一种回避问题的托词，让我想起了比利·柯林斯（Billy Collins）的小诗《诗的介绍》（Introduction to Poetry），里面写道："我会把一只老鼠扔进诗里让他自己摸索。"

我理解我们不能直接把主题说出来，我知道我们必须把自己沉浸在故事里或诗里才能感受到它。但这并不意味着我们就真的不能完全把主题挑明，或者直截了当地说"这就是为什么我要写这个的原因"。

但是，抱着明确的目的写作也会给人一种暧昧不清的感觉，事实上我就是这么写作的。那我是如何既带着目的写作又不显得刻意和死板的呢？我是如何围绕一个主题又不显得刻意迎合主题的呢？

答案出乎意料的简单，就是人物。

在《如何写一本好小说》（How to Write a Damn Good Novel）里，詹姆斯·弗雷（James Frey）写道——角色＋问题＋解决方法构成了主题。两个面临同样问题的角色会用不同的方法解决问题，他们通过他们的行为表达了自己对世界的理解。

不同的男人在看到自己的老婆和别的男人睡在一起时，他们的反应很大程度上取决于个性，同时也能表达自己对世界的看法（故事中的那个小世界）。

第一个男人可能会杀死自己的老婆，第二个也许会杀了老婆的情人，第三个人或许两个都杀，第四个可能会自杀，第五个会停下来问"我做错了什么我老婆要背叛我"，第六个甚至可能并不在意。

每种反应都会表达不同的东西，在这里，反应并不是取决于事件，而是取决于事件中的人。

有些人擅长谋划剧情，但是我们并不需要这么积极地去往主题靠。我们要做的是选择合适的人物和声音，然后用各种媒介开启我们的故事。只要我们足够相信人物，完全可以任由他们做"他们选择做的事"，而故事也不会跑偏。

如果我们想要探讨复仇，我们必须有一个复仇心重或者能变得复仇心重的人物，但是没必要"赶鸭子上架"。我们只需要选择一个有合适情感的人物，把他放到一个特定环境中，然后思考他会做什么，并记录他的行为。我在写作时经常说"我不知道故事会往哪走"，但是我依旧从不迟疑，从来无须过多考虑，我任由人物发展。

如果我列出写作过程的大纲大概就能讲得更清楚了。

回到酒馆

想象一个电影里的男人,我们来个标志性的人物吧——约翰·韦恩(John Wayne)。韦恩在他的事业生涯,尤其是前半段一直是典型的理想美国男人的形象。我甚至都不用细说。

假如说约翰·韦恩扮演的一个角色走进了一间可能是 60 年代的纽约或者西部的酒吧,他被酒馆里一个人或者几个人羞辱了,可能还被打了,然后夹着尾巴逃跑了。要是他是因为一个女人被打的,那他肯定在她眼里丢尽了脸。

故事继续。他决心回到酒吧直面羞辱他的人。今天他回到了酒吧。

要知道,那是 1940 年到 1965 年的约翰·韦恩,他是个好人。在那个年代,在那些电影里,他象征着许多美国价值观:男人就该有男人的样子;打架很有男子气概,也很有趣;如果有必要,用枪也挺好。

韦恩是不会耍花招的,只有坏人会。韦恩更喜欢空手打架,这样会更加体面。当然了,坏人们最终还是会耍花招,或者拔出枪来,然后付出代价。韦恩会赢,但是赢得光彩。

我让学生给这样一个场景写剧本,让约翰·韦恩作为主角。现在把时间推进到 1980 年,以阿尔·帕西诺(Al Pacino)举例,阿尔·帕西诺会更在乎公平交战还是在乎输赢和复仇呢？伍迪·艾伦又会做什么呢？

现在来看看剧本。以象征着不同价值观的人物作为主角，情景就会不一样。重点在于，电影主角的个性通常会左右情节的进展。个性之中包含着反应模式，正是这些反应模式给了电影主题。主角不同，结果也不同。

韦恩的精神是"男人就该有男人的样子"，而且"必须体面"。毕加索的精神是"无所不用其极也要复仇"。在这个场景里，这场战斗体面与否是无关紧要的。

这就是如何突出主题的关键。要对你的人物够残忍，把他们放在困境中，放在艰难的条件下，然后不要干预，任由他们去行动，让他们自己活下去。

回到我自己，我不像奥康纳那样得写关于强奸的内容才能知道强奸意味着什么，不过我还是会想探求这一话题的边界。在有些话题上，各人有各自的看法，有的人会不同意另一个人的意见。所以我必须谨慎选择我的人物。

如果我选择去写一个疯狂的、嗜血的强奸犯，我不会有任何体会。如果我选择去写一个性欲强的人我也不会有任何体会。我要选的是一个能引起我共鸣的人，他得分得清楚什么是强奸什么不是强奸，然后我会把他放在一个灰色地带。

我不需要去规划剧情，不需要计划走向，不需要准备什么说辞，不需要考虑怎么修辞，我只需要让这个故事活起来，让我塑造的这个"普通人"随着剧情走，然后记录下他会做什么。他所做的事将会有意义，他的所做所感都是故事的意义。

为了让故事丰满，能引起共鸣，我得给它一个主题。主题必须有意义，能"表达些什么"，能让我们了解如何为人，这与老一套的、琐碎的电视剧不同。

这也就意味着我们需要让角色以某种特定（但不唯一）的模式进行活动：种族歧视者、愤世嫉俗者、受骗者、白日梦者、厌女者、剥削者、施暴者、同性恋者、被家暴者、跟风者。

我们不能简单粗暴地把自己的道德和观点强加到读者身上，我们得把对的角色放在对的条件中，让他们处于压力下。然后，看着他们如何应对这些条件，我们就能知道人是怎么处理这些条件的。而且，如弗雷所说，我们也能知道他们的反应中包含着什么样的意义。

参考书目

《如何写一本好小说》（St Martin's Press，1987），詹姆斯·弗雷著

最喜欢的短篇小说

《银碟》("A Silver Dish"),索阿·贝娄(Saul Bellow)著,选自《二十世纪美国最佳短篇故事》

《第二十七个男人》("The Twenty-Seventh Man"),内森·英格兰德著,选自《缓解难以忍受的冲动》〔*For the Relief of Unbearable Urges* (Vintage, 2000)〕

《窗台》("The Ledge"),劳伦斯·萨根特·霍尔(Lawrence Sargeant Hall)著,选自《二十世纪美国最佳短篇故事》

《弗朗西斯·麦康伯的短暂幸福生活》("The Short Happy Life of Francis Macomber"),欧内斯特·海明威著,选自《欧内斯特·海明威短篇故事全集》(Scribner, 1998)

《玻璃杯》,内森·英格兰德著,来自《缓解难以忍受的冲动》(Vintage, 2000)

《好事一小件》,雷蒙德·卡佛著

《大教堂》,雷蒙德·卡佛著

《士兵的重负》("The Things They Carried"),蒂姆·奥布莱恩著,选自《二十世纪美国最佳短篇故事》

《手势》("Gesturing"),约翰·厄普代克(John Updike)著,选自《二十世纪美国最佳短篇故事》

《记住我这件事》("Something to Remember"),索阿·贝娄著,来自《记住我这件事》(Martin Secker & Warburg Ltd.,

1992）

《白象似的群山》，欧内斯特·海明威著，选自《欧内斯特·海明威短篇故事全集》

思维拓展

第一个拓展是本文的"回到酒馆"练习，接下来是第二个：

一部作品的意义不只是字面上的，还和字词的语调，语气的轻重、速度有关。"我—要—去—城—里—啦"传递的意义肯定和"我要去城里啦"不一样。

作者们经常会不自觉地在语言的字面意义及叙事语气和音乐所传递的意义之间顾此失彼，好的写作能把事实和音乐性（可能还有修辞）融合得恰到好处。

现在，想象一个大概50多岁或更老一点的男人。他收到了一封信或电报，读者不知道上面写了什么。也许电报上说他的儿子死在了伊拉克，也许电报上说他之前诊断出的癌症并不是癌症，也许电报上说找到了他半年前失踪的女儿，现在她活得好好的。这个男人也许会欣喜若狂，也许会悲伤万分，也许会充满骄傲，但是千万不要告诉我他的感受，也不要透露电报上的内容（一点提示都不要给！）。

现在这个男人走出了家门，来到了庭院，走向了旧谷仓。他看到了什么？怎么看的？

如果叙事者描述了他看见的东西，就算不提及信上的内容和他的情绪，读者们也能感受到愉悦、悲伤、自豪，或恐惧。

这里有一个"拟人化谬论"，也就是认为天气会"理解我们"，比如在我们心情不好时就会下雨。单单从这个中年男人看到的东西和他怎么看这些东西，我们就能感受到他的情绪，然后猜想信里大概会是什么内容。

我们写到——乔走了出来，阳光很明媚，古旧的谷仓似乎在恭迎着他，新生的羔羊在草地上活蹦乱跳，他的牧羊犬杰斯低吠着走过来舔他的手，他看到报春花长出了芽，早餐的香气让他深深地，满足地吸了一口气。

明白了吗？

你需要的只是一封想象中的电报，以及一张旧农场的照片。当一个人写作时你应该写他读了最令人开心的电报，然后描述乔如何走进庭院。当这项工作做完后，休息一会儿，然后让他读一读最令人悲伤、最悲惨的电报，然后描述乔如何走进庭院。

两种描述应该截然不同，我们看到了什么、怎么看这些东西取决于我们的情绪和当下的思绪。

在一群人写作时，我们应该猜测一下乔在电报上看到了什么。要记住，好的作者不会投机取巧，如果乔的儿子被杀了，然后你写"乔跌跌撞撞来到了肮脏的庭院，泪水夺眶而出，黑尘撒在他脸上，变成死寂般的水泥"，那真是再明显不过的取巧了。

第十七章　我的腺体想要什么

短篇小说的独创性

亚当·马雷克（Adam Marek）

　　我之所以阅读或写作，其实是想寻找一种特别的感觉，这种感觉有点像喜悦，有点像惊喜，有点像失重，像那种我们发现新事物时会有的兴奋，像童年时每迈出一步都会被绊倒的感觉，但这种感觉在成年后却少得可怜。

　　当我读或写短篇小说时，这种感觉尤为强烈。

　　短篇小说总是发人深思，很多时候，我坐在沙发上，手捧着短篇小说集，虽然已经读完了一篇，但仍旧沉浸其中，筋疲力尽，甚至不想再读下一篇。

　　这种感觉是短篇小说特有的，至少对我来说是这样。长篇小说带来的快乐是在阅读过程中感受到的，而当读了几个星期，读到这部长篇小说的最后一行时，我常常会有一种空虚的感觉。哦。就这样结束了？长篇小说在接近尾声时会慢慢结束，慢慢地让我们走出来。短篇小说（当然得是佳作）的戛然而止，是让我们把脑袋伸进一桶冷水里，再迅速伸出来，大口大口喘气，然后我们得花点时间消化，而需要消化则是一篇好的短篇小说的标志。

当然，从长篇小说中可以获得许多短篇小说没有的乐趣，但这是一本关于短篇小说写作的书，所以我想重点谈谈短篇小说能达到而长篇小说无法与之匹敌的东西。短篇小说就像一个好奇的小爬行动物，可以快速跑进洞里，而它那个胖乎乎的朋友只能在洞外摇头叹气。

故事腺体

我觉得那些喜欢短篇小说的人有一种特殊的腺体，这种腺体会对意想不到的事情做出反应，分泌少量的令人愉悦的化学物质。我听过许多作家认为短篇小说"令人上瘾"。我认为是这个腺体释放的物质让我们上瘾。

我总是质疑那些喜欢读书但不喜欢短篇小说的人。我想，这些人，如果他们有这种腺体，那这个腺体一定萎缩成了干瘪的苹果核。我同情他们，他们错过了由黑色字母带来的小高潮。

荒谬

　　有很多短篇小说是凄美而令人心酸的小插曲，用短小的篇幅揭示出生活的复杂性。但对我来说，刺激我腺体的，是短篇小说利用其形式充分展示了那些我从未见过的荒谬之物，同时逻辑还能自洽——证明荒谬并非疯狂的超现实，而是存在于现实生活中。在短篇小说中，我最喜欢读、最喜欢写的，都是有离奇结尾的故事。

　　短篇小说允许荒谬存在，但在长篇小说中，这是很难企及的。短篇小说的读者能自行消解读者阅读中的疑虑——他们赞同作者把多余的东西从故事中删除，赞同不做解释是为了更好的效果——短篇小说的主题单一，这是火柴盒里的奇迹。

　　一旦你开始扩展一个短篇故事，为单一的主题添加更多观点，你就必须使用支架来支撑。长篇小说需要很多支架，每个故事中的每个行动都需要动机和结果，一旦你开始添加更多的人物及行动，结果的数量就会迅速增加，长度也会成倍增长。短篇小说实际常常只涉及单一的行动、后果。

独创性

　　对我来说，短篇小说最重要的是独创性，我的腺体需要一些陌生的刺激。当我构思短篇小说时，我的腺体在引导我，每天我都有大量灵感，但当我把它们诉诸笔端时，我的腺体总是耸耸肩，继续睡觉。而当灵感可行时，身体会有反应，一种奇怪的肾上腺素会起作用，我会傻笑，会想上厕所，这就是信号，表明我做对了。

我不相信绝对的独创性，没有什么东西是纯粹原创的，除了……独创的思想的融合是无限的，独创性就是把两种或更多陌生的东西结合起来，当那些从未见过的东西成功融进短篇小说中时，它们就会产生小小的静电，正是这些电荷让我们的腺体如此愉悦，而它们经常出现在小说的第一行。

以艾莉森·麦克劳德的故事《放电》(*Discharge*)为例：

> 我的妻子安吉利娜高潮时，双腿之间会闪出一个等离子球，有时有橙子那么大，有时有篮球那么大。

就是这样，神奇的化学反应。

或者像卡夫卡《变形记》的第一句话：

> 一天早晨，格里高尔·萨姆沙从不安的睡梦中醒来，发现自己在床上变成了一只巨大的昆虫。

太精彩了。

我从阅读短篇小说中获得了很多乐趣,在这些短篇小说中,已知的东西被组合成未知的东西,人一觉醒来就是虫子,女孩子的生殖器能发出球形闪电。

这意味着什么

当我写短篇小说时,我所追求的是各种想法的奇妙组合,但就像上面的例子一样,这些想法必须有一个碰撞的理由。你所创造的这种组合必须代表某种东西——不仅仅是部分的总和。为了追求怪异而怪异就是自渎,而当怪异成为风格,通过它探讨或揭露人类真相时,我们的腺体才真正开始歌唱。

有时腺体明白故事的含义,即使我们还没有清醒地"意识"到。有时小说所揭示的真相太过明显,以至于我们无法说出"啊,是的,这个故事是关于……的",也无法将其与他人联系起来。有时我们于无意识中了解了小说的含义——我相信,这是我们写完一篇小说却不愿起身,直到一切回归原样才醒来的原因,这时,我们的潜意识已经完成了全部的咀嚼和吞咽。

我在写作时经常有这样的经历,一些特定的想法融合后会让我感觉很好,但直到我完成初稿,回头再看时,我才能看到这种融合是什么,然后当我再重新写作时,我会打磨它,使它产生更大的共鸣。

作家们常说,当写作进展顺利时,一切都会自然而然发生,事实上,无论如何,写作有时候就像坐在副驾上看别人开车一样,如果我们的无意识操纵着方向盘,那它有时会驶向一个我们不知道的地方,直到我们到达。

一个例子

我开车前往伦敦北部的岳母家,iPod 随机播放着音乐,甲壳虫乐队在唱《嘿,朱迪》(*Hey Jude*)。我想到一个生动的画面,一个僵尸用脚轻轻打节拍,我的腺体捕捉到了这个画面。当我妻子带着孩子去她父母家时,我在车里又听了几遍《嘿,朱迪》,第一次发现,这首歌对僵尸来说是首很不错的赞美诗。

我看到,一只脚在瓷砖地板上轻轻击打节拍,旁边是一根廉价桌子的腿。当我的腺体意识到这个僵尸在一家餐厅时,它变得非常兴奋。

这个画面变成了《粗犷男孩》的最后一幕,这是我的小说集《吞咽指导手册》中的最后一个故事。讲的是一个在僵尸餐厅工作的人。

这个僵尸和餐馆的组合,让我的腺体兴奋激动,这是我以前从未见过的东西，直到我写了四五个场景后，才意识到这个故事其实是关于同伴的压力，关于一个人如何被所属群体的成员说服，离开舒适区，进入危险和恐怖的领域。然后我带着这样的想法回到开头，重新开始写这篇小说。

完美的短篇小说

对我来说，检验一篇真正优秀的短篇小说的标准，是看它是否可以扩展成长篇小说，如果一个故事只能用很短的篇幅来讲述，那么它就最有效地利用了媒介，最有可能让我们的腺体兴奋起来。

当然，也有很多优秀的短篇小说不遵循这条规则，其人物可以在小说结尾继续不断地向前发展。但精巧的短篇故事有一个特别之处，即哪怕再多一句话也会走向毁灭。有人说，一篇完美的短篇小说，一个字也不能删除，我认为对于完美的短篇小说，也不能增加哪怕一个词，在用词简练及表达的复杂性方面，它已经达到极致。

短篇小说就像气泡，是短暂而神奇的存在，一旦你想让气泡变大，或持续更久，你就得使用不同的材料，就得把各个碎片缝合起来。只有短篇小说是自洽无隙的，只有短篇小说才有可能实现完美，而正是这种对平衡、有机、无法增删的完美追求，让我们对读短篇小说上瘾。

最喜欢的短篇小说

《两年》（"Billennium"），J. G. 巴拉德（J. G. Ballard）著，选自《短篇小说全集》〔The Complete Short Stories (Flamingo, 2002)〕

《变形记》，卡夫卡著

《无序梦游者的露宿营地》（"Z. Z. 'Sleep-Away Camp for ers"），凯伦·拉塞尔（Karen Russell）著，选自《圣·露西家的狼女》〔St. Lucy's Home for Girls Raised by Wolves (Chatto and Windus, 2007)〕

《释放》（"Discharge"），艾莉森·麦克劳德著，选自《15部优秀小说》〔Fifteen Modern Tales of Attraction (Penguin, 2007)〕

《夏比蛋糕店的兴衰》（"The Rise and Fall of Sharpie Cakes"），村上春树著，选自《沉睡的女人》〔Blind Willow, Sleeping Woman (Harvill Secker, 2006)〕

《天使》（"The Angel"），帕特里克·麦格拉斯（Patrick McGrath）著，选自《血与水及其他故事》〔Blood and Water and Other Stories (Penguin, 1992)〕

《数字》，克莱尔·威格法奥著，选自《声音大而已》〔The Loudest Sound and Nothing (Faber and Faber, 2007)〕

《如此骄傲》（"So Proud"），罗伯特·希尔曼（Robert She-arman）著，选自《微小的死亡》〔Tiny Deaths (Comma

Press，2007)〕

《冬天的狮子》("Lions in Winter")，潘文娜（Wena Poon）著，选自《冬天的狮子》(Salt，2009)

《帽子戏法》("Hat Trick")，埃特加·克里特（Etgar Keret）著，选自《失踪的基辛格》〔*Missing Kissinger* (Chatto and Windus，2007)〕

思维拓展

把你感兴趣的词列出来，列两个清单：你喜欢的词和你不喜欢的词，喜欢或不喜欢的原因包括声音、内涵，随便什么都行，分别从两个列表中随机选择一个词，把它们合起来组成一个故事标题，然后把故事写出来……

第十八章　神话和魔法
超越短篇小说中的"现实主义"
凯瑟琳·史密斯（Catherine Smith）

我们先从一些基本的定义谈起。神话和魔法——究竟是什么？它们是如何在短篇小说中"发挥作用"的？

神话的定义是：古老的、传统的神或英雄的故事，通常为特殊的事实或现象提供解释——为什么太阳每天上午升起，晚上落下？为什么洞穴里会有回声？但是，正如凯伦·阿姆斯特朗（Karen Armstrong）在她的名著《神话简史》（*A Short History of Myth*）中所说的那样，这些神话不仅仅是解释世界为何是现在这个样子的古老故事：

> 我们是追寻意义的生物……人类很容易陷入绝望中，因而从一开始，我们就编造了一些故事，这些故事使我们能够在一个更大的背景下审视自己的生活，它展示出一种基本的生活模式，并让我们觉得，与所有令人

沮丧和混乱的迹象不同，生活是有意义和价值的。

神话也有道德层面。它们不仅会提供虚构的"可能性"，还会告诉我们，我们的行为会带来怎样的后果。约瑟夫·坎贝尔（Joseph Campbell）指出，神话不仅仅是一种神秘的故事体系——它的象征意义会触及人们的内心。"神话，"他说，"……会给你带来参考价值，超越你的思想和存在，进入你的内心深处……神话符号的作用是给你一种'啊哈！是的。我知道那是什么，那就是我自己'的感觉。"

在坎贝尔的英语词典中，魔法是：一种艺术结果，通过控制灵魂，或利用自然的秘密力量——比如"造物者"的力量——来产生神奇的效果；魔术指的是一种通过戏法让人产生幻觉的艺术，一种能够控制想象或意志力的神秘力量。小说中的魔法通常出现在童话或"魔幻现实主义"文学中。童话是关于超自然、魔法的，故事中的巫婆、巨人、龙和矮人与王子、公主和乞丐会产生交集。最初，童话是通过口头传播的，开始于12世纪，但从16世纪起，童话逐渐融入"文学"创作中。在18世纪末的德国，格林兄弟从口头和书面资料中收集了49个故事，将它们转化为"文学创作"。在1812年至1852年间，《格林童话》出版了12个版本，一共210个民间故事，反映了"真正的，民间的"风格。这些故事内容大多是暴力粗俗的，并不是专门为孩子们设计的，之后人们才对童话内容进行了净化。〔更多关于童话故事的阅读，请参阅布鲁诺·贝塔汉姆（Bruno Bettelheim）的《魔法的使用》（*The Uses of Enchantment*）和玛丽娜·华纳（Marina Warner）的《从野兽到金发女郎》（*From the Beast to the Blonde*）——这两部作品都是这一领域内引人入胜的、具有开创性的作品。〕

大部分人小时候都听过童话故事。那时，我们对魔法的可能性，对世界的可能性，对变化的可能性，对隐身和现身的可能性感到兴奋。老鼠变成了步兵，南瓜变成了金灿灿的马车，青蛙变成了王子。丑陋的野兽最终证明自己有英俊的"另一面"；狼装扮成祖母，却仍然有危险而锋利的牙齿。童话故事集通常有丰富的插图，如果我们幸运的话，可以听孩子们自己讲故事，他们会像女巫一样咯咯大笑或者像巨人一样咆哮，不夸张地说，那非常棒。

我们不应该抛弃这些故事，它们可以伴随我们，伴随我们的写作生涯。

"魔幻现实主义"也依赖于魔法和超自然；这种文学流派起源于拉丁美洲，将奇幻的元素与现实结合在一起。"魔幻现实主义"一词最初是由德国艺术评论家法兰克·罗（Frank Roh）用来描述20年代美国画家依凡·阿尔布莱特（Ivan Albright）、保罗·卡迪缪斯（Paul Cadmus）、乔治·图克（George Tooker）和其他艺术家的不寻常的现实主义风格。随着米哈伊尔·布尔加科夫（Mikhail Bulgakov）、恩斯特·荣格尔（Ernst Junger）和许多拉丁美洲作家的崛起，尤其是豪尔赫·路易斯·博尔赫斯、加西亚·马尔克斯（Gabriel Garcia Marquez）和伊莎贝尔·阿连德（Isabelle Allende）等作家的崛起，"魔幻现实主义"在20世纪逐渐流行起来。魔幻现实主义故事倾向于将现实看作不固定、易变的，而其中的人物也会将这种易变性看作正常的。

为什么作者要使用这种技术／风格？因为它非常自由，结合了奇幻、魔法、童话、科幻、梦的元素。它提供了一个质疑小说和诗歌中的"现实"的机会，并通过既定的、强大的力量来质疑现实的"设定"。从这个意义上说，这种风格是具有颠覆性的、令人兴奋的。它激发了人们的深层想象，不使用闹剧或夸张的手法就让我们进入梦境。它掀开盖子，撕开信封。这是一种叙事的新方式——带动老式的情节发展探索奇幻。

"魔幻现实主义"认为超自然是理所当然的——人物会经历奇异的事件，但背景依然是"平凡"生活。正如朱利安·比克特（Julian Birkett）在《文字的力量：创意写作指南》（Word Power: A Guide to Creative Writing）中所指出的那样，"魔幻现实主义的观点是，现实主义和魔法一样重要"。魔法之所以令人难忘，是因为它们不同寻常，但又发生在极真实的世界中。像描述普通事物那样描述不同寻常之物，这赋予了魔幻现实主义独特的效果。

那么，"神话和魔法"故事如何成为作家的灵感来源呢？作为小说家，我们如何才能在自己的作品中重新发现它们的力量和丰富的意象呢？当然，无论是在长篇还是短篇故事中，作家们总是会直接或间接地使用它们——可以引用的内容太多了——请参阅"建议进一步阅读"了解更多，但我们可以来探讨几个例子。

安吉拉·卡特对传统童话进行了精彩绝伦的、充满抒情意味的、女权主义式的重新诠释，长期以来一直被誉为"复兴"童话的标志性人物。在重新构思这些故事的过程中，她融入了永恒的主题——责任与欲望、权力与无能的冲突。童话为她提供了一种结构和媒介，让她能以一种重新融入传统的"标准化的"故事讲述方式，进行甜美的、感性的描述，从而揭示出事物表面下总会暗藏的邪恶。在《彼得与狼》（*Peter and the Wolf*）中，她讲述了男孩与野生动物之间的第一次相遇：

> 如果不是第一次近距离地见到狼群，男孩不会那么仔细地观察它们。这些狼有着灰色的皮毛，毛尖是白色的，让它们看起来如幽灵一般。有关它们的那些五彩缤纷的传说，它们敏锐而好奇的样子，仿佛都即

将消失在远方。

接着,彼得看到狼群中的第三只狼,这是一只神奇、威武、秃毛的狼,和其他狼一样,它也是四肢着地,但身上没有毛,只头上有一些稀疏的新毛。

卡特将传统和想象轻松地融合在一起,让大家为这种神秘的可能性而感到兴奋欣喜;她的作品激励了许多(主要是女性)作家重新审视民间故事,并尝试着颠覆故事的结尾。艾玛·多诺霍(Emma Donaghue)在《亲吻女巫》(*Kissing The Witch*)一书中对传统故事进行了迷人的、颠覆性的重新诠释,幽默地探索了女性关系中的家庭与性。在开篇故事《鞋子的故事》(*The Tale Of The Shoes*)中,她以一种截然不同的方式重新讲述了灰姑娘的故事:

> 直到她来之前,天气都很冷。
> 自从我母亲死后,我感觉羽毛褥垫就像石头地板一样坚硬。我说的每一句话都像令人讨厌的癞蛤蟆。我现在身上所穿的都是粗糙的麻布。我听到有人敲我的头骨,但什么人都没有。日子如白驹过隙一天天流逝。
> 我完成擦洗工作后又去扫地,因为没有别的事可做。我用指甲把壁炉里的东西刨了一遍,又把地板上的东西扫了一遍,直到我的膝盖流血。我数了数大米

的粒数，又把黄豆和黑豆分开。

除了我自己，没有人强迫我去做这些事，没有人责骂我，没有人惩罚我。我脑袋里都是刺耳的声音：做这件事，做那件事，你这懒鬼。我脑海中的声音，他们知道每一个问题和答案。有那么几天他们问我为什么还活着。我留心听妈妈说话，但在喧闹声中我听不见她的声音。

魔幻现实主义在短篇小说中表现得非常出色，它将读者直接带入奇妙的场景中，同时在场景设置上提供一种似乎"舒适"的现实主义。当然，正是"熟悉"与"离奇"的结合，才赋予了这一流派强大的力量。下面是彼得·凯里（Peter Carey）的短篇小说《你爱我吗？》（*Do You Love Me?*）的节选。这个故事中的主人公们正在期待一年一度的玉米节，这是一个与土地财富有关的古老节日，那时会进行大规模的地区和个人财产普查、清册。叙述者的父亲本身就是一个"普查员"，参与了普查列表的制作。一开始，叙述者记录了一种不安的感觉；一切都不太好，据说整个地区都消失了。库存的数量越来越没有确定性：

第二天，在两千人的面前，这座I.C.I大楼消失了。之后两个小时，人群静静地站着，巨大的钢铁和玻璃结构慢慢在他们面前消失了。撤离的工作人员面色苍白，浑身发抖。最后一个离开的看门人看起来几乎是透明的。在接下来的日子里，他以神秘主义者的身份扬名，声称他能够透过此时此地的结构，一层一层地看到其他的世界。

所有这些如何与短篇小说教学联系起来呢？我教了11年创意写作，主要是教成人，同时也教青少年和儿童。虽然我也是诗人，但我还是最喜欢短篇小说——阅读，写作，鼓励他人尝试创作。大多数"创意写作"指南强调了"生活经验"的重要性——通过想象过滤并重新塑造。这不是没有道理的，正如一句久经考验的格言所说："写下你所知道的。"但在我自己的诗歌和散文写作中，尤其是在我为苏塞克斯大学开设了"神话、魔法和想象"课程之后，我越来越深信，重新发现（或者在某些情况下，是首次接触神话。我自己对神话的知识几乎完全是自学的，因为"经典"在我上学的时候似乎已经不流行了）并使用"传统"故事（童话/民间故事和神话）作为写作灵感来源的价值。在我看来，这些故事不仅是我们文化遗产的一部分——它们塑造了我们对故事的理解，以及故事目的的同时，它们也是作家们极其丰富的资源，充满了生动的、超现实的可能性；既"超越"了生活经验，又承认了叙事的普遍性和连续性；

故事的核心是探索和解决冲突，主角常常不得不与怪物和恶魔战斗——无论是现实中还是心理上的恶魔。同样有趣的是，神话原型可能是精神内在生命在象征性图像中的戏剧性投射。

在课上，我们主要看希腊神话（但那只是因为这是一门很短的课程，而神话是一个很大的主题！）。我们从创造神话开始，接着是变形/转变；我们来到地上世界，探索英雄的意义和旅程；与原型亲密接触，重写童话；想象自己是舍赫拉查德，每天晚上都编故事来救自己的命。学生作业的质量和广度常常让我惊叹不已；特别是杰西·理查兹（Jess Richards），他创作出了一些极具想象力的作品，这些作品已经出版，并在短篇小说比赛中获奖。以下是杰西自己创作的神话《靛蓝逃跑》（*Indigo Runaway*）中的节选，这篇作品在哈德斯菲尔德大学举办的 GRIST 国际短篇小说大赛中获得了一等奖：

在他们要把天空推起来的那一天，我跑了。每个人都在外面制订计划。他们通常不希望别人提到天空，因为有些地方的天空太低了，他们不得不弯腰走路。在我的一生中，这一直是一件难以言喻的事，所有成年人都面临的问题。像我这样的孩子和青少年，我们已经学会了收集关于天空的一言一语。我们变成了小间谍，用纽扣、镜子、玩具，和任何其他我们能找到的东西来交换关于天空的秘密。

几个星期以来，大人们没有谈论任何其他事情；就像闸门打开了一样。他们多年来对我们避而不谈的那些话，现在传遍了整个社区；我们听着这些滔滔不绝的谈论。对他们来说，这样的生活是多么可怕。一旦他们能够昂首阔步而不用担心撞到自己的脑袋，也不用担心由此带来的可怕后果，他们的世界将会发生怎样的变化。我几乎已经不长个子了，但我还是很矮，所以天空并不会撞到我的头。他们说，撞到天空的感觉就像有上千根针扎进头皮一样，有种被扎进去的感觉。这种情况会持续几天，然后脸上就会出现蓝白色的云状瘀伤。我们称之为天空文身。需要几周的时间才能消退，如果是很深的瘀伤，则需要更长的时间。

在一天之内，我祖父的头撞到了三次天空，天空文身布满了他的头和全身。他睡了一个月，一句话也说不出来，当他醒来的时候，他只能说一些和天气有关的话。他没完没了地谈论着雨和阳光、暴风雨、雾和彩虹、云的形成。我们花了好几个月的时间仔细听他说话，想弄清楚他想表达什么，又或者，他只是头脑变得简单了。他们，那些大人们，没有注意到我在那里。我坐在祖父房间角落的地板上，从他的摇椅后面窥视。我想知道天空对他做了什么。他说话跟以前完全不一样了。当他开始描述雨，比如狂风暴雨，那表示他不想要，或者是在表达"不"。当他在享受某样东西时，通常是浓汤或蒸布丁，他会在吃的时候大笑，并高兴地大喊阳光，把食物都溅到他的羽绒被上。当他见到某人很高兴时，就会描述彩虹。他会用不同的方式来描述颜色，这要看他是在和谁说话。红色，他形容为沸点、滚烫的浴缸、欲望和渴望。绿色是对种子发芽所需的温度、希望和可能性。蓝色是墨水，失落，说服力。有一次，他看见我蜷缩在角落里看着他，就开始东拉西扯地谈论靛蓝色的逃跑者们。我不知道他是什么意思。当他生气或困惑的时候，他会就云的形成嘀咕数小时。积雨云，高层，卷云……当他开始谈论风暴时，这意味着他已经失去理智，我们都跑出去避难。他会把所有他够得着的东西扔出去。这是他离开家的唯一日子。有一天，他光着蓝白的手，砍倒了五棵冷杉树。我想这就是他们想要推高天空的原因，尽管每个人都声称这是他们自己最初的计划。他身上留下了永久性褪了色的天空文身，就像一张木头桌子，上面满是溅出来的墨水留下的模糊污渍。

杰西还对"个人地狱"进行了富有想象力的描述——

在她成长的地方斯特兰拉尔（Stranraer）。"莉莉丝和夏娃"则是两个当代女性，一个是老人，一个是年轻人。他还写了关于美人鱼的神话和关于抑郁症的故事，其中"黑狗"是守卫地狱入口的三头兽（Cerberus）。

我希望我已经激起了你探索魔法和神话的欲望，也希望这些故事能激发你自己创作灵感。这样的一篇文章只能触及皮毛——而它可以成为你一生的追求，去了解那些丰富而充满活力的古老故事吧，它们是我们文化遗产的重要组成部分。

参考书目

《神话简史》(Canongate，2006)，凯伦·阿姆斯特朗著

《魔法的使用》，布鲁诺·贝塔汉姆著

《从野兽到金发女郎》(Vintage，1995)，玛利纳·瓦勒著

《文字的力量：创意写作指南》，朱利安·比克特著

《焚舟纪》〔*Burning Your Boats* (Vintage Classics, 1998)〕，安吉拉·卡特著

《亲吻女巫》(Harper Teen，1998)，艾玛·多诺霍著

《故事集》〔*Collected Stories* (University of Queensland Press, 2001)〕，彼得·凯里著

《千面英雄》〔*The Hero with a Thousand Faces* (Fontana,

1993)〕，约瑟夫·坎贝尔著

《创造神话词典》（OUP，1994），利明著

最喜欢的短篇小说

其中大部分是完整的选集。请欣赏：

《希腊神话》

《格林童话全集》，格林兄弟著

《染血之室》和《黑色的维纳斯》（"Black Venus"），安吉拉·卡特著，选自《安吉拉·卡特短篇故事集》〔*Collected Short Stories* (Vintage Classics，1998)〕

《初学者的魔法》〔*Magic for Beginners* (Harper Perennial，2007)〕，凯莉·林克（Kelly Link）著

《马尔克斯故事集》（Penguin，2008），加西亚·马尔克斯著

《潮湿时重塑》（"Reshape Whilst Damp"），选自《阿萨姆获奖作家选集》〔*The Asham Prizewinners' Anthology* (Serpent's Tail，2000)〕

博尔赫斯的小说

《易碎物品》〔*Fragile Things* (Headline Review，2007)〕，尼尔·盖曼（Neil Gaiman）著

《雨必将落下》〔Some Rain Must Fall and Other Stories (Canongate, 2000)〕, 米歇尔·法柏著

《新郎的困难》〔The Difficulties of the Bridegroom (Faber and Faber, 1996)〕, 泰德·休斯（Ted Hughes）著

弗兰兹·卡夫卡的短篇小说

《美国短篇小说新集》〔The New Granta Book of the American Short Story (Granta 2007)〕, R. 福特（R. Ford）编辑

《东、西》〔East, West (Vintage, 1998)〕, 萨尔曼·拉什迪（Salman Rushdie）著

《伊娃·卢娜的故事》〔The Stories of Eva Luna (Penguin, 1992)〕, 伊莎贝尔·阿连德著

思维拓展

很久以前

把你的人生故事写成童话。你得到过什么礼物（身体上的或情感上的），是谁送给你的？在洗礼宴会上，坏仙女用什么诅咒你——牛皮癣？羞怯？嫉妒？把其他人物塑造成不朽/超自然/不可思议的样子。别再觉得自己很傻或很难为情了——肆无忌惮地尽情享受吧。

神话翻版

研究一个神话人物，然后将其融入现代生活。也许山林女神 Echo 可以在医院接受精神病医生的采访，或者赫拉可以出现在白天的电视节目上，告诉她出轨的丈夫她已经受够了，也许巴克科斯收购了全国所有的葡萄酒零售商……

想象不可能的事情

给一个虚构的人物一个奇怪的礼物/诅咒——他们接触到的一切都变得隐形了；他们在婚礼安排中死而复生。或许有一天，整个村庄的人都会醒来，发现所有的顽固分子都有明亮的蓝鼻子……

第十九章　精　简

埃特加·克里特的微小说

大卫·加夫尼（David Gaffney）

　　海明威曾说过，他最好的作品是用六个字写的一个故事——待售：婴鞋，全新。

　　我不确定这是不是一篇短篇小说，但是我要讲的这个作家，以色列作家埃特加·克里特，他出版了三部短篇小说集，他的作品非常简短，你可能会称之为"微型小说"或"微小说"——通常不超过500字，甚至有时短至100字。

　　那些已经掌握了这种超短文学形式的作家——语言精确、高效、经济，他们身上有很多值得学习的地方。埃特加·克里特向读者展示了只需要几页纸的篇幅，你就可以拥有全部：开头、中间、结尾，人物发展及铺叙，一篇篇幅较长的小说中所包含的所有特质都能包含在这个小小的波利口袋[①]世界里。

这篇只有两页纸篇幅的小说《孤独药滴剂》（"Drops"）选自克里特 2006 年出版的小说集《失踪的基辛格》，小说的开篇就把我们带到了克里特笔下一个奇特的世界：

> 我女朋友说美国有人发明了一种治疗孤独的药物。

叙事者的女友在一档名为《深夜倾诉》（*Nightline*）的节目中听说了一种治疗孤独的神奇药物（我们不知道这是广播还是电视，因为在微小说的世界里，你得不到太多信息），她立刻发了信去买。这种药有两种形式——滴剂或喷雾罐，她选择了滴剂，用法是把药滴进耳朵里。

你可能会问，在这个故事里卖药的人是谁？他们住哪儿？他们长什么样？但我们对这些事实一无所知。这就引出微小说的第一条黄金法则——不要用太多的人物。当你的小说非常短时，你通常没有时间去描述人物，即使是一个名字，在微小说中也可能没什么用处，除非它传达了许多额外的故事信息，或者为你节省了其他地方的文字。

你还会注意到，《孤独药滴剂》和克里特的大多数故

[①] 波利口袋：一款古董玩具，又名为"八宝盒"，其经典款式为一个个形状、大小、颜色各异的盒子，打开后有各式各样的场景，孩子可以发挥想象力去虚构一个个情节故事。——译者注

事一样，都是从第一人称的角度写的，很多微小说都会避免使用第三人称叙事。在一个没有名字的世界里，"我"这个角色是很有用的，因为你可以很容易就拥有另外两个角色——他和她——而不需要给他们起名字。

乍一看，《孤独药滴剂》的第一段似乎没有太多信息，但我们可以从克里特在后面文中散落的几点线索中猜测出很多关于这个世界和这个世界中的人的事情。叙述者住在一个城市里，那里的人们很孤独，世界似乎支离破碎，人与人之间几乎没有联系，有人发明了一种治疗孤独的药物，而不是找到一种让人们聚在一起的方法。从她提到的节目的名字——《深夜倾诉》，我们知道，这可能是一个深夜电话热线节目，吸引孤独的听众、失眠症患者、夜班工人、失业者、病人和残疾人，我们意识到，一些自大的广告公司认为，这块市场的开发时机已经成熟。而克里特以宏大的风格，仅在节目标题中就给了我们所有这些信息，让我们怀疑这些"孤独滴剂"是现代版的 x 射线护目镜或太空猴子。

然后我们得知，《孤独药滴剂》里这个无名的叙述者有一个不开心的女朋友，她怀疑他在欺骗她。她相信，这些治疗孤独的滴剂会让她离开他，独自生活，没有什么不好的后果。

他告诉她，任何难闻的滴耳剂都不会像我那样爱你。她说，只有滴耳液不会欺骗她，然后离开了。

在这里，克里特阐释了写微小说的第二条黄金法则——从中间开始。在这么短的时间里，你没有时间设置场景并塑造角色。在《孤独药滴剂》的头两句话中包含很多信息：一段失败的关系，一个连孤独都能用神秘医疗过程来化解的世界，及一个宁愿选择医疗手段来治疗孤独，也不愿和其心智未成熟，而且怀疑其已出轨的伴侣生活在一起的女人。

你还会注意到，在《孤独药滴剂》中，没有制造这样的悬念：药物滴剂会送到吗？药物有用吗？主人公的女友最后是留下了还是离开了？女友在小说第二句结束的时候就离开了他，我们再也没有听到关于滴剂的事。现在我们被留在只剩下叙述者一个人的世界，我们会好奇这个奇怪的故事接下来会发生什么。

这就引出了微小说的第三条黄金法则：确保结局不是结尾。微故事的一大缺点是你进入和离开虚构世界的速度太快——这些小说片段不允许读者用时间去吸收消化想法。在微小说中，有一种危险是，在小说情节上着墨过多——当情节讲完，小说也结束了，读者停止了阅读。为了避免这种情况，克里特把结局放在了小说的中间，让我们有时间随着后面文本的铺开与叙述者一起思考当时的状况，并反思角色所做的决定。把结局放在中间是一个有用的技巧，如果你不够小心，微小说就可能会以那些"名言警句"或

"强行说教"来结尾，让人感觉只有一个值得注意的地方，一分钟后就戛然而止。微小说不擅长慢慢淡出，它的结尾伴随着鼓点和铙钹的撞击声。在《孤独药滴剂》中，克里特避免了这一点，在开头几行就告诉了我们几乎所有需要了解的小说情节及人物，这就使得他能够在剩下的几段文本里带我们探索地下之旅，他描述了"我"在独处时的感觉，没有朋友会给他送药来治疗孤独，当然如果"我"有朋友的话：

> 我会和他们一起去喝酒，告诉他们我的烦恼，好好拥抱他们，我想我不会因为和他们在一起哭泣而感到尴尬。

一个小小的逆向反转让我们发现了克里特可能预设的前提——人们因为对孤独的恐惧而建立关系，如果我们克服了这种恐惧，是否我们都能快乐些，是否能独自生活？这种预设是真实的，克里特把它变成了一篇小说。标题也是让故事产生共鸣的地方，这是微小说的第四条黄金法则——标题很重要，让它发挥最大的作用。克里特本可以有很多方法来表述他的抗孤独药物——药片、针剂、糖浆——但他选择了滴剂，一种古怪的、几乎是中世纪的药物。这个标题也让我们想到了泪滴，想到了与世界告别，想到了某物的坠落，甚至想到了刽子手的下场。然后，克里特在故事的结尾强调，如果叙述者有朋友能与他拥抱、与他一起哭泣，他会多么快乐：

> 我们可以用这种方式度过数年，甚至一生。百分百纯天然，比滴剂（眼泪、坠落）好得多。

这是第五个黄金法则——让小说的最后一行像铃声一样响起来。最后一行不是结局——记住结尾在中间——应该留给读者一些在故事结束后仍会继续发出声音的东西。它不应该完成这个故事，而应该把我们带到一个新的地方，在那里我们可以继续思考小说中的想法，思考它们想表明什么。一篇小说如果在最后一行自行结束，那么它就根本不是小说。在读了一篇优秀的微小说之后，我们应该努力去理解它，这样，我们就会爱上它，它就像一个美丽的谜一样。这也是微小说的另一个危险之处：故事过于丰富，有可能会在强有力的一次性注射中注入了太多情感，淹没了读者，淹没了思想。偶尔看一两篇微小说会让你惊喜不已，而一篇接一篇地看，你会觉得自己像被装满冰箱的卡车碾过。

微小说是一种灵活、敏捷的小东西，可以只花六便士停车，然后很快加速离开，它们看起来可能很容易并且很快就写出来——但确实不是。埃特加·克里特写的小说需要大量的投入。微小说的最后一条黄金法则是往长写，再往短裁——用石头削砍你小说的雕像。你在担心那篇闪闪发光的文章被削砍成血淋淋的肢体吗？不要担心，小说的生存需求比你想象的要低得多，而且其生存方式几乎没有恶化。编辑你的小说，使其达到完美，就像从内部拆除一座建筑一样。正如《孤独药滴剂》所展示出的，克里特是一个大师，他的微小说中有一种文字上的和情感上的精确性，读这些故事时，你会发现自己迷失在凝固的时间碎片中，你屏住呼吸，悬浮在无尽的已知和未知的未来之间。但要注意：对一些人来说，写微小说就像在大篷车里度假一样——烧烤架可以折叠成一张备用床，但你不会在折叠烧烤架里度过余生。

这篇文章先前由丁达尔街出版社（Tindal Street Press）与《伯明翰邮报》（*Birmingham Post*）联合发表。

最喜欢的短篇小说

值得一看的微小说，代表了一系列风格：

《世界上最伟大的印象派画家》（"The World's Greatest

Impressionist"），大卫·贝特曼（David Bateman）著，阅读网址：The Phone Book: www.the-phone-book.com

《这些年轻人》（"These Certain Young People"），戴夫·埃格斯（Dave Eggers）著，发表于《卫报》网络版：www.guardian.co.uk

《口红》（"Lipstick"），丹·罗兹（Dan Rhodes）著，选自《人类学及其他100个故事》〔*Anthropology and a Hundred Other Stories* (Canongate, 2005)〕

《失落的树》（"The Lost Tree"），理查德·布罗蒂根（Rich-ard Brautigan）著，阅读网址：www.brautigan.net

《我的守护天使》（"My Guardian Angel"），查尔斯·西米奇（Charles Simic）著，选自《世界没有尽头》〔*The World Doesn't End* (Harvest Books，1989)〕

思维拓展

练习一

最后一行：删除小说中的最后一行，你能重写一个替换它的结尾吗？

练习二

删减文本：尽可能删减下面这段文字。目标是至少减掉一半。

有必要重新点燃我们婚姻中的爱，所以我们决定回到度蜜月的克里特岛。我们会住在同一家旅馆，在同一家餐馆吃饭，躺在同一片海滩上，做我们三十年前所做的一切。我们确信，如果我们做了这些事情，我们的关系就会恢复正常，我们会再次爱上彼此。令人惊讶的是这个村子几乎没有什么变化。第一天晚上，我们去了我们最喜欢的老餐馆 Paloukis，坐在几乎和 30 年前一样的桌子旁，点了几乎一样的菜，但有人把帕劳克斯的灵魂吸走了，海伦怀疑这家公司已经卖给了别人，它被某个没有灵魂的连锁店吞并了，而据我推断，老板可能刚刚退休，把它传给了他的儿子。

——摘自大卫·加夫尼《锯掉的故事》〔*(Sawn-off Tales)*，Salt，2006〕

练习三

标题：为下面的故事想一个标题。

  分院大厅据说是一个特殊的部门，那里的人没有什么有用的功能。没有人知道它是否真的存在。午餐时间他从屋顶到地下室，找遍了整个工业大厦。他看到西装革履的高管们在啃饼干，女孩们在敲电脑，男人在画图板，在一间标着"培训"的房间里，一群人正在用卫生纸架搭房子。但分院大厅却不见踪影。

  回到办公桌前，他们已经把下午的垃圾桶拿来了。他期待着检查里面的内容，因为里面总是有一些令人兴奋的东西。他开始分类、测量、编目。他把一张纸巾放在一个麻袋里，贴上了标签。一张皱巴巴的 A4 纸，要把它弄平放在一个文件夹里。一个崭新的包。

  他喜欢这份工作。如果不是什么也没发生的话，他早已离开工业大厦。

——摘自大卫·加夫尼《锯掉的故事》

第二十章　艺术需要克制

微小说的美妙之处

塔尼亚·赫什曼（Tania Hershman）

"要有光"——多么简练的语言啊，它存在于现存最古老的故事中！要想让它变得更长，我们可以说："让闪耀亮眼的光芒铺洒在天堂和人间吧。"17个字。长达17个字却远不如3个字的指令来得完美。

所以这里要讲的是微小说，它也被叫作超短小说或散文诗。微小说大多惜字如金，字数不多不少正好能表达完故事。不像中篇小说或长篇小说有最低的页数的要求有时难免拼凑，微小说则做到了极致：所有标点、空格、分段都是经过深思熟虑的结果。

这里没有最低字数要求，微小说是高度提炼过的故事，是整个故事最有效的核心部分。而它之所以有力有效正是因为减负，而不是增重。在读一篇50字到750字的微小说时，每一行字都至关重要。

在卡罗尔·希尔兹（Carol Shields）的故事集中有个故事叫《接入》（*Segue*），主角描绘了十四行诗在她眼中是多么美妙，她还想借用这段话来定义微小说：

> 它是无声的广大世界中的一点微弱的碰撞声；一阵短促、精准，因来自身体外部而不显得矫揉造作的噪声；一个延长了的变了调的小小音符——一切都是变了调的。在这里，这"小小的声音"在内心明与暗的对立中闪烁着火光。

微小说这"延长了的小小音符"并不是21世纪那些快节奏内容提供者创作的，它们之所以短不是为了适应手机上的阅读，和人们越来越短的耐性。它们是由短篇小说大师博尔赫斯、卡夫卡、雷蒙德·卡佛、玛格丽特·阿特伍德等人创作的，而且还会有人继续创作下去。事实上，正如诗歌，好的短篇小说也需要特别集中注意力，否则它的效力就没有了，就成了一串字符的组合。

最有力的小说能给读者留下难以磨灭的印象，它对读者是有要求的，即阅读微小说不应该是被动的。无论是长篇小说、诗歌还是短篇小说，都要求你发挥想象力，它们会把你带入它们的世界，让人物和场景在你脑海中活起来。当然了，有很多读者并不想做这种工作，他们只想静静地坐着，毫不费力地看着故事发展。但对于那些只想看一个简短但是信息密集、想象丰富的故事的读者来说，短篇小说再适合不过了。

在由詹姆斯·托马斯（James Thomas）和罗伯特·沙帕德（Robert Shapard）编辑的《微小说之前》(*Flash Fiction Forward*) 中收录了格蕾斯·佩利的《正义——一个开始》("Justice—A Beginning")。在短短两页纸中，通过人物菲斯（Faith）之口，讲述了各种事件。菲斯刚刚完成了在"世界母亲联盟"的陪审工作，她见了一名持枪抢劫杂货店的嫌疑人的母亲——"菲斯一如既往地想象着一把好枪抵在世界的头上，一把差枪指着所有没抬头的小国。"

在回家的路上，菲斯发现一栋建筑已经面目全非了，并和一位陌生人聊了聊此事。等她回到家——这里是第二页的开头了，她看到儿子安东尼和他女朋友正在家里。菲斯遂回到她的房间休息：

> 差不多一个小时后安东尼敲了敲门。妈妈，等你休息好了，出来和我们喝茶吧，我们有个坏消息要告诉你。这并不是真的。但他要是说，出来和我们喝茶吃点心吧，我们有个好消息要告诉你，那菲斯绝对不会出去。
>
> 行吧，她说着走到了门口。我想我准备好了，来

吧，告诉我。

故事到此结束。整个故事只讲了菲斯一小时或两小时的生活，也只花了我们几分钟的时间。但我们却知道了她对司法制度的看法，她对母亲们的同情，她周边的世界正在崩溃，她和儿子的关系，她最担心的事情要发生了……菲斯对我们来说很真实，她不是活在纸片上的人，我们能从第一段开始就听见她，看见她。尽管故事的结尾并没有给我们什么理顺任何事情，但是我们依然很满足，我们已经知道得足够多了。

佩利没有像有些人设想的那样把故事的节奏弄得很快，没有让事件一个接一个发生，就好像是一场短跑。故事给人的感觉是作者不着急，笔调意味很深长：嫌疑人的母亲被描述为"脸像一朵即将凋零的花，黄色的头发就像干枯的叶子"。在这篇大概500个字的故事中光是这个描述就花了23个字。佩利不觉得短篇故事就不需要描述了，这个花的比喻对于这篇故事至关重要，没有了它故事就少了几分韵味。

佩利清楚这个故事需要什么不需要什么。这个故事没有开场白，比如讲怎么传唤陪审团的细节，也没有讲菲斯的儿子和他女朋友的细节，或者他们之间的关系。不排除她有可能会这样讲，但要是真这么讲了，肯定就是一个完全不一样的故事了。菲斯的故事控制在很短的篇幅内，所讲的要素都是为了达成明确的目的。

《微小说之前》中还有一个故事，是约翰·A.麦卡弗里（John A. McCaffrey）写的《词语》（"Words"），这个故事也鲜明地印证了这一点。它用两页纸讲了一对情侣的故事，这个故事只发生在几分钟之内，却用画布的一角描绘出了整幅画。主人公一个人在他的中国女朋友家里——她出去吃比萨了。他发现了一本笔记本，上面写了许多他对她说过的词以及它们的含义：

第一个词是"占有欲强"，这个词写得快要捅破纸了。他念出了含义：一种想要拥有、占有、持有某物的欲望。看到这个词，他想到她指责他出轨的事。第二个词是决心，他对于要不要分手犹豫不决时就用过这个词。第三个词是满足。这个词写得太模糊了，他得把眼睛抵在纸上才看得清含义：对一个人和他拥有的事物感到快乐，不奢求更多，也不奢求改变。

在看到女朋友的词汇表后，主人公的世界绽放在我们眼前。我们全都知道了：从主人公女朋友选择的词中我们能看出她是什么样的人，也能从主人公对这些词的反应看出他是什么样的人。

这些词具有象征意义，它们是打开各个大门的钥匙，通过它们我们能了解事情的真相。只要谈过恋爱或看过恋爱故事的读者都知道这个故事在讲什么：它讲的是恋爱关系、劈腿，以及不光因为语言问题引起的沟通难题。这是一个爱情故事，它很特别又很普遍。我们在读的时候会忍不住点头。是的，我们能理解，我们都懂的。

这两个故事有什么共通之处呢？一个是用过去时写的（第一个故事），另一个是用现在时写的（第二个故事）。一个是线性叙事，另一个用的是回溯法。一个发生在几个小时内的不同地方，另一个只是同一个地方几分钟之内的事。一个有多个人物（菲斯、嫌疑人的母亲、街上的男人、菲斯的儿子和他的女朋友），另一个只有两个人物（主角和他的女朋友）。它们都是用第三人称写的，但《微小说之前》里面的许多其他故事都是用第一人称写的。

这两篇故事唯一相同之处就是简练，它们的长度都符合"微小说"的定义。除此之外，微小说无所不能，没有风格、内容、语气、节奏、场景、视角、线性叙事还是非线性叙事的限制。

不过，我认为微小说特别适合超现实的故事，因为微小说作者和读者之间有一个不成文的契约，即作者不会提供太多关于虚构世界的细节。我认为比起读长篇故事，读者会更容易接受微小说世界中的不合理之处，更容易相信微小说里的世界。比如说巴里·尤格拉（Barry Yourgrau）写的《戴着爸爸的头》(*Wearing Dad's Head*)。这个故事讲的是一个小男孩试图戴上爸爸的头，在故事的结尾，小男孩和他的朋友们都戴着他们爸爸的头。尤格拉并没有解释这个世界里人们能不能戴其他人的身体部位，也没有说明被借了头的人在这期间会是什么状态。都没有。他只告诉了读者这么多，让读者在接下来的几页中跟着他走，能接受挑战的读者最后就会收获颇丰。

那么该怎么写微小说呢？主要有两种方法：一是把一个长故事缩短，二是直接设立明确的目标——写一篇很短的小说。

缩短一个长故事是一个好方法：你必须马上发现有多少内容是不必要的，有多少内容是重复的，有多少内容去掉后还能保持原来的意思，让读者自行补充缺少的字。我已经多次把一个2500字的故事缩短到250字了：只要一上手，就能马上发现哪些地方是冗余的，把它们去掉，然后问自己为什么之前会写这些东西。其实，这种方法不仅仅可以用在微小说写作中，同样也能运用在长一些的作品中，好的作者就该如此残忍。

如果是特意要写一篇500字或50字的故事，那情况就不一样了。在卡罗尔·希尔兹的短篇故事《接入》中，主角说限制对创意是有帮助的，并坐下来写了首十四行诗：

想想达·芬奇和他圣人般的智慧；艺术离不开克

制，艺术死于自由。或者想想过于自由会带来的问题。（华兹华斯）想想那个矩形，那完美的比例，想想厨房抽屉里那塑料餐具盘上刀叉勺的明显区别。或者想想，不管你喜不喜欢，人生的形状都是被限制的。

在《接入》中，诗人花了很多天才写完了这十四行的诗，这其实也是写超短小说的一种方法，可以慢慢写，字字斟酌，行行斟酌。

不过，我要推荐的方法则非常快！拿出 20 或 30 分钟的时间（如果你熟练了还能更短）。如果不想一直看时间也可以设个闹钟，你在写的时候要记住你必须在规定的时间内完成，在 20 分钟或 30 分钟之后你将会写出一篇完整的微小说。

你也许经常遇到这种情况，就是你脑海中一直有一个点子或者一句话，就等着写出来了。或者你相信只要一开始写，你脑海里就会蹦出点子，然后把它写出来。

如果你和我一样经常需要灵感和刺激，你可以找点书，或者在网上找找短故事或诗歌，然后"借用"不同作品中的字词来给自己一点"提示"。（我更喜欢在写诗时用这一招，因为这些诗人能把各种看起来不相关的词组合在一起，能激发我的想象力，让我想出更有趣的东西！）在开始动笔前，不要太纠结于你的提示词，这样当你开始写的时候才会对它们有新鲜感。

当计时开始，花一两分钟的时间去看看提示词，然后，当有词能激发你的灵感时就动笔写作，把这个字或词写进你的故事里。当你觉得需要新的灵感时，就再去看看提示词，把新的提示词写进故事里，让它引导着你往新的方向写下去。什么词都行，看看能不能把所有提示词都用上，不过就算用不上也没必要担心！

要注意时间的流动，而且必须在时间结束前完成。这时候给你的故事收尾，不要再添加新的事物以防出现新的转折点或新角色。时间到了就停笔，你已经完成你的第一篇微小说了。

微小说的结尾是最常需要修改的地方。所有作家都想把事情完美收场，解决所有悬念。换句话说：我们早该停笔了，却还一直在写。我的一个老师说我们总是要删减故事的第一段，因为第一段总是太多了。在微小说里，最多也就一两句话。不过这并不是写作时该考虑的事情，而是以后需要考虑的事情。等过了几周或几个月后，等你能更客观地看待自己的故事时再考虑。通常会有编辑来帮助你出版，他们会在你看不到的地方给你一些建议。

如我所说，这种"速成"写法是需要练习的。当你做的次数越来越多，你会越来越清楚如何掌握故事的节奏，就能在规定时间内完成开头和结尾，也能抑制住自己要扩充故事的冲动。

有人可能会以自己写的微小说为基础把它扩充为一个长故事，这当然是可以的，没有什么不可以！不过，我要提醒你的是，这种写作并不是一种练习，它不是给写长篇故事热身，不是活动一下手指。这些微小说不是你写的草稿，它们就是成品，它们是越来越受出版市场青睐的作品。

在规定时间内写微小说还有一个好处，就是你可以经常这么做，因此你会很欣慰地看到你的故事库越来越丰富。这能锻炼你的写作肌肉记忆，我一直相信一个道理，写过越多，以后就会写更多。这同时还有一个好处，就是你不会过分纠结于每一篇故事，它不是你的独子，也不是最珍贵的那一个。所以如果你写了几个自己不满意的故事，明天还是能继续写！

我前面说过，现在有越来越多的纸质和网络文学期刊都想刊登这些字数很少的微小说，也有很多读者愿意读这些小说。互联网是传播微小说的极佳媒介，因为在屏幕上读微小说很方便，不像读长篇故事需要一直翻页。也有很多小出版社出版了微小说的小册子，通常都打印得很漂亮，就像以前的诗歌小册子那样。很多微小说的比赛有很丰厚的奖金，算下来每个字都能赚到不少钱！

我将以一个善意的提醒作为收尾：微小说（不管是读还是写）是很容易让人上瘾的。那些像上文提到的惊人、鲜明且简短的故事会动摇我们的体系。我们的心脏会为之一颤，故事中的每个字都有重量和厚度，每个句子都有多层含义。因为作者出众的技巧，也因为读者在读故事时知道一翻页这个故事就结束了，所以他们会瞬间沉浸到这个世界中。所以这对作者的要求是极高的：震撼我，感动我，改变我。

当你发现用这么一点字就能做这么多事，你不禁会思考为什么短篇小说、中篇小说和长篇小说的文字不能承担同样的重量呢？要是生命也都这么简练、这么深刻就好了！

参考书目

《短故事集》〔*Collected Short Stories* (Harper Perennial, 2005)〕，卡罗尔·希尔兹著

《微小说之前》〔Eds: J Thomas and R Shapard (WW Norton, 2006)〕

《戴着爸爸的头》（Arcade, 1999），巴里·尤格拉著

最喜欢的短篇小说

罗伊·凯西（Roy Kesey）的《等待》（"Wait"），选自《到处》〔*All Over* (Dzanc Books, 2007)〕

《和我说话》（"Speak to Me"），帕迪·奥雷利（Paddy O'Reilly）著，选自《世界尽头》（University of Queensland Press, 2007）

《上帝的恩赐》，阿里·史密斯著，选自《完整故事和其他故事》（Penguin, 2004）

《子弹射入大脑》，托拜厄斯·沃尔夫著，选自《疑夜》

《逃离》，爱丽丝·门罗著

《逞强》（"Bravado"），威廉·特雷弗著，选自《纸牌老千》〔Cheating at Canasta (Viking, 2007)〕

《稀缺》（"Dearth"），艾梅·本德（Aimee Bender）著，选自《任性的生物》〔Willful Creatures (Anchor Books, 2006)〕

《尖叫，记忆》（"Squeak, Memory"），梅尔文·J.布基特（Melvin J. Bukiet）著，选自《冒牌者的一打》〔A Faker's Dozen (WW Norton, 2003)〕

思维拓展

摘自塔尼亚·赫什曼的文章：

找几本书，或者从网上找些短篇故事或诗歌，从不同的作品中"借用"6到7个短语（两个字以上），把它们作为"提示"。（我更喜欢在写诗时用这一招，因为这些诗人能把各种看起来不相关的词组合在一起，能激发我的想象力，让我想出更有趣的东西！）在开始动笔前，不要太纠结于你的提示词，这样当你开始写的时候才会对它们有新鲜感。给自己定 20 分钟来写，花 1 到 2 分钟的时间去看看提示词，然后，当有词能激发你的灵感时就动笔写作，把这个字或词写进你的故事里。当你感觉写不下去时，就再去看看提示词，把新的提示词写进故事里，让它引导着你往新的方向写下去。什么词都行，看看能不能把所有提示词都用上，不过就算用不上也没必要担心！要注意时间的流动，而且必须在到时间前完成。这时候开始给你的故事收尾，不要再添加新的事物以防出现新的转折点或新人物。时间一到就停笔。

第二十一章 远 征

帕翠莎·安·麦克奈尔（Patricia Ann Mcnair）

> 小说不需要写很长，而需要花很长时间使其简短。
>
> ——梭罗

只有导游知道目的地，我们只能任其摆布。这条由停车场和商业区连接起来的线路很无趣，我们十个人绑着安全带坐在一辆小型中巴上，膝上放着记事本，相机包的拉链开着，随时准备记录有趣的素材。我们紧紧地跟在停车线上排队的汽车后面，从低矮的天花板下经过。我们是旅行作家，肩负着使命，然而，这里没什么可写的，没什么可看的。我想我必须承认，导游安排的这条线路——绝对毫无值得肯定之处——但很高效。

我们原本计划去一个什么博物馆（现在已经不重要了，真的），吃了比正常时间晚的午餐。在华盛顿特区城外，刚过中午，这里的交通状况糟糕透了，行驶的车辆像一个个受了重伤似的在慢慢爬行，与其说是在前进，不如说一直在静止。导游期望确保行程中的每一件小事都（或多或少）按时按点完成，于是设计了这条沿着主干道的小捷径。

当我们到达博物馆时，我迫不及待地想下车，那份午餐——一份美式大餐，分量特别大，以及中午喝了很多酒——在我胃里翻来翻去，而且我们还在车道上进进出出，一会儿倒车，一会儿前进，还要避免碰到推着购物车的慢吞吞的行人。导游很高兴我们的行程准时准点，我们到了目的地，这是一个停车点。问题是，那个叫什么什么的博物馆真的没什么好看的，展品毫无特色，而且相当无聊。

我曾经写过一篇短篇小说，我写之前就清楚小说结局，那时我还年轻，小说也还不成熟，也许很多人年轻的时候都写过这类小说，类似某种临终前的顿悟，比如工作太忙，陪伴家庭太少，钱太多，欢乐太少之类的。即使你写的不完全一样，也差不多。就像我在华盛顿的导游一样，我渴望到达那个最终的目的地，所以我匆匆前行，致力于写内容总结，而不是描述场景，想让读者一路跟到底，而丝毫不考虑一路上的风景，或者读者抵达结尾时的状态，只要到了那个我现在认为是可预见的、无聊的小说或其他文学作品的结尾。

这是一篇讨论结局的文章吗？我是打算讨论作者要小心，不要给短篇小说加那些无聊的、可预测的结局吗？某些方面，确实是，但更重要的，我的意思是对你来说（对我也一样），我们写作时要考虑的不应该是结局，而是沿途的发现——交通拥堵及走错路会把我们带到新社区，而真正的故事——更好的故事，就潜伏在那些意想不到的地方。

我要讲另一件趣事，这是我进行小说创作的一些心得体会，一些零散的相关不相关的东西会给我提供一些小说创作的模式。我写过一篇小说，初稿数百页，这是我第一份完整的书稿，我认为应该能出版成书。书里涉及家庭、精神疾病、失去的纯真，等等。在润色几遍后，我开始低声下气地四处投稿，投给各个代理商、编辑。过了一段时间，拒绝信接踵而至。从委婉的拒绝（说客气话的便条）到直接的回绝（说些让人伤心的话的便条），再到发邮件（亲爱的作者）。在寄回给我的信中，好听的部分说我是一个优秀的作家，而拒绝的部分则说这篇小说的内容不足以构成一篇完整的小说。当然，我认为是他们错了，我带着手稿去参加会议及研讨会，在会上朗读了作品。在一次公开发言中，我有了重要的发现，总的来说，这本书没有足够丰富的内容，我不得不伤心地承认，那些拒绝是准确的。然而，有一段很短的内容——两三页，我在各类会上读过多次，是一个故事的心脏。一旦我明白了这一点，我就拿起那几页纸，进行修改，写成了我的第一篇短篇小说，也是我发表的第一篇短篇小说。我绝对相信我写出这个缩减版短篇小说的唯一方法是因为我围绕着它写了几百页。如果我一开始直接写这个故事（《玩笑》，是我的连载作品集《空中神殿》中的一个故事），我想我写不出来。我需要对角色了解更多——一个晚上独自走在街上，假装坚强的年轻女孩，还有她独自在此地的动机。和她一起"生活"了几百页后，我完全可以理解她生命中这复杂的几分钟，就像海明威在谈到写作和冰山时说的那样："如果一个作家对他所写的东西了解得足够多，他也许会省略那些他知道的东西。"冰山移动之所以壮观是因为只有九分之一在水面上。

有人可能会认为我学习的速度很慢，也许我的确如此。我认识很多优秀的作家，他们在开始写一篇小说时，都确定先知道结局，而且他们在找到通往最终目的地的道路上非常高效。我也听过不止一个作家谈论他们写小说时已经知道结局，并把那些最后的片段记在心里，结果要么没写成，要么是一旦他们写得更深入，就完全改变了原定的结局。我们可以用很多方法来写故事，爱丽丝·门罗说："在我自己的作品中，我倾向于用很多时间，在故事里来回跳跃，有时我写小说不是直接往下写的。"好吧，我承认是这样的。

我的建议是：不要为了避开缓慢爬行的车流而在停车场超速行驶，把车停在那个老太太的车后面，她的车指示灯总是不灭，无论到哪儿，跟着她走一会儿，看看跟着她

第二十一章 远 征

转弯时会发生什么,当她离开市区,来到你不熟悉的郊区时,你会在哪里停下来,当她拐进通往她家的车道时,还是跟着她,看看她是否邀请你进去喝杯柠檬水,讲个故事;或者在她转弯的时候你继续往前走,走一条长长的路,穿过停车场,进入树林,看看高速公路旁低矮的草丛里有什么在蠕动。不要担心死胡同,总有办法的,在这里或那里转弯,继续前行。

斯图尔特·迪贝克(Stuart Dybek),一个获奖的芝加哥作家,经常谈到这种转折与离题。他在接受《奶油城评论》(*The Cream City Review*)的詹姆斯·普拉斯(James Plath)采访时说,这个阶段"故事情节变得比作者更聪明,超出了他最初的构思,或者开始采取比作者更快的行动"。他警告说,这些离题的话让我们偏离了"一条优美、整洁的叙事线",但其回报可能相当可观。"这当中有一股潜流、某种化学反应,以及原叙事线和题外话之间的相互作用,让小说产生了更大的共鸣,也让小说投下了更长的阴影。"

这就是我要说的,想想看,你正在写一对男女之间的故事,他们吵得很凶,他说一句,她顶一句,每一次回应都越来越刻薄,越来越无情,"你从来不……""我讨厌你这样……""我讨厌你"。他怒气冲冲地走出屋子,离开了很久,天黑了,他喝醉了。与此同时,这名女子躺在床上哭了一会儿,然后起身给自己做晚饭,她坐在餐桌旁,看见他的车灯穿过窗户,听见汽车引擎熄火了。她可以帮助他进家,但她没有。你,这个故事的作者,希望她这么做。你现在为这些角色感到难过,你关心他们的幸福,你想要一个幸福的结局。你想写那个句子,那个她为他开门的句子,但你一直在写别的东西。这一刻,故事本可以在一瞬间结束的,却仍在继续。他在外面,她在里面,她不会站起来,不会走到门口。她把桌上的面包屑扫到手上,然后把它们倒在盘子里,她把餐巾架、盐瓶和胡椒瓶摆放整齐。她听到了他的声音,怎么可能听不到呢?但是她没有抬头,而这个男人,我们暂时通过他的视角看着一切,他凝视着桌子旁的女人,在苍白的顶灯下她看起来很漂亮,他想知道为什么她不站起来,为什么不帮帮他,最后,他把钥匙插进锁里,他在门廊上又站了一分钟,正要转动钥匙,但他没有,相反,他转过身来,走了,经过那辆车(它的引擎仍然在黑暗中作响),沿着车道走到外面的街上。她能听到他离开房子的脚步声,一会儿当她再也听不见时,她站起来,洗碗,然后把碗放在沥水架上,关了灯。

  这是你在写这个小说时没有想到的迂回,还有其他你也可以采用的路线,如果你转到这里时会发生什么?是的,这样做是有危险的,每条路都有危险,每一个转折都有危险。这个写作的过程效率会很低,你可能会绝望地发现自己迷路了,或者可能会发现自己写成了另一个故事。你以为你在写的东西可能会像高速公路上看见的丝带一样消失在后视镜里,但这并不总是一件坏事,不是吗?我已经记不清有多少次,我发现一些旧的早期写下的小说草稿,已经几乎认不出来了。小说一开始是什么样子,后来写成了什么样子,完全是两码事,但十有八九,都变成了更好的东西。

在导游的带领下,我们乘坐一辆小型面包车穿过华盛顿特区外的停车场。坐在车后排座上,我们可以看到其他道路,这些道路避开了主要街道上的交通堵塞,通向绿地和住宅区,而不是我们计划去的那些未知的地方,过了那条路的弯道是哪儿?箭头指的是什么?也许是散发着爆米花和棉花糖气味的田野里的狂欢节,也许是老人们讲述逝去岁月的街坊酒吧,也许是用紫色的木板和自行车轮胎建造的树屋,谁能确切地知道那边会发生什么?也许什么都没有,但也许会有意外,会有惊喜,会发生些事情——几乎可以肯定——比我们计划要去的那个地方好。

"从这儿拐弯。"我本应该这样要求的,为什么不呢?"让我们看看外面有什么。"我应该说。让我们看看——来吧,看看故事还会怎样发展。

最喜欢的短篇小说

《宠物奶》("Pet Milk"),斯图尔特·迪贝克著,选自《芝加哥海岸:短篇小说选》〔*The Coast of Chicago: Stories* (Picador, 2004)〕

《窗台》,劳伦斯·萨金特·霍尔著,选自《当代最佳短篇小说选》〔*Best Short Stories of the Modern Age* (Fawcett, 1987)〕

《一个干净明亮的地方》("A Clean, Well-Lighted Place"),海明威著,选自《当代最佳短篇小说选》

《阿尔巴尼亚的处女》("The Albanian Virgin"),爱丽丝·门罗著,选自《精选故事集》

《世界末日》("The End of Firpo in The World"),乔治·桑德斯(George Saunders)著,选自《帕斯托雷亚》〔*Pastoralia* (Riverhead Trade, 2001)〕

《上升的一切必将汇合》("Everything That Rises Must Co-nverge"),弗兰纳里·奥康纳著,选自《上升的一切必将汇合》(Farrar, Strauss, and Giroux, 1965)

《美好的生活》("Good Living"),亚历山大·赫蒙(Aleksandar Hemon)著,选自《爱与障碍》〔*Love and obstacle*, (Riverhead Book, 2009)〕

《强奸》("Rape"),杰拉德·伍德沃德(Gerard Woodward)著,选自《大篷车窃贼》〔*Caravan Thieves (Chatto & Windus,*

2008)〕

《吉尔本的来信》〔*Letters from Kilburn* (Salt Publishing, 2010)〕, 凡妮莎·格比著

《钻石巷》("Diamond Alley"), 丹尼斯·麦克法登 (Dennis McFadden) 著, 选自《2011年度美国最佳推理小说》〔*Best American Mystery Stories 2011* (Mariner Books, 2011) and Hart's Grove (Colgate University Press, 2010)〕

思维拓展

思考以下三种备选方案：

1. 随着故事的展开，你会不时地发现新人物，找一个似乎无关紧要的人，也许类似于一个无辜的旁观者。从整齐的叙事线跳跃到这个人物的思想或意识中，看看你会发现什么，她是谁？为什么她会出现在这里？她看到了什么，知道了什么，明白了什么——而你的主要人物却没有？这些新信息会给这篇小说什么暗示？这个新人物所暴露出来的东西哪些是你曾经视而不见的？

2. 你的小说快写完了，前面就是结局了，不要朝着你设想的方向前进，而是彻底转向。故事是建立在行动和反

应之上的，如果你的行动和反应发生反转会发生什么？不要写这对夫妻从此过上了幸福的生活，选择让他们过一种痛苦、孤独的生活；不要写母子俩在事故中幸存下来，选择让他们中的一个死掉；不要选择自由，选监禁；不要选监禁，选自由。明白了吗？看看当你写你不想写的东西，讲你不想讲的故事时会发生什么，不管结局是改变了还是保持不变，你都因此获得了对整个故事新的认识，只需要让故事的发展比原构思稍微提前一点。

3. 写这篇小说的前情与后续，故事开始前发生了什么？把它写下来，沿着故事发展的脉络，看看在其他场景、故事中发生了什么（在城市的另一边……），把它写下来。小说结尾之后会发生什么，在最后一刻之后会怎么样？把它写下来。在你认为你已经知道的故事之外至少写一个场景，这场景会告诉你有关这个故事的需求、倾向、潜在后续内容、提升或共鸣吗？你能把故事的影子画多长？

第二十二章　结　尾

伊莱恩·楚（Elaine Chiew）

开放式结局

　　于我而言，思考小说结尾的性质，如同面对躺在切尔西威斯敏斯特重症监护室的岳母，心态有种微妙的相似。岳母已病入膏肓，所以我们都明白，她的逝世不过是早晚的事。但我们的心绪仍在与逻辑和事实斗争，情感与思想陷入了极度的冷战。没错，她越是衰弱，我们就越是希望她能好起来。

　　在另一个层面上，一些短篇小说的绝妙结尾所达到的效果不正是这样吗？你推断着故事将如何结束，但你又无法百分百确定；而在这过程中，你已将自己全身心投入——心灵、思想、感官。对于情节的期待感和参与感，使故事保留了一定的神秘和开放性，读者心怀期待地接受不同的结局。我认为，精巧构思的故事结局大多十分精妙，这样的结局，我称之为"开放式结局"。

我在短篇故事中极力推崇"开放式结局"。在我看来，那些整齐划一，且一切都妥善解决的结尾，不过是作者刻意捏造的"童话故事"。短篇小说，是窗户，是流动生命的一小部分，是关于人们生活的非凡的、扣人心弦的、具有戏剧化共鸣的频闪快照。因此，短篇小说的结局与其他小说的结局不可同日而语。作为现代短篇小说之父的契诃夫，经常写没有结局的故事。为此，纳博科夫解释道："只要人们还活着，他们的烦恼、希望和梦想就不可能有明确的结局。"事实上，这些人物的生活，在我们阅读之后仍会延续下去。故事的真实性使其早已超越了文字的束缚。

为此，我认为结局必须是有机的，也就是说，它必须与之前的发展脉络有关。安东尼娅·纳尔逊（Antonya Nelson）在《故事的形态》（*Shape of a Story*）中谈道：它不是情节，事实上，它是情节之外的东西。若非要将优秀短篇故事的"形态"具体化，那我认为它应该是一条鱼。源于口齿，似椭圆呈螺旋式上升，经历高潮和结局，然后到达尾部——也就是情节可能发生反转的地方。有趣的是，椭圆的底部是故事发生在读者脑海里的部分，是未来会继续发展的部分，情感的总和大于故事情节各部分之和。

我仍要提醒一点，这不是短篇小说的唯一"形态"（倒勾号也很常见），但我读过的所有优秀短篇故事确实都包含这一特点。于我而言，鱼是非常重要的关于写作的意象。

因为在我自己创作的时候,这一"鱼形"图像时刻提醒我结尾是整个故事举足轻重的一部分,它不仅仅只是后记、退场点,或解读式的说教〔例如,欧·亨利的《麦琪的礼物》(一个伟大的故事);但今天,在结尾阐明故事的意义被认为非常业余〕。

之前种种都在预示结局。若不能充分思忖好情节,我就没办法写出像样的结尾。当我不了解故事内容的时候——它的戏剧化本质、它探索的主题、它的中心冲突、主人公的研究、他或她的向往——那我也写不出结尾。这些听起来都很有道理,但当我真正坐下来写作,又意味着什么?首先,这意味着你无法提前安排好故事的结局,而当你已深入到故事和人物之中时,结局会水到渠成地出现在你脑中。

这听起来并不像嬉皮士般随性。在一切水到渠成之前,仍需要完成大量的工作,抛弃想要安排结局的想法实属不易。但说实话,你最好多花时间在其他故事构成的要素上——其中最重要的就是人物——否则,你可能真的无法写好结尾。

顿悟式结局

现代短篇小说的结尾有走向"顿悟"的趋势。这里的

"顿悟"与宗教意义无关,而是指主人公对内在真理的猛然洞见。查尔斯·巴克斯特(Charles Baxter)在《化为灰烬:论小说》(*Burning Down The House: Essays on Fiction*)中提到了这种现象在现代短篇小说中的兴起。"揭示的套路已经成为英美写作中的主导模式……剔除无知,重获新知,足以致瘾。崇尚无知的文化无法完全领会这种境界。"但他也抵制过度使用这种方法,因为如果总在高潮中揭示故事的含义,那么必然会带来"陈旧"和"老套"。"到处都充斥着不必要的顿悟……而且一些见解根本不具备可信度。"克里斯·奥夫特(Chris Offutt)在一篇名为《直截了当》(*Getting It Straight*)的文章中介绍了一个 MFA 研讨会,研究小说人物经历的顿悟是否是有效的、既得的、必须的。

我并不贬低"顿悟"式的结局,我本人也写了很多这样的结局。但我确实认为,在小说的结尾自然地写"突然,我意识到",然后再将相关的顿悟"干扰"植入小说人物的头脑中,这种做法对于故事本身来说没有任何意义。而且,这种顿悟与我们生活又有多大关系呢?当我们被生活中一些事件所影响的时候,我们真的像小说人物一样突然地、惊天动地地顿悟了吗?比如,在我自己的生活中,父亲过世的时候,我内心非常的痛苦,但我对于该"伟大真理"的顿悟,却在十年后我母亲过世之时才慢慢地显露出来。

查尔斯·巴克斯特指出了"顿悟"式结局的另一个有

趣之处。它们通常具有"时间停止"效应。主人公被另一个图像影响，并向内反射，周围的光线暗淡下来，于是聚光灯便落在了他身上。这就是"转换"的时刻。故事也就至此结束。但在现实生活中，你的顿悟难道不会影响到你之后表达的观点和表现的行为吗？当然会。然而，当顿悟用在故事结尾时，我们永远看不到这些变化对故事人物造成的影响。我们只能以读者的身份进行猜测。

我并不是主张终结顿悟式结局，因为我也同样试图从我读过和写过的短篇小说里寻找意义、理解和知识。如果没有"顿悟"式结局，我们能获得的真知可能就会更少了。然而，我认为这其实可以通过自我思考来实现。洛丽·摩尔擅于随着故事的展开不断展示各种小顿悟，她不会总在结尾处猛然揭示涵义来结束故事。这里有一些关于她这种风格的经典例子：《对于一些人，这本书比你知道得更多》(*Which Is More Than You Can Say About Some People*)、《社区生活》(*Community Life*) 和《这样的人是这里唯一的人》(*People Like That Are The Only People Here*)。

在《这样的人是这里唯一的人》中，故事的主人公是一位母亲，她的顿悟发生在当她的孩子被诊断出患有威尔姆氏肿瘤时，在第四页这样写道：

母亲开始哭泣：人生至此。之后，将再无人生可言。除了跟跟跄跄，行尸走肉，生活已然被窃取和打碎，且如此迅疾。

的确，这样的顿悟痛彻心扉。但这就意味着真实吗？生活真的从此结束了吗？当然不是。但是故事中的母亲肯定觉得这很真实。因为这就是她的真实感受。这其中包含了让我们屈服的主观真理，但它也表明了顿悟的真理——并非所有顿悟传达的人类真理都具有普适性。事实上，顿悟的实现可能是一种完全错误的逻辑。然而，故事里的母亲已经被真实的感受侵蚀，其他人若经历相同的情况也会感同身受，即，她的生活已经以某种方式被打碎。

几页之后，这位母亲又体验了另一个戏剧性的顿悟：

你只要稍转过身就可以意识到：孩子已过世。这可能是象征，也可能是现实的魔鬼，完全取决于你自己的想法。然后你被猛地围困了起来；犹如地窖将你囚禁——你内心的牢笼此刻便是这地窖的牢笼。会有窗户吗？难道真的没有窗户吗？

洛丽·摩尔所做的便是沿着故事曲折蜿蜒的发展揭示顿悟。如此一来，她便展示了母亲在这一过程中发生的思想和言语上的转变，展示了水滴效应如何实现生命的变更。

她所建起的意义大厦，向世人展示出一个母亲与孩子的癌症抗争的事实。她未将顿悟堆积在结尾，也就是故事情节发展到最佳时机的时候，成功地与前文实现了呼应。萨尔曼·拉什迪在 2008 年《美国最佳短篇小说》的序言中贬斥了那些平庸的、生硬的、平淡无奇的写作，倘若没有它们，我们的故事可能就不会那么机械和刻意。如果我们让顿悟在故事发展的过程中慢慢被揭露，而不是一股脑地全留在最后，也许我们能得到一个更丰富、更深刻、更有意义的"启示"金字塔，也将赋予小说人物更多的真实性。

20 岁时经历的丧父之痛使得我对之后母亲的过世较为免疫。因此，对于母亲的离开，我没有体会到面对父亲离开时的巨痛感，这让我非常内疚。如果这是一篇短篇小说的结尾，它会给你多少满足感？难道你不想听听这种内疚感对我之后的生活造成了怎样的影响吗？

反转和惊奇

发生"反转"的结局怎么样？令人惊讶的结局呢？又或者，那些已有结局，倒推出的故事是否是好故事呢？

为了避免引起争议，我会说我不太确定由脑海中的结局就一定能倒推出一个好故事。很可能，你会发觉，你构思结束的地方往往才是故事的开始。

"反转"式结局的频繁使用,几乎使其成为陈词滥调。除非,这种反转是"水到渠成的",否则就是做作。反转式结尾在艾伦·坡时代盛行,甚至还有点过头。但自从契诃夫和卡佛以来,后现代意识的"反转"式结局开始被广泛地质疑,因为故事中的人物总是轻易地死亡,又轻易地复活,"解围之神"(Deus Ex Machina)突然降临解围,或者次要事件被安排在故事中来转移人们注意力,结果发现,一个作废的事实竟是解开整个故事的钥匙。它们犹如"廉价的噱头",甚至很功利,作者手持所有的牌,却只在结尾才揭示出来。

另一方面,如果能够有机地安排惊奇或非凡的结局,往往能带来巨大的审美快感和满足感。但它与反转式的结尾有什么不同呢?

爱丽丝·门罗是"惊奇"式结尾的先驱。在她的小说《浮桥》(Floating Bridge)中,房间中的大象从未被提起。该小说是关于基尼如何面对其肿瘤明显缩小这一消息的故事。门罗没有选择任何传统的反转情节。开篇不是基尼告诉丈夫尼尔这个令人惊讶的好消息(这可能会是我开篇的方式),而是直接带来了第一个惊奇——她聘请了一位名叫海伦的年轻志愿者来照看她,但这个年轻人来的时候却忘记带她的鞋子。于是在文中尼尔处在"被入侵的幸福中"开车去海伦的姐姐家找鞋子,但是没找到。于是另外一个惊奇就来了，尼尔唠叨戏弄着直到海伦同意带他们去她的寄养家庭伯格森夫妇那取回鞋子。到达后，伯格森夫妇坚持让他们进屋吃剩下的辣椒。但这次，基尼只想一个人待着。她感觉又恶心又疲惫，但是她还没有告诉尼尔好消息。

我们在文中可以看到尼尔的幸福感消失了，取而代之的是因为基尼拒绝伯格森夫妇的盛情邀请而导致的愤怒。于是我意识到，他跟基尼可能并不合适。当尼尔进屋的时候，基尼却一头扎进玉米田里，一心只想躺下来，歇一歇，遮遮阴。然后她开始嘲弄曾经和一群人玩过的愚蠢的心理游戏，以及他们对她的坦诚想法。确实，她对于尼尔误解她这一事实感到非常生气。于是在这基尼经历了一个小的顿悟。"当你离开人世，剩下的只是这些对你错误的看法。"结果想着想着，基尼就在玉米田里走失了，只有通过辨别马特·伯格森的声音来找到出路，马特·伯格森给她带来了辣椒。当马特·伯格森开始讲粗俗的、非主流的笑话时，基尼开始回忆医生告诉她的消息。她大声地冒犯马特说："话太多了。"马特这才说他不会再打扰她了。

接下来又是门罗表现惊奇之处，基尼随后在伯格森的院子里小便了，不仅是因为她对他们表面虚伪热情的反感，也是因为，她穿了长裙没穿短裤，而且因为疾病，她失去了控制尿道的能力，所以无论何时何地，都很容易小便。

伯格森的儿子是一位年轻的服务员，这时他回到了家里。他有一种不可思议的能力，可以在没有表的情况下准确地说出时间，并且他似乎感觉到了基尼心里的混乱，提出要开车送她回家。在这充满了一个又一个惊奇反转的故事里，他的存在可能是最惊奇的——这是个最不可能成为游侠骑士的人，一个偶然的时间守护者。他把基尼带到一座浮桥上，在那里亲吻了她，因为是第一次亲吻已婚的女人，他感到非常的兴奋。对于基尼来说，这也是第一次，这时她对自己的新生活感觉到一种微妙的狂喜。

  在故事中，如果惊奇一个又一个地呈现，会让人感觉很随意和离奇。但在《浮桥》中，这种手法运用得很绝妙。每一页的故事基本上都会给我带来惊喜。我被这个吻迷住了。我爱这超出我期待的"微妙的狂喜"。门罗本可以写一个非常直白的故事。但她选择了这种无法左右且不可预知的方式，使我们理解了基尼无法接受好消息的心境。事后发生在她身上的每件事都反映了她之前的所有惊奇，包括最后的终极惊奇——不恰当的接吻。她和那个年轻人所站的浮桥，成了她暂时无法形容的状态的隐喻。门罗使用"惊奇"的元素不仅是为了让读者保持期待，更是小说人物对其境遇的深刻回应。这是一种有机的选择。

镜像 / 环形式结尾

镜像式结尾如何？所谓的镜像式结局，也就是结尾返回小说开头的图像、场景或隐喻。

对于这种结尾我一向很谨慎，不是说生活并不会这样循环，但这样的情况很少。对于我来说，阅读一个故事，其中的主人公从一个点开始，在结尾到达另外一个点，就像上面的基尼，这才有意义。如果非要指出循环之处，那就是一个故事的结尾往往是另外一个故事的开头。下面是三个相当著名的短篇小说的结尾。它们中的每一个都可能是另一个句子的开始。

"我感觉很好，"她说，"我没做错什么。我感觉很好。"
——欧内斯特·海明威《白象似的群山》

黑暗的潮流似乎让他重新回到了她身边，不时地推迟他走进内疚和悲伤的世界。
——弗兰纳里·奥康纳《上升的一切必将汇合》

我正坐在麻将桌上我母亲的位置，东边，牌局开始的地方。
——谭恩美《喜福会》

有些开头的句子似乎也适用于结尾。

斯黛拉，冰凉的，冷冰冰的，地狱般的寒冷。
——辛西娅·奥齐克（Cynthia Ozick）《大披巾》（The Shawl）

为了让我们安心，让我们的心在她临死前平静下来，我们亲爱的朋友赛琳娜说，毕竟，生活并不是一种不可抗拒的恐惧——你知道的，我已和她共度很多年的美好时光。
——格蕾斯·佩利《朋友们》（Friends）

我丈夫吃得很有胃口。但是我并不认为他真的饿。他咀嚼着，胳膊放在桌子上，盯着房间里另一边的什么东西。他看看我，目光又游移开。他用纸巾抹了抹嘴，耸耸肩，又继续吃起来。
——雷蒙德·卡佛《这么多水离家这么近》

我情不自禁地想起了我的岳母，她的故事真的结束了，但是我们的故事——我们对她的回忆——才刚刚开始。

共鸣式结局

虽然不是每一个结尾都应该包含顿悟，但我认为结尾必须引起共鸣。我敢说，创造一个令人产生共鸣的结尾其实有点巫术的意思。因为如果你无法将故事形态完整地铭记在心，便很难做到。另一方面，廉价的共鸣一毛钱一打——低廉、脆弱，通常以顿悟的方式从主人公嘴里脱口而出，但真正的共鸣是隐喻、场景、情感、物体、思想和意象的巧妙融合。故事中的一切将你带到结尾，也就是"结尾"开始的地方。

萨尔曼·拉什迪在 BASS 2008 说过，一个让人产生共鸣的结尾会使你想要"拍手叫绝"。妮可·克劳斯（Nicole Krauss）的《在丹尼尔·瓦尔斯基的书桌上》(*At The Desk of Daniel Varsky*) 系列故事就以一种近乎魔法的方式轻松地实现了这一点。我们的主人公——一位女诗人——和 R 分手了，在 R 搬家后她发现自己根本没有家具。一位朋友告诉她智利诗人丹尼尔·瓦尔斯基想把自己的家具借给她，因为他目前正要回智利。丹尼尔是一位渴望体验，并为祖国的未来燃烧着社会主义之火的诗人。在这些家具中，有一张笨重的桌子，上面有很多抽屉，瓦尔斯基告诉她，这是一个叫洛卡的女孩曾经用过的。他们虽然只见过一次面，但在这段时间里，他们谈论了七八个小时的诗歌以及令人感动的事物。瓦尔斯基为她读了一首自己作的诗，内容关于一个让他心碎的女孩。她被深深地打动了，但这首诗却让她想起 R，并且使她产生了想哭、想笑且窒息的三种反应。

瓦尔斯基告诉她，他把家具委托给她，并计划在他回到纽约后再取回。"突然间，"故事中的叙述者说道，"我对这些家具的主人充满了感激，仿佛他不仅仅是把一些木头和家具交给了我，而是把新生活的机会交给了我，让我来亲自迎接这个时刻。"

他们接吻了，这有点虎头蛇尾，但是之后，这次相聚对于叙述者来说却充满了悲伤和深深的怀念。许多年后，她听说了丹尼尔·瓦尔斯基在午夜被马努埃尔·孔特雷拉斯的秘密警察带走，永远不可能再回来了。于是，在接下来的三十年里，我们的女诗人仍继续使用丹尼尔·瓦尔斯基的书桌，但她却不再写诗了。

……我感觉自己被那些要写的诗围困住了，就像一个人被宇宙困住，或者被死亡的必然性困住。但我不再写诗的原因不是这些，根本就不是。如果我能解释自己为什么不再写诗，那我就有可能继续再写。丹尼尔·瓦尔斯基的书桌，也就是现在我的书桌，一直使我回想起这些事。我总认为自己不过是个临时的监护人，总有一天，带着悲喜交加的情绪，我终将不再对这些家具负责，不再负跟我逝世的诗人朋友丹尼尔·瓦尔斯基的家具一起生活并照看它们的责任……

叙述者仿佛在告诉我们：那个夜晚如此漫长。丹尼尔·瓦尔斯基不会归来的事实已被埋下伏笔，因此他将自己的灵魂封存在书桌和其他家具里，托付给了主人公。

最后，让我们看看妮可·克劳斯是如何以让人产生共鸣的方式结束这个故事的。在主人公右膝上方有一个抽屉，三十年来都是紧锁的状态。她从未找到钥匙在何处。

不知为何，我总认为那个抽屉里一定锁着丹尼尔·瓦尔斯基曾经读给我的诗歌里的那个女孩的来信，就算不是她，也应该是像她一样的人。但当我写下这些的时候，我突然不知道自己为何会这样想。实际上，我根本不清楚这个抽屉在这个桌子送过来的时候到底是不是锁着的。很有可能是我在很多年前无意中把圆柱锁推了进去，而且很有可能里面的东西都是我自己的。

抽屉里的碎片就像我们从未在意的过去生活的垃圾，或是痛失之爱、诗歌、理解和灿烂人生中的悔恨。我们任其匆匆而过，因为我们不像丹尼尔·瓦尔斯基，不相信守护天使的存在——这本身是一种意识形态。并且，我们，不像他，没有任何人值得托付。

文章中的叙述者没有将其完全道破——这是断句——是鱼的下腹部。如果我们的作家已经传达出了需要表达的意思，我们的主人公就没有必要再重复了。

你会怎样留下你的故事？你能否将其委托给你的主人公，然后让他告诉你什么时候可以离去？

参考书目与最喜欢的短篇小说

《化为灰烬：论小说》(Graywolf Press, 1997)，查尔斯·巴克斯特著

《这么多水离家这么近》，雷蒙德·卡佛著，选自《当我们谈论爱情时，我们在谈论些什么》

《古谢夫》，安东·契诃夫著

《带小狗的女人》，安东·契诃夫著

《暮色之中》("In The Gloaming")，爱丽丝·艾略特（Alice Elliott）著，选自《二十世纪美国最佳短篇小说》

《白象似的群山》，欧内斯特·海明威著

《阿拉比》("Araby")，詹姆斯·乔伊斯著，选自《大师的伟大短篇小说集》〔*Great Short Stories of the Masters* (First Cooper Square Press edition, 2002)〕

《在丹尼尔·瓦尔斯基的书桌上》，妮可·克劳斯著，选自《美国最佳短篇小说》

《对于一些人，这本书比你知道得更多》，洛丽·摩尔著，选自《美国鸟类》〔Birds of America (Faber and Faber Limited, 1998)〕

《社区生活》，洛丽·摩尔著

《这样的人是这里唯一的人》，洛丽·摩尔著

《你也不美丽》，洛丽·摩尔著，选自《二十世纪美国最佳短篇小说》

《浮桥》，爱丽丝·门罗著，选自《恨、友谊、追求、爱、婚姻〔Hateship, Friendship, Courtship, Loveship, Marriage (Chatto & Windus, 2001)〕

《上升的一切必将汇合》，弗兰纳里·奥康纳著

《直截了当》，克里斯·奥夫特著〔Sfwp.org, a literary journal (Santa Fe Writing Project) 网址: http://sfwp.org/archives/22〕

《大披巾》，辛西娅·奥齐克著，选自《二十世纪美国最佳短篇小说》

《朋友们》，格蕾斯·佩利著，选自《故事集》〔The Collected Stories (Virago Press, 1999)〕

《喜福会》，谭恩美著，选自《美国短篇小说大全》〔The Granta Book of the American Short Story. Ed. Richard Ford (Granta Books, 1998)〕

思维拓展

练习一

  选取一个你没有读过或忘记了很多情节的爱丽丝·门罗的故事，读一读开头。然后接着开始编撰你自己的故事。然后将你的每一个情节与原作进行比较和分析。门罗故事的情节之曲折让你吃惊吗？还是你的故事和她的故事有相似之处？

练习二

  与写作的朋友交换故事。以她的结尾句开始创作你自己的故事。

第二十三章　你的想法是从哪儿来的？
为什么有人会保留橡树子呢？

佐伊·金（Zoe King）

每个人每天都会与上千个故事灵感擦肩而过。好的作家是那些能抓住其中五六个灵感的人，而大多数人一个也看不到。

以上这段话出自获奖无数的科幻小说家奥森·斯科特·卡德（Orson Scott Card）之口。作为短篇小说家，我们处于劣势，为了创作的持续性，我们需要源源不断的想法及构思，而对于长篇小说家来说，一个精彩的构思就可以让他/她写出一部很长的作品。

那么，我们如何才能"看到"那些围绕在我们周围的灵感呢？"大多数人"和优秀作家之间最主要的区别是什么？答案是：要学会"像作家一样思考"，去看、去观察、去发现、倾听、感受、吸收你身边的每件事、每个人。需要你走出你所习惯的"你",进入"作家的你",这个"你"时刻警觉,能发现故事的种子、情节、人物。

现在,当你读完下面这段话时,请停止阅读,不管你读到哪儿了,停下来,放下书,仔细环顾四周,找出至少六种能生发出故事的种子。

现在,在上面的方框里,写下:你在哪里,你在看什么,你在听什么,你在闻什么,你在摸什么,甚至,你在品尝什么,对吃的东西也请留意。

也许你在外面?也许你刚才写了"草",这可不够!趴下来,盯着这些草,把叶子分开,看看里面藏着什么,蚂蚁?蠕虫?草是新剪的吗?谁修剪的它?气味刺鼻吗?闻不到草味?草地里到处都是杂草吗?什么样的杂草?要说具体些,是蒲公英吗?这时你想到了什么,也许是小时候听过的故事,变成一朵蒲公英?当你坐在那里研究它时,它在想什么?不要在蒲公英这里停住,接着想,也许还有毛茛叶?红花草?三叶草?夏枯草?所有这些相对没有危害性的杂草可能会唤起记忆、联想和身体反应。当我们说到"身体反应"时，天气怎么样？如果下雨，草对雨滴会做出什么反应？你觉得跪在湿草地上怎么样？你的膝盖感觉如何？

或者你在室内……在你的书房吗？客厅？不管谁和你在一起，就现在这会儿，争取一个人"独处"。房间里有什么？如果这是你家里自己的房间，一开始你可能不会"看到"很多东西，因为你已经习惯待在那里，以至事物或多或少变得隐形了。现在站起来，走过去，背对着房间的某个角落站着，试着用新鲜的眼光看房间，就像第一次进入这个房间的人一样，换句话说，就是把你的感知陌生化，仔细看看周围，看看哪些地方可能不协调，哪些地方你可能已经"忘记"了。同样，使用上面的方框来记录你所看到的，以及正涌现出的想法。我不想说"万物有灵"，但如果我们不去看那些显而易见的东西，很有可能一些事情正在发生，而我们已经或多或少"看不到"了。

（不要怕在页面上做笔记，这是一本练习册，不是圣物！使用它，让它变成你的东西。好吧，如果你实在担心，那就用彩色便利贴吧。）

像这样细致入微的观察和记录，即作家们所说的"特殊性"，会使你养成一种细致入微的观察方式，从而丰富你的写作。

人物优先

对成功的小说家来说，小说的关键是人物，即使是很看重情节的作家，其塑造的人物也必须足够强大，能够承载整个故事。那么，如何才能找到灵感塑造出功能强大的人物呢？

再说一次，灵感无处不在，想"看到"它们并意识到它们可能发挥的作用，你需要采用作家的视角。抽空去趟超市，不是为了去买东西，而是去找人物，找个座位坐下来，假装在等人，然后观察。很多时候，我们去购物时会很不耐烦，想快点买完，赶紧回到键盘前，或者回到孩子们身边。但这次不同，你是在执行一项任务。仔细观察人们，看看他们购物车里的东西，看看有什么不对劲，"她"是真心和"他"在一起吗？他们怎么能成为一对？怎么会有人需要那么多猫粮？她打扮成这样真的可以进超市吗？那个奇怪的年轻人真的买了意大利乳清干酪吗？给谁买的？

观察并且提几个问题——谁？什么？如何？为什么？什么时候？

下面这个例子来源于我的一次"非购物"之旅：在当地一家超市，我看到一对老夫妇在药品过道上徘徊，他们太引人注目了，我打算跟着他们。当我走近时，我发现那个女人精致的金发其实是假发，她脸上闪着奇怪的光泽，化着浓妆。接着我听到她开始和她的男伴说话，我注意到她的脸根本没有动！很明显，她要么做了大规模的整容手术，要么就是反复注射过肉毒杆菌。在伦敦市中心或其他大城市，这看起来并不奇怪，但我住在诺福克郡郊外。此外，和她在一起的那位男士很随意，甚至有点邋遢，连胡子都懒得刮，身上的味道也不太好。我怎么能不感兴趣呢？我很好奇，很想了解他们的故事，所以我很想跟着他们回家。只有想到那些跟踪狂，我才停下来。但这些都被记录了下来，总有一天我会为它们编一个故事。

在你的"非购物"之旅中，不要把目光只局限于顾客，也看看商店里的员工，他们经常展现的是本真的自己，纯粹是因为他们认为这是在"自己的地盘"，可以没有顾忌地说话做事。来管些闲事吧！注意听他们说话，做做笔记，当然要偷偷摸摸的，然后，在心里跟着你的人物素材回家，"看看"他们住在哪里，环境怎么样，和谁住在一起。把他们写进你的材料库，让他们成为你小说中的人物。

咖啡馆和酒吧也很适合做观察，但观察必须是你的主要目的。同样，这些地方的人更容易放松警惕，他们去那里是因为他们饿了、累了、渴了。你可以点一杯无限续杯的毒药（酒），然后观察、倾听。你的人物可能刚从外面进来，那些行色匆匆的人，他们忙了一天，顾不上担心你会坐在咖啡馆里观察他们。

前段时间，我和一个朋友坐在咖啡馆里，这个咖啡馆同时也是一个艺术画廊,所以有很多吸引我的地方。我们边聊天边欣赏艺术品,透过窗户,我看见一位老太太走过,她又高又瘦,穿得干干净净,我一直盯着她看。我转向对面我的朋友凯特,说:"她穿着溜冰鞋!"凯特摇摇头。我站起来想看清楚一点,发现她实际上并没有穿溜冰鞋,只是用一种令人难以置信的优雅步伐在滑行,更不寻常的是,她是高龄老人。

再一次,她被记录归档了……

引人入胜

你还能从哪里寻找灵感呢?报纸和杂志在很多方面都很有帮助。可以看看广告:许多都在讲故事;看看当地小报纸的标题,它们常常与实际内容不贴合,编辑们把标题戏剧化以吸引读者。一定要时不时地拿起当地报纸,或者上网阅读。当然,专栏也可以提供丰富的、有时是幽默的小说素材。

由于近年来电视的变化,电视广告商不得不更加富有想象力。不要快进,注意看广告,利用他们提供的故事情节来写你自己的小说。

用一些触发词来进行自由写作也很有用,"自由写作"一词是彼得·艾尔伯(Peter Elbow)在其著作《无师自通的写作》(*Writing Without Teachers*)中首先提出的,指的是在给定的时间内写作,不用思考,不用暂停,不用编辑,只是让词汇一个个出现,不管是什么,把这些词和触发词结合起来,往往可以为以后的故事创作带来巨大的效果。使用的触发词应该是能引起反应的词,下面是一些例子:

周日
祖母的蜘蛛
路边的动物
不忠的
被盗

现在,当你读完这一段时,停止阅读,抽点时间,用上面提到的其中一个触发词,不间断地自由写五分钟,闭上眼睛,用手指,不要用别的词代替,不要回避任何负面的反应,通常,最有效的写作来自"恐怖之地"的旅行。

要进一步强化这个技能,可以尝试在文字处理过程中,在标准的白色背景上用白色字体,或者更好的方法是使用彩色编码的字体,例如蓝色字体写在蓝色页面、黄色字体写在黄色页面。(在用微妙的方式增强创造力这点上,颜色确实起了作用——最初 Post it 报事帖里把黄色设标为记录偶然事件,但众所周知,黄色在激发人的创造性思维方面很有效，这或许可以解释为什么 3M 将其原始产品的颜色注册为"淡黄色"。)

当然，使用"隐形"字体的创意是为了让你在打字的时候看不到你正在键入的内容，所以"边打边改"的诱惑大大降低了。而且，一旦你学会相信这样的工作方式，你会发现自己写作的时间越来越长，而且经常会对写作的"结果"感到惊讶。

形象化……

许多作家用图片来帮助虚构，除了一些显而易见的资源，如旧书、明信片、照片外，还可以充分利用互联网，使用谷歌图像搜索，仔细选择搜索条件，不要害怕实验。例如，我在谷歌上搜索了"有趣的人"，谷歌提供了 7800 万个搜索结果，其中大多数是美国"名人"，他们根本就激不起我的兴趣。不过，我把搜索词改成"怪人"后，结果远远超出我的期待。试一试吧，但记住，你不是在寻找可以拿来就用的人——你要寻找的是那些真实的、有血有肉的人物。

尽量不直接搜索人，我最近为我的写作课的学生搜索了"动物"，然后添加了"可爱的"和"奇怪的"，搜索结果中的大多数图像对我来说都没用，但其中比较有趣的一张图片是,一只模糊的六条腿的狗,一只金毛猎犬在它小主人旁边"祈祷",还有一只长着松鼠脸的蜘蛛!

此外,寻找在线摄影比赛的页面——感谢现代数码相机,获奖照片的质量往往是惊人的,它们能营造出气氛,如果你愿意,就可以用进你的小说中。

最后再说说绘画,许多作家的小说都是基于真实的艺术作品——历史小说家特雷西·谢瓦利埃(Tracy Chevalier)就用简·维米尔(Jan Vermeer)的作品来构思小说《戴珍珠耳环的女孩》(*Girl with a Pear Earring*)。

如果你以一个作家的身份来看这个世界,问一些必要的问题,相信自己能进行创作,并不断坚持,我保证你会成为奥森·斯科特·卡德笔下的看到了其中五六个发生在眼前的事件的作家之一。

P.S. 为什么有人会保留橡树子呢?记得吗,我前面提到过你的书房,提到要用陌生的眼光去看熟悉的事物,以及让事物讲述自己的故事,我把橡树子放在书房,有两个橡树子,这是我的一个作家朋友在参观奥斯威辛集中营后送给我的。对大多数人来说,它们只是两个橡树子,但对我和我的作家朋友来说,它们象征着复兴的潜力,对我来说,它们也是强大的故事种子,总有一天,它们的故事会写进一篇小说中。

最喜欢的短篇小说

《寒假》("Winter Break"),希拉里·曼特尔(Hilary Mantel)著,选自《2011年最佳英国短篇小说》

《何方来电》,雷蒙德·卡佛著,选自《何方来电:短篇小说选》

《大衣》("The Overcoat"),尼古拉·果戈理(Nikolai Gogol)著,选自《果戈里选集》〔*The Collected Tales of Nikolai Gogol* (Granta Books 2003)〕

《女朋友》("The Girlfriend"),塔马尔·耶林(Tamar Yellin)著,选自《勃朗特兰的卡夫卡》〔*Kafka in Bronteland* (The Toby Press, 2005)〕

思维拓展

练习一

在 Microsoft Word 或其他文字处理器中使用"表格布局",在一个页面上创建 30 个单元格,在每个单元格中键入一个名字,试着写一些能产生共鸣的名字、昵称等。现在用彩纸把这个文件打印出来。

接下来,创建一个包含大约 12 个单元格的表,在每个单元格中输入一个情景。例如:"秘密泄露了""东西/人丢了""心碎了""想要放弃了"等等，用不同颜色的纸把它打印出来。

现在，把纸剪开，蒙上眼睛，选择一两个名字和一个情景，给他们写信。

对"类型"人物也这样做。例如："前伞兵""瘾君子""掘墓人""三岁的孩子"，你也可以加上背景："半山腰""忏悔室""一辆抛锚的公共汽车的顶层甲板"等，同样，打印到不同颜色的纸上，这样你就知道你要怎么开始，把它们剪裁好，然后从每一堆纸中进行盲选，看看你选择的东西会怎么发展。

把所有的方格纸都装在彩色的信封里，这样你以后就可以再用了。

练习二

阅读你不熟悉的作家的作品。我经常发现不寻常的词汇和不同的写作方法可以激发我的创造力。

第二十四章 偷来的故事

莎拉·萨尔维（Sarah Salway）

> 然而唯一令人兴奋的生活是想象中的生活。
>
> ——弗吉尼亚·伍尔夫

我教创意写作的大学有一系列很受欢迎的阅读讲座。我写这篇文章的那天，当天的客座诗人已早早在教室里紧张地等待着——一边咬着指甲，估计在担心学生可能会问什么问题。我说："他们肯定会问你创作的灵感从何而来。"

诗人布莱恩忧虑了起来，因为这确实是所有作家最常被问到的问题。但实际上，那天的讲座甚至还没到问答环节，意外就发生了。诗人正在读一首关于漫步海滩的诗歌时，台下的一位观众就站了起来，开始朗诵自己所作的描写大海的诗，而且朗诵的声音要响亮得多。随后那位观众便被劝退了，布莱恩又开始紧张地咬起了指甲，他开始重新读下一首诗，这首诗描写的是他女儿的出生，但这时又有一位听众站了起来，开始朗诵一首与分娩有关的诗。

第三次发生这种情况时，阅读讲座被中止了。此时，布莱恩已经将指甲咬得不成样子，他发誓再也不写作，所以我自然也再没有机会问他创作的灵感到底从何而来。

有趣的问题来了，那么我们的创作灵感到底从何而来？或者更具体点，我们是怎样获得写作素材的？有一种说法是，灵感会神奇地出现在艺术家的脑海中，从我们的潜意识、我们的梦中飘浮而出，又或者说，不知何故我们天生就有一个充满灵感的宝箱。我刚开始接触写作的时候，常常带有一种急迫感，现在想来，大概那时的我担心自己的灵感宝箱会随时被耗尽。

不过，其实较为实在的回答是：我们的故事素材是从别人那儿来的。从我们的朋友、家人、一起共事的人、报纸、无意中听到的谈话、神话传说、课本……但若要公然承认这一点，对于作家来说无疑需要莫大的勇气，比如T.S.艾略特就非常骄傲地宣称："平庸的作家借故事；伟大的作家偷故事。"

在这里，借和偷的区别是非常关键的。借一辆车能把它原封不动地归还，但如果你偷了它，那么你就会想尽办法据为己有。专业人士可以通过将车刷成粉红色，或者拆解配件等手段，使其很快无法再被辨识。故事也是这样。一个好的写作过程应该是，我们从别人那里拿来一个故事，运用我们的想象力对原始故事进行不断的加工，直到最后形成连原作者都无法辨识的成品。

我们将其据为己有。

漆成粉红色，拆解零配件。

如此这般，让它当之无愧地属于我们。

我"偷"故事的动机从来不是为了剥夺属于别人的想法，而是为了去了解故事中到底是什么强烈地激发了我的联想。正是后者，才让我无法控制地去"偷窃"故事。

本章将可偷窃的故事分为三类：陌生人的故事；我们出生之前发生的家庭历史故事；新闻故事。这有两个关键点：第一，我们没有以任何方式参与在故事中。第二，这些故事中的某些部分不会脱离我们而存在。即使我们可能需要花上几个星期、几个月，甚至几年的时间来寻找最佳的叙述方式呈现这些故事。

关于陌生人的故事

我有一篇小说叫《画家庭宠物》(*Painting the Family Pet*)，来源于与一个朋友的电话。我的朋友认识一位艺术家，提供主动上门画宠物的服务。后来因为人们总说没有宠物，所以有一天，艺术家开始主动提出画他们的家具。

挂了电话之后，我不停地想，为什么有人想要为自己的家具作画？后来，我进厨房泡茶的时候，突然构思了一个故事，一个女人对食物十分痴迷，甚至委托别人来为自己的冰箱画肖像。我的这个故事是从冰箱主人的角度出发的，但同时我也在思考之前的轶事当中那位艺术家的想法。这两位女士或许都想从别人那儿得到些什么。因为我不太熟知那件轶事中的艺术家，所以在挂了电话后，只能根据自己脑中的印象来刻画人物——一位艺术家在家具前摆上画架，认真得犹如对待人物肖像一般。

在《巴黎评论》（*Paris Review*）的一次采访中，雷蒙德·卡佛讲述了他创作《你为什么不跳舞》（*Why Don't You Dance?*）背后的灵感。

> 大家坐在一起喝酒，有人讲了一位名叫琳达的酒吧女招待的故事，有一天晚上她和男朋友喝醉回家，决定将卧室的所有家具都搬到后院。之后他们确实照做了，从地毯到卧室的灯、床、床头柜，一切都搬了出去。那时房间里大约有四五个作家，讲故事的人说完后，有人就提议道："那么，谁来写呢？"

卡佛之后花了四年多的时间来创作自己的版本，在这个版本的故事中，一个刚分居的男人把他的所有家具财产都搬到了他的前院草坪上，想看看这些家具在外边是不是会更顺眼些。随后，一对年轻夫妇来了，他们竟穿梭在这些家具中跳起了舞——这种快乐，正是故事主人公曾经希望从这些家具身上得到的。《你为什么不跳舞》之所以是完全属于卡佛的故事，是因为尽管素材来源于醉酒女招待的轶事，但他将它融入自己的故事中，形成了他自己的主题：

> 他们（故事主人公）过着不顺心的生活，过着快要崩溃的日子。他们想让一切沿着正轨发展，但就是做不到。我想，他们都知道生活该怎样过，但只能尽力而为。

《你为什么不跳舞》是卡佛在戒酒后写的第一个故事，其中许多故事的细节已与原女招待的故事（带有幽默色彩）大不相同。卡佛通过把主角变成处于危机状态下的男人来增加故事的危机感，而年轻夫妇的巧妙设置则表明了其他人无法帮助男主角。他的痛苦不会因为把自己和家具一起放在院子里就可以消解。故事中的女孩同样也无法摆脱那天晚上自己的所作所为。

> 几个星期后，她说："那家伙大概是个中年人。他所有的家具都在他院子里了。绝不骗人。我们喝得醉醺醺的然后在那跳舞。在车道上。我的天。别笑。他还

给我们放音乐唱片。快看这个唱机。那个老男人把它送给我们了,连同所有破烂的唱片。快看看这些垃圾!"

她不停地说,将这件事告诉所有人。直到说得口干舌燥,才停了下来。

卡佛从第一次听到这个故事到最终完成创作历经好几年,所以我们应该相信,无名酒吧女招待堆在后院的家具对他以及主人公引发了同样的反应。正因为如此,他必须将这种对自己有意义的事创作出来。

家庭故事

古老的家庭故事也是很好的写作素材。尤其是我们通常只能听到半截的故事,所以我们自然而然就会运用想象力去填补剩余的部分。爱丁堡作家乔·斯威格勒(Jo Swingler)一直记得,她母亲曾告诉她,在60年代,曾有4个澳大利亚僧侣突然出现在她祖母的救护车里——他们来看望她。斯威格勒的母亲不知道这些僧侣是谁。仅凭借这一个片段,她写下了《连救护车都救不了你》(*Not Even An Ambulance Can Save You*)这个故事。像这样4个僧侣突然出现在救护车中的惊奇故事很难凭空出现。但所幸,几乎每个家庭都会有一些相似的故事。这些年来,我听到很多奇妙的故事，其中包括一个男人在同一座山上建造了两座格局相同却朝向不同的房子，只是因为其妻子两边的景色都喜欢；还有一个极度迷信的女人因为忙于编咒语，反而破坏了自己试图挽留的婚姻；以及传言有人会在红绿灯间隙时钻进陌生人的车里和他们交谈……

获奖作家茱帕·拉希里的故事一向有着鲜明的主题。在她的作品《疾病解说者》(Interpreter of Maladies)和《不适之地》(Unaccustomed Earth)中，主人公与失落和流亡的渴望做着不懈的斗争，充满了复杂和真实的情感。她的小说《第三块大陆·最后的故土》(The Third and Final Continent)直接来源于她父亲过去讲的一个故事：他们从一个103岁的老妇人那儿租了房子，这位老妇人喜欢谈论所有去过月球的男人。

尽管拉希里将细节和内容都融进了故事中，但她却为这些故事打上了鲜明独特的个人烙印。

> 我认为我与父亲的不同之处在于我处于游离的状态……我不知道移民是什么感觉，我也不知道做一个男人是什么感觉。我还不知道我父亲感受到了什么……尽管这些故事细节都以家族历史的形式传达到我这里，但我仍然必须做大量的补充工作来使它们尽量真实、可信。

功不唐捐。当拉希里给她父亲看这个故事的时候。他简单地回答道："这就是我全部的人生。"

虽然我们经常听说每个作家心中都有一块"冰",但当我在小说中使用家庭故事时,我确实常常担心家庭成员们会对我创作的故事做何反应。我写下这些故事不仅仅是因为担心有些好故事不能被记载下来,更重要的是,作为我人生中遇到的第一种故事讲述形式,它们同样是我记叙历史的一部分。当我以自己的名义发表了文章,仿佛对这个故事宣告了主权。这与仅仅是一大群人坐在一起将故事一遍一遍讲述的感觉是完全不同的。

对于这个问题,我还没有找到一个简单的答案。于我本人而言,强烈的探索欲望驱使着我以自己的方式去重述这些故事。这种方式不属于任何人。用写作来理解自己和他人的生活,一直是我写作实践中的主要目标和特权。虽然我用的很多细节都存在争议,但这样能够使我的写作更加容易。我的第一部小说《有些事情开始了》(*Something Beginning With*)中的一个人物穿一件边角料制成的粉色皮外套,这在我的兄弟姐妹之间引起了争议,他们争论着我们的祖先穿的衣服到底是一件外套还是一件夹克。最后,我只能说:"这是我自己的故事。"

我知道,每当我过于担心别人会怎么想,我的写作就会变得呆板和自以为是。我认为最好的方法就是把初稿写得好像没人会读一样。只有这样，在写作的过程中，我才能去思考自己需要说什么，然后再斟酌要删、留什么内容。同时，对于出现在我故事中的人物，我必须给予尊重，所以有时尽管很不情愿，但我必须承认有些特定的故事并非来源于我，又或者至少现在我不打算承认它们与我有关。

即便如此，就像外套和夹克问题一样，你没办法总考虑这会不会让别人恼火。我的第一篇短篇小说故事原型是我父亲对第一辆新车的回忆。在故事中，我描写的人物把车留在外面的车道上炫耀，但父亲却发誓他从来没有这样做过。同样，斯威格勒也不希望因为她在故事中描写了祖母向僧侣提供午餐肉三明治而让她的母亲感到不适。

"我用这种方式给故事设置时间背景，"斯威格勒说，"但是她却说我们的奶奶从来不吃午餐肉，从来不！这个细节让她很不高兴。"

但是，斯威格勒依旧在故事中保留了午餐肉三明治，正如我依旧让车从车库里开出一样。拉希里在故事中改变了时间节点，因此，她的故事主人公到达英国的那天也是尼尔·阿姆斯特朗登上月球的那一天。当我们从生活中获取素材时，试图保持对事实的忠实往往会妨碍我们的写作。我们会迷失大局，往往最后只能争辩道："这个故事真的发生了。"但其实我们忘记了情感的真实往往比现实中的事实更重要。通过将登月与父亲在英国的第一次经历联系起来，拉希里向我们表明移居到一个新国家是跨出了多么巨大的一步：

> ……这是我家族故事中的一部分，虽然仿佛很接近，但是却看不见摸不着。只有当我花了足够多的时间来完整创作全部故事之后，我才意识到这是多么吸引人的故事集合——非常个性化却又公开化，改变了世界，改变了人类相对于宇宙万物对自己的看法。我很高兴发现了这一点。

新闻故事

在我浏览当地报纸时，一篇文章吸引了我的注意。故事讲的是一位女士在布兰兹哈奇旋转赛道庆祝106岁生日。这位女士以每小时100多英里的速度行驶，但仍觉得速度不够快。这就是一个很好的故事，于是我剪下报纸并保存了起来。

当一个故事取自一篇新闻时，它的真实性通常不会存在争议。而变得有趣的是"受影响的事实"——它们将如何影响其他人。于是在写下一阶段的故事时，小说家便会开始提问："如果……怎么办？"

如果我父亲被摄像机抓拍到从一家性用品店出来怎么

办?如果一个人在婴儿时期被劫持过,虽然他当时不知情,但如果他长大后有一天偶然遇到了绑匪,那会怎么样?如果陆军退伍军人进行一次免费的长途旅行,结果在途中却组织了最后一次伏击会怎么样?

如果这位 106 岁的妇女留下遗嘱,详细说明了她希望她那具备安全意识的家庭承担什么风险会怎么样?

想要创作出一个好故事,更需要注意故事中其他潜在的参与者。乔伊斯·卡罗尔·欧茨在《你将何去何从》(Where Have You Been)中对青少年康妮的处理就采用了这种做法,该故事的原型是欧茨在新闻报道上看到的一个年轻女孩谋杀案。

当金·爱德华兹(Kim Edwards)在《得梅因纪事报》(Des Moines Register)上读到一篇关于抗议中西部堕胎诊所的报道时,抗议者对儿童形象的象征性描绘,让她无法置身事外:

> 几天来我都一直在想着那些孩子们,他们的小四肢和闪亮的头发,他们细嫩的皮肤压在炙热的沥青上,被笨重的汽车倾倒在车道上。怎么可能会有成年人受得了这个场景?

起初,她拒绝把它写成小说,因为她担心进入政治雷区。但在考虑了几个星期后,有一天她开车外出,一句话突然出现在她的脑海:"你只有看见我,才能了解我。"她随即在图书馆外停下车,冲进去写了故事的第一个开篇《我人生的故事》(*The Story of My Life*)。她找到了故事的叙述角度,也找到了写作导师们最爱问的问题——"谁在讲故事?"——的答案。正如爱德华兹所说:

> 在文学中,我们关心政治往往是因为它触及和塑造了人物的个人生活。故事并不是事件,而是关于人的……我希望所有作家都能接受世界上发生的一切——当然,也不要看得太远——要明白谁的故事需要被讲述,为什么要被讲述。

这种故事的差异性——意想不到的叙述者,不同寻常的腔调,对于特定事物而不是抽象事实的激情——维持着故事的新鲜感。这印证了我们所问的问题,"谁"在讲故事,"为什么"而讲。我们自己的写作主题是什么,为什么别人的故事值得我们以独特的方式讲述?还有更重要的:这个故事与我们的关联是什么?其中包含着什么形象、什么信息,使其能够在我们的脑海里挥之不去?幸运的是,这些问题的答案犹如作家本身一样复杂,且所有的答案都是有道理的。

为什么偷

本章的最初想法来源于我所编的一部短篇小说集,这部小说集被恰当地称为《偷窃故事集》(*Stolen Stories*)。书中所有的作家都以某种方式"窃取"故事,所以我们必须承认我们具备"偷窃的本质"。但这些故事读起来确实都很吸引人。我的故事来源于生日礼物,当时我收到了有意义的五个词,但是我却无法参透其中的要义。写得越多,我就越觉得我是在剥离这些词对于送礼者的意义,然后最终将其据为己有。另外一位撰稿人林赛·鲍尔(Lindsay Bower)的灵感来自一位魅力四射的童年的朋友,她竟逃学去买彩票。鲍尔回忆起她是如何"敬畏"这个女孩的,因为在本应该花时间读书的年纪,逃学几乎是不可能的。于是多年之后,她以第一人称写下了购买彩票和青少年饮酒的故事,以此来重温过去。妮可·里德(Nicole Reid)也通过她的故事《红色马车》(*Red Wagon*)实现了旧时的愿望。里德的灵感来自她和理查德·鲍什(Richard Bausch)的一次谈话,鲍什谈到他妻子有一次穿着一件红色连衣裙在等他。里德承认:

> 她裙上红彤彤的太阳是爱情的色彩,正是我一直追寻的,我不知该如何将其据为己有,所以我把它写了下来。

正是这种对故事中某些东西的强烈渴望——一种情感、一种理解、一种声音——使我们能够改变人物、地点、动机，甚至改变吃了什么三明治，但仍然保持故事的完整性。这也是使我们的故事保持新颖的原因。正如我惊讶于写作课上就算是相同的练习每次都会创作出不同的片段一样，我也知道就算我和另外一位作家碰巧听到了相同的对话，我们各自写下的故事仍是独一无二的。又比如，只要我从自己的角度出发，哪怕我和姐姐都写一篇以父亲为第一人称的文章，讲述他从战争中带回家的茶具，结果也肯定大相径庭。

现在到了该坦白的时候。还记得我开头写的关于大学阅读讲座上发生的事吗？事实上，那是我"偷"来的。真正的布莱恩并没有受到质疑，他也从未咬过他的指甲。当时我们所有人都静静地听着，直到他问我们是否还有什么问题。听众站起来挑衅地朗诵自己诗歌的故事，也是我最近听来的——据说有一群西班牙作家确实这么做过。我听说这件事的时候震惊极了，因为在公众面前演讲对于我来说简直是噩梦。我曾经有过被嘘下讲台的经历，这给我留下了不可磨灭的阴影。偷窃了这个故事，将其变成我自己的，再转嫁到布莱恩身上，对我来说真是一种解脱。仿佛在故事中人物完全可以帮我应付这一切，而且不需要知情。巧合的是，确实没有人问他创作的灵感从何而来（意外的是，有人倒是问了他害不害怕死亡）。

然而，我只是拿出笔记本，记下了他在台上与我们分享的各种轶事作为故事素材。

我会感觉罪恶吗？并不会。只要给我几周时间，再给我粉红色的油漆和除漆剂，我就可以打造出完全属于我自己的随笔，且不被旁人辨识出来——完全成了我自己的。

最喜欢的短篇小说

《大教堂》，雷蒙德·卡佛著

《宝贝儿》，契诃夫著

《一个真正的洋娃娃》（"A Real Doll"），A.M. 霍莫斯（A. M Homes）著，选自《拜物有理》〔*Safety of Objects* (Harpers Perennial, 2003)〕

《子弹射入脑中》，托拜厄斯·沃尔夫著，选自《疑夜》

《暮色之中》，爱丽丝·艾略特·达克（Alice Elliot Dark）著，选自《暮色之中》(Simon or schuster, 2000)

思维拓展

寻找主题

　　以一个你无意中听到或被告知的故事为例，把它带回到原本的事件中，比如艺术家不能卖画——挨家挨户敲门——画宠物肖像——没有人养宠物——取而代之画家具。现在，想想这个故事让你感兴趣的是什么？不是通常意义上有趣的东西，而是你感兴趣的东西。将其作为你的主题。在我的例子中，当无生命的东西取代了有生命的东西时，就会发生这种情况。你可以为同一个故事想出几个主题，然后选择一个，按照你自己的主题重新写下你的故事。最好超越你原本的情节构思。接下来发生了什么？故事里还有谁？从总结你的主题开始（比如在卡佛的故事中，一个男人看着年轻的情侣在他的家具中跳舞），在我的故事《画家庭宠物》中，故事的开头是两个绝望的女人站在前门的两侧，每个女人都想到对方的位置上去。

个性化和公开化的融合

　　如果你想不出一个家庭故事，就采访一下家庭成员关于童年的事情，直到你突然想起什么。然后及时定位故事的背景。研究故事发生的时候世界发生了什么——什么大新闻，在播放什么音乐，女人穿什么，男人穿什么，人们在读什么书，人们在吃什么，他们在说什么……

像拉希里一样，将家庭故事和世界局势联系在一起。如果必要的话，改变日期或地点，通过公开故事的形式来了解你家庭的故事将有助于你以不同的方式去看待它。以"在……的那一年（公开化）"和"也正是这一年（私人化）……"这样的形式开始你的写作。例如："这是哈罗德百货发生炸弹爆炸的那一年，也是我母亲第一次见到理查德先生的那一年。"尝试着在公开与私人之间跳跃，看看你将会写到什么地步。这就是你的初稿。记得时刻提醒自己不会有人看这份初稿。

谁在讲故事

用锋利的剪刀武装自己，帮助你剪下无数个能够吸引你的故事，积攒成堆。地方报纸对于积攒故事很重要，因为它们往往专注于个人的故事。你可以在当地图书馆翻阅副本（当然你不能把剪刀带到那里！），然后选一个故事。记下故事中未提及的人物。"勇敢的英雄"有没有妻子或朋友？他的儿子会在学校夸耀他不幸的父亲吗？受害者是什么情况？袭击者呢？那个为了救人而加入警队却从未有过机会的警官呢？——对于英雄受到的关注，他能忍受自己的嫉妒吗？一直想着这些故事中潜在的参与者，直到你听到他们的声音，然后从他们的角度讲述发生了什么。"故事不是关于事件，而是关于人的。"进行深入的思考。

她闭上眼睛,把他修长的手指放在嘴边,亲吻着戒指。然后睁开眼。"我有个愿望。"她说。

"什么愿望?"

"就为了这个,对。"

第二十五章　有关小说写作的几点想法，写于学期末

保罗·麦格斯（Paul Magrs）

从很早以前开始，我每年都举办小说写作工作坊，通常我一边自己写小说，一边教别人写作，这让我能一直保持对写作的敏感，也从学生身上学到了很多。每次课程结束时，我脑中就会浮现各种关于小说及如何写小说的想法，而所有的答案都在那里，在某个地方……在你记下的所有有关 18 个作家成员写的小说的笔记中……如果你能把这些笔记按一定的顺序组合起来——这就是你想要的作品。

以下是我在最近一期写作工作坊结束时的一些想法，你可以把它们想象成页边空白处的注释。看看吧——不用按照特定的顺序：

· 注意别在一句话中表达过多内容。

· 当你把一个场景分成两半，在其间用非常戏剧化的

空白来表达停顿时，要始终如一地用这种空白来表示，这是时间转换、地点转换还是视角转换？

· "吞噬"这个词是不是太花哨了？正确使用动词非常重要，它们必须有力量，能让叙事继续下去，让气氛紧张起来……这是（其中之一）能让读者不断阅读的因素。

· 什么？这是什么意思？这是故意在表达晦涩和模糊不清吗？我们应该感到困惑吗？神秘化是一门艺术，使用好能激发读者的兴趣，这是一种牵着读者走的技术，但也要学会不惹恼他们，不要失去他们。

· 凌乱的句子、令人生厌的炫耀的句子，听起来太"作家腔"了。我说的"作家腔"是指人们对一部小说应该是什么样子的固有印象，也就是说，别人摒弃的观点、中庸的想法，等等。不要让观点听起来像别人的，尤其是像一些低俗、中庸之人。

· 人物的行动顺序尽量简单，要能被清晰地表达，读者必须得形成清晰的画面，必须能够看清楚。

· 同时出现太多人物？你想让读者尖叫吗？设想读者都很懒，如果一次把太多信息塞给他们，他们就不会再试着读下去。让不同的人物分别出现，发挥其作用，用身体特征、具体细节、行动特点等强化或强调其存在，每次又出现时再多次重复这些特征。

· 作为作家，不要想当然地认为读者和你一样了解并熟悉小说中的人物，比如，不要假设读者都知道人物的年龄，人物之间的关系。你必须非常巧妙、非常谨慎地，偷偷地把这类信息塞进去。不要一下把太多信息倒出来。

- 不要解释太多。

- 为什么你写得越来越正式、华丽？为什么你写的小说变成了一种炫耀？通常是因为你脱离了故事。

- 如果作品有点洛可可式风格，修饰过度，那就问问自己：谁在讲述这个故事？这是谁的声音？从什么时间点开始？这个叙事声音是否与人物及环境格格不入？应该这样吗？

- 副词若使用得当，则功能强大，但大多数情况下，它们是废话，被使用得很糟糕。它们弱化了动词的作用，消解了作者的犹豫，尤其是"相当地""实际上""表面上"这样的词。想想现在那些陈词滥调的演讲稿中多余的副词，那些糟糕的状语："字面上地""基本上""一天结束的时候……"这些短语毫无意义。但用在对话中还不错。

- 人们说的都是废话，让我们用掌声欢迎。

- 时间必须是流动的，始于某个事件，不断流逝，这听起来显而易见，但有人却做不到，他们觉得可以拖延住时间，然后详尽地向我们解释一切——就像罗德·塞林（Rod Serling）过去在《暮光之城》（*The Twilight Zone*）中所做的那样。

第二十五章 有关小说写作的几点想法，写于学期末 313

· 时间是流动的，保持其流动状态，把需要的信息都压缩混合——不要停下来做过多的解释，不要卡在那里。

· 注意读者能记住多少。深入探究在阅读时你都能记住什么，问问别人他们能记住什么，记忆力能在头脑中重新构建一个故事的四个维度吗？是向后重构还是向前重构，或者是从中间的一点开始重构？他们能记住人物还是情节节点？小说构思还是篇章情感？

· 不要忽视重要的情节节点。读者会知道你是否遗漏了情节展开的重要一步，这些就是罗兰·巴特（Roland Barthes）所说的"基本功能"——一件重要的事情发生了，会导致其他重要的事情发生。不同于"印痕功能"，它关乎整个小说的气氛、细节及丰富性，让它们一起发挥作用。你需要做到两点：推动小说向前发展，同时拓展其深度和丰富性，这两方面都一直保持紧张状态，不要忽视任何一方面，一种力量想要向前推进，另一种则想驻足停顿，不断变化的平衡是必要的。

· 学习如何向读者进行必要的叙述，如果叙述得不巧妙，读者会觉得是在说教，他们会认为这是需要记住的"重要"情节，而且可能会直接跳过。避免通过让角色反复思考最近发生的事情来为小说做铺陈，这会阻碍行动，会使时间凝固。你必须思考：这段叙述能在对话内进行吗？在现实生活中是怎样的？你可以让读者偷听，读者会因此感到受宠若惊,而不觉得接受信息是屈尊。如果他们在一场充满线索的谈话中突然发现了一些蛛丝马迹,他们会觉得自己得到了一些有价值的东西,他们不想一下子知道所有答案。此外,读者喜欢偷听时那种偷偷摸摸的感觉,这是一种令人兴奋的感觉。

· 只要有机会,就说说那些诱人的香味、华丽的颜色、音乐、艺术、食物、性感的行为等,包括各种顿悟,别忘了调动我们所有的感官,让身体、智力和情感在我们能想象到的感觉中相遇,用这些时刻来吸引读者。

· 尽可能给读者带来快乐……

· 只要有机会,作家们在开篇都会进行元叙事。似乎每个作家都这么做!他们采用了上帝般的叙述者声音,质疑权威,与读者玩文字游戏,对读者耍聪明的把戏。或者作家本人就是主人公,他告诉我们所有发生的一切,事情的真相及幻觉。啊啊啊啊啊啊!这是你第一次写小说!没关系!继续写吧!不要滥用叙事形式和太主观的想法,不要试图转变叙事方式!你之所以痴迷这些东西,是因为你喜欢编故事!怎么了?你为什么停下来了?

· 为什么只写了第一段,你就忙得不可开交了?

· 所有这些都是作者在对待自己假设的权威时的症状,是拖延写作过程的策略,是对情节虚构等具体工作的回避,是对让人物开口说话时产生的尴尬的假装无视。我敢编造

第二十五章　有关小说写作的几点想法，写于学期末

吗？编吧！

· 如果你在模仿某类文学作品（哦，天哪——在东安格利亚大学，一直都是纳博科夫、拉什迪、品钦、艾柯和艾米斯的作品），你必须知道你要模仿什么。如果你想玩所有这些文字游戏，如果你想打乱作品的文本性，那么你真的必须要做好。（没有什么比虚张声势地标榜重要性更糟糕的了。）

· 通常，在你的初稿中，即你第一次挥洒笔墨时——在第二页或第三页会有一处非常棒的细节、图片、事件或想法，多数情况是在第二页，这才是整篇小说的开头，是你开始进入正题的地方，残忍一点，把这个节点之前的所有内容都删掉，就从这里开篇，这是个不错的点，是你小说扬帆起航的点。

· 不要让事情变得一团糟，随时纠正小错误，保持警觉，当你还沉浸在文字里时，用这段时间思考，做些修改，这就像音乐家，在歌曲之间调音，更换断裂或磨损的弦。

· 看电影可以学到很多关于写故事的技巧——故事里的故事、取景设备、倒叙和老电影里的叙事视角……电影对作家来说是很好的学习素材，因为它们被简化了：你可以在脑海中记住整部电影，也许这点像短篇小说。当然，有时比写长篇小说更容易些。电影让时间保持流动，并展示出时间是如何运行的，因为所有的电影都关乎时间。

- 逗人们笑吧，一篇没有笑话的作品有什么意义？
- 华丽的辞藻在某些人的嘴里会变成垃圾，删掉它。
- 学会轻松一点。让读者在戏剧性的场景中看到那些话语、事件和动作，如果有必要，让角色反应迟钝一些，当场景发生时，先让读者做出反应，不要告诉读者该怎么想或感觉如何，不要让所有人都一直在思考，这会抑制场景的效果。当每一次反应被确定下来时，所有的乐趣就都消失了，它不再是戏剧性的、锋芒毕露的。要留一些分歧，小说需要有日常的混乱，需要神秘感，需要差异，这才能促使人们思考……
- 第一人称叙述者。大家都喜欢这样写——因为他们认为这样写起来很容易，但其实不是。
- 第一人称叙述者如何让读者对自己有足够的认识？而不会让他们觉得你说得太多，喋喋不休？
- 我们必须在行动中认识人物，跟随他们去生活，我们必须看到他们的真实生活，然后才知道我们要怎么做，当他们用自己的声音和我们交谈时，我们与他们非常亲近，我们是和喜欢的人亲近，还是和讨厌的人亲近？
- 第一人称叙述者可以（或认为他们可以）根据读者发现的内容来暗中布局，他们认为自己可以随心所欲。对于读者来说，这就像有一个非常专横的朋友，或者一个站在你身边的人——不停地聊啊聊。他们试图主导你对这个世界的看法。

·高明的作家会让第一人称叙述者说出他们不想说的话,他们会让那些话从不经意间流露出来,让读者越过他们的肩膀,瞥到他们的世界,和那些不言而喻的真相……

·J. D. 塞林格的《献给埃斯梅,带着爱和肮脏》(*For Esme, with Love and Squalor*),斯科特·菲茨杰拉德的《了不起的盖茨比》,克里斯托弗·伊舍伍德(Christopher Isherwood)的《柏林再见》(*Goodbye to Berlin*)——1990年春天我20岁时,我已经把这三本书读了很多遍,这之后,我读了成千上万本书,但我认为,我从那三本我在写作阶段读的书里学到的东西,远远多于我后来学到的东西。

·记住:聪明是好事,耍小聪明是愚蠢,聪明绝顶就又是好事了。

·我不知道为什么。

(本篇文章稍做修改后发表于《传播》(*Transmission*)杂志)

最喜欢的短篇小说

《被屠宰的羔羊》("Lamb to the Slaughter"),罗尔德·达尔(Roald Dahl)著,可以在Classic Shorts网站上找

到，网址：www.classicshorts.com

《为男孩疯狂》（"Mad About The Boy"），乔治娜·汉米克（Georgina Hammick）著，选自《最佳小说杂志》〔*The Best of Fiction Magazine*,ed. (Cooke & Bunster, J. M. Dent, 1986)〕

《在梦想中开始承担责任》（"In Dreams Begin responsibility"），戴尔莫尔·施瓦茨（Delmore Schwartz）著，选自同名小说（New Directions Publishing Corporation, 1978）

《给好女孩的礼物》（"Present for a Good Girl"），纳丁·戈迪默著，选自《哈勒普现代英语：当代短篇小说》〔*Harrap's Modern English: Short Stories of Our Time* Ed Barnes (Nelson Thornes 1999)〕

《马·帕克的一生》（"Life of Ma Parker"），凯瑟琳·曼斯菲尔德著，可以在 www.readbookonline.net 上找到

第二十六章 "好故事,讲得好"
斯科特·帕克(Scott Pack)

性格直率的作家、出版商及编辑斯科特·帕克在谈到其长达一年的短篇小说阅读计划时,提醒作家不要忘记读者的重要角色。从 2011 年开始,斯科特就决定把目光集中在短篇小说上。他计划每天读一篇短篇小说,给它们评级(五星级制),并在一个专门的博客上写简短的评论(http://meandmybigmouth.typepad.com/shorts),有时斯科特会毫不留情面——如果一篇小说没能很快吸引他,如果一篇小说初看很不错,结局却烂尾,或者如果有些小说毫无意义,非常愚蠢,他会毫不顾及情面地说出来。许多知名作家的作品都受到了冷遇,而一些新作家则发现他们的作品受到了高度的赞扬。一切都从作品本身出发。

编辑:斯科特,感谢你愿意做客,你的"365 个故事博客"很棒,为后人留下了令人惊叹的资源。首先请问,你是怎么开始的？

斯科特·帕克：呃，也许是无聊，或愚蠢的兴致？2010年底，我整理藏书，发现我有几十部短篇小说集，大量的小说从没读过。因为我有个习惯，喜欢一本书从头读到尾，当我读小说故事集时，我也总是这样做，但我发现，我隐隐约约感到不满意。我想找一种方法强迫自己阅读大量的书，一次读一个故事，然后我突然想到了写博客。如果我下决心每天读一篇小说，并写一篇评论，那么到年底我就能读完很多书。

编辑：确实是。在你读短篇小说的这一年里，有没有发现有时候一篇短篇小说比一本短篇小说集能带来更好的体验，或者换句话说，单篇小说有时比小说集所有小说加在一起表达出的内容更多，这是怎么回事？

帕克：我认为要想公正地评价一篇短篇小说，需要你在脑海中为它留出一点空间。如果我连续读3到4个故事，一口气读完，那么没有一篇小说有机会被真正理解，它们不是一篇长篇小说的不同章节，而是截然不同的故事。对我来说，这些小说需要在单独的阅读环境中去阅读，这就是为什么一部小说集，作为一个整体，可能比单独的小说表达的内容更少。

这是一个问题，因为我有长期阅读的习惯，而且会从头读到尾，结果就是，我根本无法开始小说集的阅读，我没有时间看它们。上班的路上，上床睡觉前，或者坐在沙发上喝茶时我都没有足够的时间阅读，当然，我本可以上厕所时带着它们，但那样的话，那几本幽默厕所读物又什么时候读呢？

编辑：说得太对了。所以你发现了读短篇小说和读长篇小说是非常不同的，需要不同程度的专注！那些能让你一直保持兴趣、引人入胜的小说，是否有一种模式？或反过来说，那些让人很快失去兴趣的小说是否有某种模式？

帕克：对，是专注，你的注意力比我集中得多。

模式？也许有吧。我发现吸引我的小说就是那些让我一直保持阅读兴趣的小说，它们既非文字实验，也不是词汇盛宴，就是一些讲得好的好故事。我能一口气从头读到尾，并且每次读都能感受到不同程度的愉悦。有时只是简单过一遍，大部分时候是深入细读，关键无论怎么读，都能带给我收获。我想，那些我需要再重新阅读，或需要暂停一下才能真正理解发生了什么的小说，真的让我不知所措，但有些篇幅比较长的小说也会让我有这种感觉。比起萨尔曼·拉什迪或马丁·艾米斯（Martin Amis）的小说（炫耀文学），我会更愿意去读查尔斯·巴克斯特或莎拉·萨尔韦（Sarah Salway）（伟大的小说家）的小说。

编辑： 说得太棒了，斯科特，谢谢你！也许我会把它们打印出来，放在我的办公桌上——我知道很多作家都可以用它们作为写作的座右铭！

"它们不是文字实验，也不是测试语言能力的壮举。"

语言必须非常符合故事情节，使其完全消融于故事中，不是吗？或者说它必须是充满活力的，这样它和小说就可以有一个幸福的结合，若非如此，作者就是在读者和故事之间挥舞着一面红旗，大喊："我！我！我！看我！"

"它们都是好故事，讲得很好。"

这是实实在在的技能，不是吗？把技巧隐藏得很彻底，以至于让读者都融入故事中，成为故事的一部分。在你的评分单上，我很高兴看到本书撰稿人莎拉·萨尔韦以令人垂涎的五星荣登榜首，还有查尔斯·兰伯特（Charles Lambert）和其佳作《肉桂的味道》（Scent of Cinnamon），丹尼斯·诺登（Denis Norden）也榜上有名，这是个令人惊讶的竞争者！我希望你能把那个博客编个索引。你给很多年代久远的作家也打了四星，比如库尔特·冯内古特和查尔斯·狄更斯，这对他们来说，真的太棒了。

还有一些不可冒犯之人，哦，亲爱的——内森·英格兰德的小说只有两颗星，获两星评价的还有巴塞尔姆的一篇小说，以及约翰·斯坦贝克（John Steinbeck）的一篇小说！还有可怜的老威尔逊（DW Wilson）的一篇，曾获过国家故事奖。事实上，我很喜欢那篇小说，应该是那篇《马有马道》(*Horses for courses*）吧。

对不起，我不是有意胡扯，我同意你对大部分小说的评价！

你是否认为有些作家越来越——怎么说呢——自我放纵？奇怪的是，除了一些明显的例外，你是否认为现在的作家在走极端？新手作家想尽力展现自己，让自己更像作家，但是（我从来没有想过这一点），一些非常有经验的作家也这样做！你认为这是为什么？他们是否因为太明白自己的处境，所以不得不写些"特别的"东西，他们忘记了"好故事，讲得好"是最好的写作吗？你是否能给些建议？

帕克：我同意你的说法，有些作家非常任性，但重要的是要记住，不同的读者喜欢不同的作家及风格。如果一个卓有成就的著名小说家忘记自己是在讲故事，而非要写一堆不知所云的甜腻文字，如果一个人物需要3页纸的篇幅才能走下楼梯，或我每看50个字都得查一个词的意思，我受不了，但那就是我。我知道有人喜欢这种东西，每类小说都会有自己的生存空间，只是不是在我的书架上。

对我来说，这点特别重要，尤其是我每天都在进行阅读及评论。很遗憾地说，我对那些随便胡扯或过度炫耀的作家有点不耐烦了。小说长度不是问题——我确实在博客上评论过一些中篇小说——但我总是会与那些华而不实或自命不凡的作品水火不容。

不幸的是，正如你所说的，许多初学者都试图模仿这一点，而且有大量过度修饰的作品不断问世。我确实因为这个项目阅读了一些未发表的作家作品，这是经常遇到的问题。但是，当一些过度渲染的小说获得了大奖时，我们要责备他们吗？

编辑：有一点很重要——没有一个作家能取悦每一位读者，他们也不应该尝试去取悦。但是，意识到写作不是为了"炫耀"自己的能力对他们来说没有坏处，不是吗？也许，在长篇小说里，作家可以适度放飞想象，但短篇小说是一个无情的野兽，不允许有片刻疏忽。奖项问题是一个有趣的话题——我敢说，这会引起极其热烈的辩论。

但是回到那些不出名的作家，你为这个项目阅读了他们的一些小说——你做了一件对他们很有帮助的事，他们很勇敢，把作品投到这个项目，有一位作家，你对他的小说进行了评论，他听了你的评价，重新写了一遍，然后又发给你——你重读了一遍,结果提高了评分。我喜欢这样!但它传达出一个很严肃的观点,不是吗?我们需要学会退后一步,尽可能冷静地看待自己的作品——在编辑时试着从读者的角度来看待它。

对于缺乏经验的短篇小说作家,你是否会帮他们做些分析,说出是什么吸引了你对一篇小说产生兴趣,是叙事声音?人物?有没有什么有趣的事情发生,让你想知道接下来会发生什么?

第二个问题——有点普遍性,你认为作家花在编辑自己作品上的时间足够吗?过去,编辑可能有时间和意愿与作家合作进行实质性的编辑修改工作,但现在不同了,对吧?

帕克:小说第一行写得很好就会吸引我。许多优秀短篇小说的开篇会吸引你继续读下去,这才是问题的关键,这么说并非意味着小说开篇必须是一系列扣人心弦或诙谐幽默的俏皮话,只是说,我想要作家打开一扇门,邀请我进去。

作家对自己作品的编辑通常远远不够,作为一名出版者和编辑,当我回复评论或意见时,作者们最常见的反应是,"哦,我知道这里不太对"。那你为什么不把它整理好再寄给我呢?

编辑：作为作家，我们都必须学会相信自己的直觉，而不是依赖别人来告诉我们什么东西不太对劲，这是千真万确的。我喜欢你这样描述一个好的小说开头——作家得打开一扇门，邀请读者进来。完美的比喻。

最后，一个关于市场的问题。也许事情正在发生变化，但在一段时间内，短篇小说集既不容易出版，也不容易销售。你认为这是为什么？你在项目中读过一些很棒的作品，就拿其中一位短篇小说家来说——凯瑟琳·史密斯，她写得很好，小说很精彩，我记得你将其誉为你读过的最佳作品之一。然而，它却相对不为人知，由一家在市场上几乎没有影响力的小出版社出版。到底为什么会这样，短篇小说家的状况会好转吗？

帕克：这个国家不卖短篇小说，因为几乎没有人想读短篇小说。我不确定为什么会这样，但我花了一年时间建立这个博客项目，只是为了抽出时间来读一些短篇小说，这一事实可能表明，对大多数读者来说，短篇小说根本不是优先要读的东西。这与许多作家的看法完全相反。似乎每个作家都在写短篇小说。但是市场在哪里呢？

出版商经常在包装上把短篇小说集伪装成长篇小说来逃避这个问题，但我觉得，近年来一些非常成功的"伪长篇小说"实际上是一些每篇之间联系非常松散的短篇小说集。每年似乎都被誉为"短篇小说之年",有一些惊人的国家奖项来奖励这种文体,但这类书很少畅销。人们曾希望电子书的出现能帮助小说的发展,因为许多出版商都将个人小说作为廉价电子书发布,但这并没有真正帮助短篇小说走出困境。

所以我不知道,抱歉。我们可能不得不接受这样一个现实,这个利基①市场利润很大,但产品很集中。

编辑: 也许这是一张现实支票?这是很有趣的现象——我知道没有一种文学形式比短篇小说更能吸引成功作家的激情(比如销量好,获奖,等等)。如果认为短篇小说是长篇小说的"训练场",你很可能会伤到腿!我是那些两种类型的作品都写过的作家,尽管如此,我确实想知道,现在大多数人是否已经失去了阅读高质量短篇小说的技能,也许正是一些有抱负的短篇小说作家会重拾这些技能,并发现人们缺失了什么!

好,最后一个问题,对于一个喜欢短篇小说写作,想要在自己的职业生涯中取得成功的新手作家,你有什么建议吗?(我想我知道你要说什么……)

帕克: 说实话,我认为我今天的建议不会和十年前的

---

① 利基 niche:法语词,喻指大市场中的缝隙市场。——译者注

有什么不同。写几部很棒的小说，找个能出版或支持优秀短篇小说的地方，试试运气，参加竞赛。

好吧，现在大部分的竞赛活动都是线上的，但是规则是一样的。短篇小说写作和阅读的社区会非常支持，如果出现了一位优秀的新作家，消息会传得很快。你必须要有耐心，要非常投入——阅读、写评论、参加活动——但这一切都是为了让你脱颖而出。

祝你好运。

编辑：斯科特，非常感谢。你的见解精彩绝伦。

最喜欢的短篇小说

这些小说是斯科特从他的"我和我的小说阅读项目"中选出的，该项目目前仍在进行中，网址：http://meandmybigmouth.typepad.com/shorts/。

《画小溪的人》（"The Man Who Drew The Brook"），理查德·布兰德福德（Richard Blandford）著，选自 Shuffle 电子书

《安静的时刻》（"Quiet Hour"），莎拉·萨尔韦著，选自《领舞》〔*Leading the Dance* (Speechbubble Books, 2011)〕

《遇见》（"Seeing Anyone"），汤姆·沃乐著，选自《方法》〔*The Method* (Salt Modern Fiction, 2010)〕

附录　作者信息

莱恩·阿施费尔特

莱恩·阿施费尔特创作的故事被收编在各类选集中，从《波蒂科》(Portico)粗犷喧闹的"朋克小说"到较为文雅的《与达西先生共舞》(Dancing with Mr Darcy)。其小说获得的奖项包括沸石短篇历史奖（the Fish Short Histories Prize）和简·奥斯汀短篇小说奖（Jane Austen Short Story award），并先后在爱尔兰、英国、美国及希腊出版；她目前正在创作的小说入围了邓迪国际图书奖（the Dundee International Book Prize）。作品《听到凯丝·德·雅克梅尔家的敲门声》（"Catching the Tap-Tap to Cayes de Jacnel"）获得了全球短篇小说奖（Global Short Stories Prize）并编入海地筹款文集《莱姆宝石》(A Lime Jewel)中，本书在亚马逊或 EtherBooks 上可以买到。莱恩生于伦敦，父母是爱尔兰人，在都柏林接受教育，目前居住在威尔士。

伊丽莎白·贝恩斯

伊丽莎白·贝恩斯是一位获奖作家，著有散文诗、小说、广播剧及舞台剧。其短篇小说广见于杂志及一些选集中，包括展台杂志玛图恩（Methuren）的最佳短篇小说集。2007年，Salt出版社出版了她的短篇小说集《世界尽头》（*Balancing on the Edge of the World*），2009年10月又出版了《喜鹊成群》（*Too Many Magpies*）。她曾在博尔顿学院（Bolton Institute）和曼彻斯特大学（University of Manchester）为文学学士开设的课上教授小说写作。她为Macmillan出版社出版的《创意写作手册》（*The Creative Writing Handbook*）写了第一章"创新写作与小说"（"Innovative Fiction and the Novel"），《命名小说》（"Naming the Fictions"）发表于玛丽.伊格尔顿（Naming the Fictions）编辑的《女性主义文学理论》（*Feminist Literary Theory*）中。她与艾尔莎·考克斯(Ailsa Cox)共同创办并编辑了广受好评的短篇小说杂志《都市》〔*Metropolitan* (1992–1997)〕。个人网站：http://www.elizabeth baines.com。

伊莱恩·楚

伊莱恩·楚现居于伦敦，她于2008年获得布里奇波特小说奖（Bridport Prize for fiction）。其短篇小说在各类比赛、评选（包括最近在2012年沸石奖）中频频获奖、入围或被提名。其短篇小说多发表在文学期刊及选集中，近作发表于《天才作家》（*Killauthor*）、《倾向》（*Metazen*）及《非洲在线写作》（*African Writing Online*）上。伊莱恩·楚已出版一部短篇小说集，创作完成一部长篇小说。

琳达·克拉克尼尔

琳达·克拉克尼尔是一名作家，同时教授不同年龄段人群自由创意写作课。作品包括小说《人生画卷》〔*Life Drawing* (NWP, 2000)〕、《惊鸿一瞥》〔*Searching Glance* (Salt, 2008)〕、《激流的呼唤》〔*Call of the Undertow* (Freight Publications, 2013)〕及随笔文集《折回》〔*Doubling Back* (Freight Publications, 2014)〕。她还为 BBC 广播 4 台写剧本，并编辑了英国和爱尔兰非虚构类选集《野性的脉络》〔*A Wilder Vein* (Two Ravens Press, 2009)〕。她目前居住在爱丁堡皇家儿童医院。

凯丽·戴维斯

凯丽·戴维斯的短篇小说最近发表在《都柏林评论》(*Dublin Review*)、《格兰塔新写作》(*Granta New Writing*)、《展望》(*Prospect*)、《皇家文学评论学会》(*Royal Society of Literature Review*) 和《刺痛的苍蝇》(*The Stinging Fly*) 上。她因其第二篇短篇小说《凯伦·派克的救赎》和其他短篇小说而获得 2010 年英国作家协会奥利弗·库克短篇小说（Olive Cook Short Story Award）奖、2011 年英国皇家文学学会 V. S. 普里切特纪念奖（V. S. Pritchett Memorial Prize）和 2013 年北方作家奖（Northern Writers' Award）。其处女作《新埋伏》〔*Some New Ambush* (Salt 2007)〕入围威尔士

年度图书奖（Wales Book of the Year）、罗兰·马蒂亚斯奖（Roland Mathias Prize）及美国卡尔维诺奖（Calvino Prize）。她生在威尔士，现居于兰开斯特。

斯图尔特·埃弗斯

斯图尔特·埃弗斯 1976 年出生于柴郡的马格斯菲尔德。其首部小说《关于吸烟的十个故事》（*Ten Stories About Smoking*）于 2011 年由 Picador 出版社出版，获得伦敦图书奖（London Book Award）。其短篇小说发表于《展望》、《2012 年度英国最佳短篇小说》（*The Best British Short Stories*）及《凌晨三点》（*3:AM*），其处女作《如果这是家》（*If This is Home*）于 2012 年出版。

大卫·加夫尼

大卫·加夫尼来自曼彻斯特，其作品有《断章取义》〔*SawnOff Tales* (Salt 2006)〕、《埃洛莫宾果》〔*Aromabingo* (Salt 2007)〕、《永不》〔*Never Never* (Tindal Street 2008)〕、《垂死的生命之歌》〔*The Half Life of Songs* (Salt 2011)〕、《贴着寻猫启事的悲伤大楼》〔*Buildings Crying Out a story using lost cat posters* (Lancaster litfest 2009)〕、《距豪尔大楼 23 站 M62 交叉路口的故事》〔*23 Stops To Hull stories about junctions on the M62* (Humbermouth festival 2009)〕、《河流》

（*Rivers*）是与作曲家艾丽丝·妮·瑞安（Ailis Ni Riain）合作的短歌剧（BBC 广播 3 台，2008 年），短篇小说集《更多删减的故事》（*More Sawn-Off Tales*）于 2013 年 5 月在 Salt 出版社出版。

玛丽安·加维

玛丽安·加维获得 2007 年阿萨姆奖（Asham Award）一等奖，其小说在 BBC 广播 4 台播出，同时在《星期日泰晤士报》（*Sunday Times*）网络版、《伦敦杂志》（*London Magazine*）和各种文集上发表。目前，她在布莱顿大学（Brighton University）艺术委员会的支持下学习创意写作课程，并撰写自己的首部长篇小说。

凡妮莎·格比

凡妮莎·格比曾在英国国防部（MOD）担任人力资源、市场营销和记者，现在是一名作家、编辑和写作教师。其短篇小说曾获过奖，著有两本作品集：《玻璃泡沫中的词语》〔*Words from a Glass Bubble* (Salt Modern Fiction)〕和《风暴警报》〔*Storm Warning* (Salt Modern Fiction)〕。小说《懦夫的故事》〔*The Coward's Tale* (Bloomsbury)〕被选为英国《金融时报》（*Financial Times*）和《卫报》的年度最佳图书。

凡妮莎的小说被文学期刊、英国文化协会、BBC 广播 3 台和 BBC 广播 4 台委托出版，并被选编成册。此外，她还写诗，曾获得 2012 年国际游吟诗人诗歌奖，其文集《父亲的半衰期》(The Half-life of Fathers) 于 2013 年由企鹅出版社出版。她的个人网站：www.vanessagebbie.com。

她是本书的委托编辑和特约编辑。

塔尼亚·赫什曼

塔尼亚·赫什曼著有两部短篇小说集：《白马路轶事》〔The White Road and Other Stories (Salt, 2008)〕——获 2009 年橘子新人奖（Orange Award for New Writers）；《母亲曾是一架竖立的钢琴：小说集》〔My Mother Was An Upright Piano: Fictions (Tangent Books, 2012)〕则收录了她 56 篇微型小说。塔尼亚的获奖短篇小说、微小说及诗歌发表于《杀死作者》(Kill Author)、《小说必读书目》(Necessary Fiction)、《伦敦杂志》(The London magazine) 等。同时她也为 BBC 广播 3 台和 4 台写作。她是布里斯托尔大学（Bristol University）理学院的特聘作家，也是电子杂志《短篇评论》(The Short Review) 的编辑。塔尼亚定期为阿冯基金会（Arvon Foundation）授课，还经常举办关于微小说、科幻小说和短篇小说的研讨会。她的个人网址为：www.taniahershman.com。

托拜厄斯·希尔

托拜厄斯·希尔曾入选英国未来诗人,同时入围了2004年《星期日泰晤士报》(*Sunday Times*)"年度青年作家"(Young Writer of the Year)的候选名单,并被《泰晤士报文学增刊》评为英国最优秀的青年作家之一。其获奖诗集包括《狗年》(*Year of the Dog*)、《时钟城市的午夜》(*Midnight* Contributors' notes *in the City of Clocks*)及《动物园》(*Zoo*)。其小说在许多国家出版并受到好评,正如 A. S. 拜厄特所言:"如今没有其他作品能像他的作品这样受欢迎。"

亚历克斯·基冈

亚历克斯·基冈1992年开始正式写作,目前出版了5部悬疑小说,之后开始创作短篇小说。其作品广见于各大报刊及网络,小说曾获得三次布里奇波特奖。其多部获奖小说被收录在《弹道学》一书中。他出生于威尔士,母亲是爱尔兰人,现与第二任妻子和两个十几岁的孩子生活在英格兰的纽伯里,经营着一所管理严格的网络写作学校,名为"基冈新兵训练营"。

佐伊·金

佐伊·金在轻松的"无购物旅行"中会把时间花在

编辑、书籍校对及和那些想成为作家的人交流上，偶尔也会写作。她的另一个身份是短篇小说及诗歌杂志《华彩》(Cadenza)的编辑，其作品已在英国和其他国家出版。她目前是女性作家和记者协会（Women Writers and Journalists）的主席，想了解更多信息，请访问她的网站：www.zoeking.com 或 www.swwj.co.uk。

帕特丽夏·安·麦克奈尔

帕特丽夏·安·麦克奈尔是芝加哥哥伦比亚学院教授小说写作的副教授，曾获卡耐基基金会的美国年度教授提名。其短篇小说集《空中神殿》(The Temple of Air)获南伊利诺伊大学"魔鬼厨房阅读奖"(Kitchen Reading Award)及"米德兰作家协会"（美国）决赛奖〔Society of Midland Authors (US) Finalist Award〕。在从事写作前，麦克奈尔曾在餐馆、加油站和芝加哥商品交易所的交易大厅工作过。她曾多次获得伊利诺伊州艺术委员会的奖项及"手推车奖"(Pushcart Prize)提名，并被列入芝加哥新城区文学50强。麦克奈尔与丈夫——英国艺术家菲利普·哈蒂根（Philip Hartigan）一起，与美国一些小镇合作，致力于社区回忆录和公共艺术项目。她定期参加 NAWE 等国际会议，曾在巴斯思帕大学担任客座讲师教授创意写作课程。《空中神殿》获得芝加哥作家协会颁发的年度最佳图书奖。

艾莉森·麦克劳德

艾莉森·麦克劳德是一位小说家和短篇小说家,其短篇小说集《关于吸引力的 15 个现代故事》〔*Fifteen Modern Tales of Attraction* (Penguin)〕获《暂停》(*Time Out*)周刊大力推荐,《卫报》认为该小说集"既有原创性又富创新性"。2011 年,她凭借小说《丹尼斯·诺布尔的心脏》("The Heart of Denis Noble")入围 BBC 国家短篇小说奖(the BBC National Short Story Award),最新小说《未爆炸》〔*Unexploded* (Hamish Hamilton)〕入围曼·布克奖(Man Booker prize),目前,她正在创作第二部短篇小说集。她现为奇切斯特大学当代小说教授。

保罗·马格斯

保罗·马格斯 1969 年生于英格兰东北部,已出版多部小说。他的第一本故事集《上演》(*Playing Out*)于 1997 年由 Vintage 出版社出版,第二部作品《十二篇故事》(*Twelve Stories*)于 2009 年由 Salt 出版社出版。他在东英吉利大学(UEA)从教 7 年,教授英语文学及创意写作课程,现任教于曼彻斯特城市大学。

亚当·马雷克

亚当·马雷克,短篇小说获奖作家,曾获得 2011

年艺术基金会短篇小说奖（Arts Foundation Short Story Fellowship），并入围首届《星期日泰晤士报》EFG短篇小说奖（Sunday Times EFG Short Story Award）的候选名单，他第一本小说集《吞咽指导手册》入围弗兰克·奥康纳奖（Frank O'Connor Prize），其小说发表于多种杂志报纸，包括《展望》《星期日泰晤士报》《刺痛的苍蝇》(The Stinging Fly)、《伦敦杂志》(The London Magazine)、《激流》(Riptide)及其他选集，如《试金石》(Litmus)、《新神秘主义》(The new uncanny)和《传记》(Biopunk)，以及《新式写作15》。亚当的第二本短篇小说集《扔石头的人》现已由 Comma 出版社出版。更多信息请访问亚当·马克的个人网站：www.adammarek.co.uk。

格雷厄姆·莫特

格雷厄姆·莫特（Graham Mort）是兰开斯特大学（Lancaster University）创意写作和跨文化文学教授，曾为英国文化协会（British Council）工作，长期在非洲策划文学发展项目和广播节目。《可视性：新诗及精选诗》(Visibility: New & Selected Poems)于2007年由 Seren 出版社出版，当时他也是布里奇波特短篇小说奖得主。其短篇小说《触摸》("Touch")于2010年由塞伦出版社出版，次年获得"山之边缘奖"（Edge Hill Prize）。2011年，塞伦出版了诗集《尖峰》(*Cusp*)。

努阿拉·尼·琼斯

努阿拉·尼·琼斯,短篇小说作家、诗人,1970年出生于都柏林,现居爱尔兰戈尔韦郡。其处女作《你》〔*You*(New Island, 2010)〕被《爱尔兰时报》(*Irish Times*)称为"暖心之作",被《爱尔兰观察家》(*Irish Examiner*)称为"珍宝";其第三本诗集《朱诺的魅力》(*The Juno Charm*)由Salmon诗歌出版社出版,第四部短篇小说集《美国母亲》(*Mother America*)于2012年6月由新爱尔兰出版社出版;小说《桃》(*Peach*)于2011年冬季发表于《草原纵帆船》(*Prairie Schooner*),获得简·格斯克奖(Jane Geske Award),并获得手推车奖提名。更多信息请访问:www.nualanichonchuir.com。

斯科特·帕克

斯科特·帕克是哈珀·柯林斯出版社(Harper Collins)的出版人,他在出版社负责"星期五计划"(Friday Project)和Authonomy网站,定期在"我和大嘴巴"(Me and My Big Mouth)栏目更新自媒体,他负责的"我和短篇小说项目"(Me and My Short Stories)仍然在线。

尼古拉斯·罗伊尔

尼古拉斯·罗伊尔已出版 100 多篇短篇小说、两部中篇及七部长篇小说，包括最近出版的长篇《首开之作》〔*First Novel* (Jonathan Cape)〕，其短篇小说集《死亡》〔*Mortality* (Serpent's Tail)〕入围首届"山之边缘奖"，他曾编辑 16 部短篇小说集，作为曼彻斯特大学写作学院（Manchester writing School at MMU）的创意写作高级讲师，他为《独立报》（*the Independent*）和《华威评论》（*Warwick Review*）撰写小说评论，其第二部短篇小说集《伦敦迷宫》〔*London Labyrinth* (No Exit Press)〕即将出版。他现在经营一家名为夜鹰的出版社（Nightjar Press），出版限量签名版原创短篇小说。

萨拉·索威

萨拉·索威是一名作家、记者和写作指导老师，她创作了短篇小说集《舞林争艳》（*Leading the Dance*）及三部长篇小说，包括《初》（*Something Beginning With*）及诗集《无需自助指南》（*You Do Not Need Another Self-help Book*）。她是坎特伯雷文学奖得主，现任肯特和苏塞克斯诗歌协会主席。

凯瑟琳·史密斯

凯瑟琳·史密斯创作小说、戏剧和诗歌，曾两次入围"前进奖"（Forward Prize），最近发表了小说《嘴唇》〔*Lip* (Smith/Doorstop)〕。其短篇小说集《舌尖上的刺》〔*The Biting Point* (Speechbubble Books)〕中的三部小说与"刘易斯的现场文学"（Lewes Live Literature）联手改编成了现场表演。其另一部作品集《在别处》〔*Otherwhere* (Smith/Doorstop)〕于2012年出版。

她在本书中提到的杰西·理查兹，出版了她的第一部小说——魔幻主义小说《蛇绳》（*Snake Ropes*），本书广受好评。更多信息访问：www.catherinesmithwriter.co.uk。

奇卡·乌尼格威

奇卡·乌尼格威出生于尼日利亚的埃努古，她拥有尼日利亚大学英语语言文学学士学位，荷兰莱顿大学博士学位，2003年曾入围"凯恩非洲小说奖"（Caine Prize for African fiction），2004年赢得"BBC短篇小说比赛"及"英联邦短篇小说比赛奖"（Commonwealth Short Story Competition award），2008年她成为联合国教科文组织阿什伯格-拉涅利中心的研究员，2009年她成为贝拉吉奥中心洛克菲勒基金会研究员。

她的小说广见于各大文学期刊及选集，并在几家电台播出。其作品包括《黑人姐妹街》《夜舞者》〔*Nightdancer*

(Jonathan Cape，2012)〕，同时她还创作了两本儿童文学，由伦敦麦克米伦出版公司出版。奇卡·乌尼格威现居于比利时的蒂尔瑙特。

汤姆·沃乐

汤姆·沃乐的处女作短篇小说集《方法》(*The Method*)获得了 2010 年"斯科特国际文学奖"(international Scott Prize)和 2011 年的"山之边缘奖"。沃乐现为普利茅斯大学(University of Plymouth)副教授,其首部长篇小说《内在》(*What Lies Within*)于 2013 年出版。汤姆也是文学杂志《短篇小说》(*Short Fiction*)的助理编辑,并教授在线课程"短篇小说的艺术"。2008 年,他获得创意写作硕士学位,目前正在攻读博士学位,研究当代小说中的创伤和景观。更多信息请访问:www.tomvowler.co.uk。

克莱尔·威格法奥

克莱尔·威格法奥 1976 年夏天出生在格林尼治,其童年是在加州伯克利度过,后搬回伦敦,先后住在曼彻斯特、布拉格、格拉纳达、诺维奇、捷克布杰约维采,现居于柏林。2007 年 9 月,Faber and Faber 出版社出版了她的第一本故事集《声音大而已》(*The Loudest Sound and Nothing*),此书广受好评,她于次年夏天获得"BBC 国家短篇小说奖",

这是世界短篇小说的最高奖。其作品发表于《展望》、《公共空间》(*A Public Space*)、《十佳新作》(*New Writing 10*)、《塔特勒》(*Tatler*)、《都柏林评论》(*The Dublin Review*)等，并受聘于BBC广播4台。她目前正在创作一部短篇小说集，其创作的儿童文学《谁见过我的吉娃娃？》(*Has Anyone Seen My Chihuahua?*)于2011年由Walker Books出版社出版。

致 谢

　　某一天，你收到一个编辑的邮件或电话，他正在编辑一本尚未命名的书，他请你为本书撰稿，并说除了这本"天堂的文学财富"书外，基本没什么其他回报。到目前为止，还不知道这本书的其他撰稿人是谁，但这本书是对你所喜爱的短篇小说这种形式的致敬，你有机会把创作激情传递给下一代作家，分享你来之不易的真知灼见，而且要请你诚实地谈谈自己的创作过程——文字是如何在小说中流淌或凝滞的，通过这本书认清自己的定位。多么无礼狂妄的约稿！怎么可能拒绝！

　　致每位撰稿人，感谢你们，致敬还在学校从事文学写作教学的教授们，我知道那些听过你们课的学生是多么幸运；致敬那些尚未正式开始教学的少数人——继续努力吧，你会成功的；向撰稿人佐伊·金表示衷心的感谢，感谢她高超的校对技巧。

　　致所有阅读并认可手稿的人，感谢布里德波特奖、弗兰克·奥康纳奖、全国教育作家协会、阿萨姆信托和沸石奖以及创意写作导师和作家们的支持，这也说明我们做这件事是正确的，再次感谢。

　　感谢 Salt 出版社的珍和克里斯·汉密尔顿-艾默里

（Chris Hamilton-Emery），他们克服重重困难，只为了那份对短篇小说和诗歌的热爱，他们编辑的所有书籍和那些他们认为应该被熟知的作家，感谢你们。

我的小说正在创作中——故事中的十二个角色和讲故事的人耐心地坐在阴影中好几个月等待开口说话，而我却把他们晾在一边，忙着写这本书，上帝保佑你们。

图书在版编目（CIP）数据

短篇小说之所以短 /（英）凡妮莎·格比（Vanessa Gebbie）编；（英）伊丽莎白·贝恩斯（Elizabeth Baines）等著；蒋春生译 . —— 南京：江苏凤凰文艺出版社，2020.11

书名原文：SHORT CIRCUIT: A GUIDE TO THE ART OF THE SHORT STORY (SECOND EDITION)

ISBN 978-7-5594-5026-5

Ⅰ. ①短… Ⅱ. ①凡… ②伊… ③蒋… Ⅲ. ①短篇小说 – 小说创作 – 创作方法 Ⅳ. ① I054

中国版本图书馆 CIP 数据核字 (2020) 第 131887 号

SHORT CIRCUIT: A GUIDE TO THE ART OF THE SHORT STORY (SECOND EDITION) By VANESSA GEBBIE
Copyright: © SELECTION AND INTRODUCTION © VANESSA GEBBIE, 2013, INDIVIDUAL CONTRIBUTIONS © THE CONTRIBUTORS
This edition arranged with Salt Publishing Ltd.
through Big Apple Agency, Inc., Labuan, Malaysia.
Simplified Chinese edition copyright:
2020 Ginkgo (Beijing) Book Co., Ltd.
All rights reserved.

本书中文简体版权归属于银杏树下（北京）图书有限责任公司。
版权登记号：10-2020-367

短篇小说之所以短

[英] 凡妮莎·格比（Vanessa Gebbie）编　　[英] 伊丽莎白·贝恩斯（Elizabeth Baines）等著；蒋春生译

出 版 人	张在健
责任编辑	王　青
特约编辑	张　怡
筹划出版	银杏树下
出版统筹	吴兴元
营销推广	ONEBOOK
封面设计	墨白空间
出版发行	江苏凤凰文艺出版社
	南京市中央路165号，邮编：210009
网　　址	http://www.jswenyi.com
印　　刷	天津创先河普业印刷有限公司
开　　本	889毫米×1194毫米　1/32
印　　张	11.25
字　　数	195千字
版　　次	2020年11月第1版
印　　次	2020年11月第1次印刷
书　　号	ISBN 978-7-5594-5026-5
定　　价	49.80元

后浪出版咨询(北京)有限责任公司常年法律顾问：北京大成律师事务所
周天晖 copyright@hinabook.com
未经许可，不得以任何方式复制或抄袭本书部分或全部内容
版权所有，侵权必究
江苏凤凰文艺版图书凡印刷、装订错误，可向出版社调换，联系电话 025 – 83280257